KB051719

킬링이브
코드네임 빌라넬

킬링 이브
코드네임 빌라넬

KILLING EVE

CODENAME VILLANELLE

루크 제닝스 장편소설
황금진 옮김

LUKE JENNINGS

arte

1

팔코니에리 궁전은 이탈리아의 아담한 호수들 중 돌출한 곳에 자리 잡고 있다. 바위투성이 곶을 보초병처럼 빙 둘러 자란 소나무와 사이프러스가 6월 말의 부드러운 산들바람에 살랑거린다. 정원은 웅장하고 아름답지만 짙은 그림자 때문에 으스스한 분위기가 풍긴다. 궁전 자체의 근엄한 윤곽선도 그런 분위기를 고스란히 반영하고 있다.

궁전 건물은 호수와 마주한 채 서 있다. 정면의 높은 창문들 안으로 실크 커튼이 보인다. 동관은 한때 연회장이었지만 지금은 회의실로 쓰고 있다. 동관 중앙 육중한 아르데코 양식 샹들리에 밑에 놓인 기다란 테이블은 유명 조각가 부가티의 청동 표범상을 이고 있다.

언뜻 보면 테이블에 둘러 앉은 열두 명의 남자들은 평범한 모습이다. 화려하진 않지만 잘 차려입은 옷은 그들이 성공한 사람들임을 말해주는 듯하다. 대부분 50대 후반이나 60대 초반으로, 돌아서자마자 잊어버릴 만한 얼굴들이다. 그러나 웬만한 일에 눈 하나 깜빡하지 않을 것 같은 인상은 심상치만은 않다.

회의를 하다가 오전이 다 지나간다. 회의는 참석자 전원이 알아듣는 러시아어와 영어로 진행된다. 얼마 후 간단한 점심식사(전채 요리, 송어, 차게 식힌 베르나차 와인, 신선한 무화과와 살구)가 테라스에 차려진다. 식사 후 남자들은 알아서 커피를 따르고는 미풍에 잔물결이 이는 탁 트인 호수를 응시하기도 하고 정원을 이리저리 거닐기도 한다. 보안 요원은 전혀 없다. 이런 은밀한 모임에서는 보안 요원 자체가 하나의 위험요인이기 때문이다. 곧 그들은 그늘이 드리워진 회의실 내 자기 자리로 돌아간다. 그날의 안건 제목은 그저 '유럽'이다.

맨 먼저 발언한 사람은 구릿빛 피부에 눈이 움푹 들어간 인물로, 그다지 나이 든 티가 나지 않는다. 그가 좌중을 죽 둘러보더니 입을 연다.

"여러분, 오늘 아침 우리는 유럽의 정치적·경제적 미래를 논했습니다. 특히 자본의 흐름과, 자본의 흐름을 어떻게 하면 가장 잘 통제할 수 있을지에 대해 논의했지요. 오후에는 여러분께 다른 경제 이야기를 들려드릴까 합니다."

실내가 어두워지자 열두 명은 일제히 회의실의 북쪽 벽면에 놓인 스크린 쪽으로 고개를 돌린다. 스크린에는 지중해 항구, 컨테이너선船, 갠트리 크레인[컨테이너 화물을 선박에서 내리거나 싣는 크레인] 사진이 띄워져 있다.

"여러분, 이탈리아 시칠리아섬의 팔레르모는 오늘날 코카인의 유럽 유입에 있어 주요한 거점입니다. 멕시코 마약 조직과 시칠리아 마피아가 전략적 제휴를 맺은 덕이지요."

"시칠리아 마피아는 한물가지 않았나요? 요즘은 본토 조직이 마약 밀매를 도맡는 것 같던데요." 첫 번째 발언자의 왼쪽에 앉아 있는 건장한 남자가 묻는다.

"예전엔 그랬지요. 18개월 전까지는 멕시코 조직들이 이탈리아 남부 칼라브리아 지역의 조직 은드랑게타와 주로 거래했습니다. 그런데 최근 칼라브리아 쪽과 시칠리아 조직인 그레코 사이에 패 싸움이 벌어졌어요."

스크린에 얼굴이 하나 뜬다. 싸늘한 눈초리의 검은 눈동자. 강철 올가미 같은 입.

"살바토레 그레코는 가문의 세력을 되살리는 데 평생을 바쳤습니다. 1990년대 살바토레의 아버지가 라이벌인 마테오 가문 일원한테 살해당하면서 코사 노스트라[이탈리아 시칠리아 마피아] 권력 구조에서 설 자리를 잃었습니다. 살바토레 그레코는 근 25년간, 살아남은 마테오파 일원을 모조리 찾아내 죽였습니다. 그레코파와, 그 한패인 메시나파는 시칠리아 조직 중에서 가장 돈이 많고 강력하며 극악무도합니다. 살바토레가 직접 죽인 사람만 최소 60명이고 사주해서 죽음에 이르게 한 사람은 수백 명이 넘지요. 55세인 지금까지도 팔레르모의 마약 밀매에 있어서 그의 지배력은 절대적입니다. 전 세계적으로 그의 사업 매출액은 200억에서 300억 달러에 이릅니다. 여러분, 살바토레 그레코는 실질적으로 우리와 다를 바가 없지요."

흥분, 혹은 흥분에 가까운 무엇인가가 잔잔한 파문을 일으키며 장내를 훑고 지나간다.

"살바토레 그레코가 고문과 살인을 끔찍이 좋아한다는 것은 문제가 되지 않습니다. 마피아 단원끼리 서로 죽이면 자동 청소나 마찬가지니까 괜찮지요. 하지만 최근 들어 살바토레는 사회 지배층 암살을 지시하기 시작했습니다. 판사 둘, 수석 치안판사 네 명이 자동차 폭탄으로 죽었고, 탐사 기자 한 명은 지난달 자기 아파트에서 나오다가 총에 맞아 죽었지요. 그 기자는 사망 당시 임신 중이었는데 결국 태아도 죽고 말았습니다."

남자는 말을 멈추더니 고개를 들고 스크린을 바라본다. 사진 속 죽은 여자는 피 웅덩이 속에 큰대자로 쓰러져 있다.

"짐작하시다시피, 상기 범죄 중 그 어느 건에서도 살바토레 그레코가 연루되었다는 증거는 없었습니다. 경찰에 뇌물을 먹이거나 경찰을 협박했고 증인에게는 겁을 주었지요. 마피아의 '오메르타', 침묵의 계율이 워낙 강하니까요. 살바토레 그레코는 사실상 적수가 없다고 할 수 있습니다. 한 달 전 중재인을 보내 살바토레와 만남을 주선해보려고 했습니다. 서로 모종의 합의를 봐야겠다는 생각이 들었기 때문이지요. 이 지역에서 살바토레 그레코가 너무 설쳐대는 바람에 우리 이익이 위협 받는 지경에까지 이르렀으니까요. 살바토레의 반응은 즉각적이었습니다. 바로 다음 날 저한테 소포가 하나 도착했어요."

스크린에 뜬 사진이 바뀐다.

"보시다시피 소포에는 내가 보낸 사람의 눈과 귀와 혀가 들어 있었습니다. 메시지는 분명했어요. 만남도, 회의도, 합의도 없다 이거죠."

테이블에 둘러앉은 남자들은 소름끼치는 장면을 잠시 보다가 다시 발언자에게로 시선을 돌린다.

"여러분, 살바토레 그레코에 대하여 집행 결정을 내려야 할 때라고 생각합니다. 놈은 위험할 정도로 막 나가는 데다 법의 제재도 받지 않아요. 놈의 범죄 행각, 그리고 그런 범죄 행각이 수반하는 사회적 혼란이 지중해 지역의 안정을 위협하고 있습니다. 따라서 그놈을 이 바닥에서 영원히 몰아내자고 제안하는 바입니다."

의자에서 일어난 발언자는 사이드 테이블에서 고풍스럽게 옻칠한 함을 하나 가지고 자리로 돌아온다. 뚜껑을 열어 까만 벨벳 주머니를 꺼내서는 묶어둔 끈을 풀어 내용물을 테이블에 쏟는다. 상아로 만든 작은 물고기 조각 스물네 개가 나온다. 그중 열두 개는 오래되어 반질반질한 노란색, 나머지 열두 개는 피처럼 새빨간 색이다. 남자들은 각자 노란색과 빨간색 물고기 한 쌍씩을 받는다.

빈 벨벳 주머니가 시계 반대 방향으로 테이블을 빙 돈다. 한 바퀴를 다 돌고 난 후 표결을 제안했던 사내에게 건네진다. 다시 한번, 주머니의 내용물이 테이블 위로 우르르 쏟아진다. 붉은 물고기 열두 개. 만장일치로 사형이 선고되었다.

그로부터 2주가 지난 어느 날 저녁, 빌라넬은 파리 16구 소재 회원 전용 사교 클럽 르자스망의 야외 테이블에 앉아 있다. 동쪽에서는 불르바흐 슈세를 지나는 자동차들의 소리가 어렴풋이 들려오고, 서쪽으로는 불로뉴 숲과 오퇴유 경마장이 있다. 클럽 정원의 경계를 둘러친 격자 울타리에는 재스민 꽃이 만개했고, 그 향기는 따뜻한 공기 속에 스민다. 나머지 테이블에도 대부분 사람들이 앉아 있지만 대화 소리는 거의 들리지 않는다. 빛이 잦아들면서 밤이 다가오고 있다.

빌라넬은 그레이구스 보드카 마티니를 한 모금 쭉 들이켜며 주변을 조심스럽게 살핀다. 특히 옆 테이블의 커플을 눈여겨보는 중이다. 둘 다 20대 중반에, 남자는 꾸미지 않았지만 우아하고 여자는 고양이 같은 멋쟁이다. 남매일까? 직장 동료? 연인?

남매는 아닐 거라는 게 빌라넬의 생각이다. 둘 사이에는 가족에게서는 절대 볼 수 없는, 뭔가 공모하는 듯한 긴장이 흐르고 있다. 돈이 많은 것은 분명하다. 이를테면 여자가 입은 실크 스웨터는 진한 금색으로 본인의 눈동자와 잘 어울린다. 새 것은 아니지만 샤넬이 분명하다. 두 사람은 빈티지 테탕제 샴페인을 마시고 있는데, 르자스망에서는 만만치 않은 가격이다.

빌라넬의 시선을 감지한 남자가 샴페인 잔을 살짝 들어 보인다. 남자가 동행인 여자에게 뭐라고 중얼거리는 동안 여자는 상대를 가늠하듯 차가운 눈으로 빌라넬을 뚫어져라 쳐다본다.

"합석하시겠어요?" 여자가 묻는다. 권유라기보다 결투 신청 같다.

빌라넬도 여자를 바라보며 눈 한 번 깜빡이지 않는다. 산들바람이 꽃향기가 스민 공기를 흩트려놓는다.

"부담 갖지 않으셔도 됩니다." 남자가 차분한 시선에 어울리지 않는 쓴웃음을 지으며 말한다.

빌라넬이 자리에서 일어나 자신의 잔을 들어 보인다.

"기꺼이요. 친구를 기다리는 중인데 늦을 모양이네요."

"그러시군요……. 전 올리비에이고, 여긴 니카입니다." 남자도 자리에서 일어서며 말한다.

"빌라넬이라고 해요."

평범한 대화가 적당히 오간다. 빌라넬이 알아낸 바에 따르면 올리비에는 최근 미술상 일을 시작했다. 니카는 간간이 배우로 활동한다. 두 사람은 남매 사이도 아니고, 좀 더 자세히 살펴보니 연인 사이 같지도 않다. 그렇다고는 해도 두 사람이 함께 있는 모습, 서로를 서로의 궤도로 끌어들이는 분위기에는 미묘하게 에로틱한 구석이 있다.

"난 단타 매매자예요. 통화, 이자율 예측, 뭐 그런 거요."

빌라넬이 두 사람에게 말한다. 흐뭇하게도, 그 즉시 두 사람의 눈에서 흥미가 싹 사라진다. 필요하다면 단타 매매에 대해서 몇 시간이고 지껄일 수 있지만 두 사람은 알고 싶지 않을 것이다. 대신 빌라넬은 일터인 베르사유 소재 볕 잘 드는 아파트 2층에 대해서 자세히 들려준다. 물론 실존하지는 않지만 빌라넬은 발코니의 소용돌이무늬 철제 난간이며 바닥에 깔아놓은 빛바랜 페르시아 러그까지 생생하게 그려낼 수 있다. 빌라넬이 꾸며낸 이야기는 완벽해졌고 늘 그렇듯 속임수가 잘 먹혀서 희열이 확 몰려온다.

"당신 이름도, 눈도, 머리도 마음에 들지만 무엇보다 신발이 제일 마음에 들어요."

니카의 말에 빌라넬은 웃으며 루부탱에서 산 새틴 끈 샌들 속 발에 힘을 준다. 올리비에의 시선을 느낀 빌라넬은 일부러 그의 나른한 몸짓을 그대로 따라해본다. 그의 손이 능수능란하고 탐욕적으로 자신의 몸을 훑는 상상을 한다. 그는 자기가 주도하고 있다고 생각할 것이다.

"뭐가 그렇게 웃겨요?" 니카가 고개를 갸우뚱한 채 담배에 불을 붙이며 묻는다.

"당신들이요."

저 황금빛 눈동자에 빠져버리면 어떨까, 빌라넬은 궁금하다. 연기를 내뿜는 저 입술에 입을 맞추면 어떤 느낌일까? 빌라넬은 지금 혼자만 재미를 보고 있다. 올리비에와 니카 모두 자신을 원하고 있다. 두 사람은 빌라넬을 가지고 놀고 있다고 착각하고 있고, 빌라넬은 그들이 그렇게 착각하도록 내버려둘 것이다. 두 사람을 마음대로 조종하면서 어디까지 갈지 지켜보면 신이 날 것이다.

"제안 하나 하죠."

올리비에가 말하는 바로 그 순간, 빌라넬의 가방 속에 있던 휴대전화 불빛이 깜박거리기 시작한다. 딱 한 단어 문자, '저지하라.' 벌떡 일어난 빌라넬의 얼굴은 무표정하다. 니카와 올리비에 쪽으로 시선을 향하지만 두 사람은 더 이상 빌라넬의 안중에 없다. 한마디 말도 없이 그 자리를 떠난 빌라넬은 순식간에 베스파 스쿠터에 올라타 북쪽으로 향하는 자동차 행렬 속으로 들어간다.

이 문자를 보낸 남자를 처음 만난 것은 3년 전이다. 지금까지도 콘스탄틴으로만 알고 있다. 당시 빌라넬의 처지는 지금과는 사뭇 달랐다. 본명은 옥사나 보론초바, 중앙 연방관구 소재 페름 대학교 언어학과 재학생이었다. 6개월 후 졸업시험을 앞두고 있었다. 그러나 빌라넬이 졸업시험장에 들어갈 일은 없었다. 전해 가을부터 불가피하게 다른 곳에 구금되었기 때문이다. 구체적으로 말하면, 우랄 산맥 소재 도브랸카 여성 구치소. 죄명은 살인죄.

르자스망에서 포르트 드 파시에 있는 빌라넬의 아파트까지는 스쿠터로 5분 거리다. 아파트는 1930년대 건물로 크고 조용해서 익명으로 지낼 수 있는 데다 보안이 확실한 지하 주차장도 있다. 빠르지만 전혀 튀지 않는 은회색 아우디 TT 로드스터 옆에 스쿠터를 주차한다. 6층까지 엘리베이터를 타고 올라가 몇 단 안 되는 계단을 걸어 꼭대기 층 아파트로 간다. 현관문은 건물 내 다른 집들과 마찬가지로 판자를 덧대어놓았지만 사실 강철이고 전자식 잠금 장치는 주문 제작한 것이다.

아파트 내부는 쾌적하고, 널찍하다 못해 살짝 황량하기까지 하다. 콘스탄틴이 1년 전 아파트 열쇠와 부동산 권리증서를 건네주었다. 전에 누가 살았었는지 빌라넬은 전혀 모르지만 이사 올 당시 가구가 완전히 갖춰져 있었고, 몇 십 년은 되어 보이는 붙박이 시설과 세간으로 볼 때, 나이 든 사람이 살았을 거라고 짐작만 할 뿐이다. 집 꾸미기에는 영 관심이 없어서 손대지 않고 내버려두었다. 그래서 빛바랜 청록색 방과 군청색 방도, 별 특징 없는 후기 인상파 그림들도 그대로다.

이 아파트에 빌라넬을 찾아오는 사람은 아무도 없지만(일 관련 접선은 카페와 공원에서 이루어지고 섹스는 주로 호텔에서 한다) 혹 누가 찾아온다고 해도, 아파트는 빌라넬이 꾸며낸 이야기의 세부 사항을 빠짐없이 뒷받침해줄 것이다. 서재에 있는 컴퓨터는 스테인리스 스틸 웨이퍼 재질의 최고급 컴퓨터로 일반 보안 소프트웨어의 보호를 받고 있어 웬만큼 실력 있는 해커라면 순식간에 우회를 할 것이다. 그러나 컴퓨터의 내용을 스캔한다고 해도 성공적인 단타 매매 장부 내역 정도밖에 드러나지 않을 것이고, 서류 보관함의 문서도 특별할 것이 없다. 음악 재생 장치는 없다. 빌라넬에게 있어 음악이란 좋아봐야 무의미한 짜증거리이고 최악의 경우에는 치명적인 위험 요소다. 침묵 속에 안전이 깃드는 법이다.

구치소 환경은 열악하기 짝이 없었다. 음식은 입에 대기도 싫을 정도였고 위생이란 건 개념조차 없었다. 도브랸카강에서 불어오는 살을 에는 칼바람은 음산한 시설 구석구석으로 파고들었다.

규칙을 조금이라도 위반할라치면 장기간의 '시자shiza' 즉 독방 신세를 면할 수 없었다. 독방에 갇힌 지 3개월째, 옥사나는 감방에서 나오라는 명령을 듣고 아무 설명 없이 구치소 마당으로 끌려나와 낡은 사륜 구동에 올랐다. 두 시간 후, 차는 페름 지방 깊숙한 곳에 멈췄다. 운전자는 얼어붙은 추소바야강 위를 가로지르는 다리를 지나 정차하더니 손짓으로 낮은 조립식 건물 쪽을 가리켰다. 그 건물 옆에는 검은 사륜 구동 메르세데스가 주차되어 있었다. 건물 안으로 들어가보니 테이블 하나, 의자 두 개, 등유 난로 하나가 놓인 공간이 나왔다.

두터운 회색 코트를 입은 남자가 의자에 앉아 있었다. 처음에는 빌라넬을 쳐다보기만 했다. 너덜너덜해진 죄수복, 핼쑥한 얼굴, 노골적으로 드러난 반항심을 찬찬히 살펴보았다.

"옥사나 보리소브나 보론초바."

마침내 입을 연 남자는 테이블에 놓인 서류철을 보며 말을 이었다.

"나이, 23년 4개월. 살인 사건 세 건으로 기소, 누범 가중 사유."

옥사나는 작은 사각형 창문을 통해 눈 덮인 숲을 멍하니 바라보고 있었다. 남자는 극히 평범해 보였지만 마음대로 가지고 놀 수 있는 상대가 아니라는 것을 한눈에 알 수 있었다.

"2주 뒤면 넌 재판을 받게 된다. 유죄 판결을 받을 테지. 다른 판결은 나올 수가 없으니까. 원칙대로면 넌 사형을 받을 거다. 잘해야 유형지에서 20년쯤 썩는 걸 텐데, 거기에 비하면 도브랸카는 리조트나 마찬가지겠지."

옥사나의 눈빛은 여전히 멍했다. 남자가 외제 담배에 불을 붙이더니 빌라넬에게 한 대 권했다. 구치소에서 일주일치 식량과 맞바꾸어야 하는 사치품이지만 옥사나는 거절했다. 거절 의사 표현이라고 해봐야 아주 미미하게 고개를 가로저은 것이 다였지만.

"남자 셋, 시체로 발견. 한 명은 목에 깊은 자상, 나머지 둘은 얼굴에 총상. 페름에서 제일가는 명문대 언어학과 졸업반 학생이 저지를 만한 행동은 아니었지. 공교롭게도 그 여학생이 러시아 특수부대 백병전 교관의 딸이었다면 모를까."

남자는 담배를 빨아들이더니 말을 이었다.

"보리스 보론초프[러시아 인명은 '이름 + 부칭 + 성'으로 구성되는데, 이때 성은 남녀가 다른 형태를 취하므로 남성의 성 '보론초프'는 여성의 성으로는 '보론초바'로 변형된다] 상사, 평판이 꽤 좋은 편이었다. 하지만 밤에 부업 삼아 일을 도와주던 폭력 조직과 사이가 틀어졌을 때 백병전 교관 경력 같은 건 전혀 도움이 되지 않았지. 등 뒤에서 총을 쏘고는 길바닥에서 개처럼 죽게 내버려뒀거든. 훈장까지 받은 베테랑에게 어울리는 종말은 아니었다."

남자는 테이블 아래에서 보온병과 종이컵 두 개를 집어 들었다. 내용물을 어찌나 천천히 따르는지 싸늘한 공기가 독한 차 냄새로 물들 정도였다. 남자가 종이컵 하나를 빌라넬 쪽으로 밀었다.

"브라더스 서클. 러시아에서 가장 사납고 무자비한 범죄 조직이다."

남자가 고개를 절레절레 흔들었다.

"대체 무슨 생각으로 그 조직의 똘마니를 셋이나 처형하기로 한 게냐?"

고개를 돌린 옥사나의 얼굴에는 경멸감이 가득했다.

"브라디스에서 널 찾아내기 전에 경찰에 체포됐기에 망정이지, 안 그랬으면 지금 이렇게 얘기도 못하고 있을 거다."

남자는 담배꽁초를 바닥에 떨어뜨린 다음 짓밟아 껐다.

"그래도 작업 솜씨가 깔끔했다는 점은 인정해야겠더구나. 아버지가 아주 잘 가르쳐놓았어."

옥사나는 남자를 다시 한 번 흘끔거렸다. 검은 머리에 중간 정도 키, 나이는 마흔쯤 되어 보였다. 침착한 눈빛, 아주 많이는 아니지만 조금은 인정이 엿보이는 눈매.

"단, 그 무엇보다 중요한 원칙을 잊었다. 잡히질 말았어야지."

옥사나는 음미하듯 차를 한 모금 마셨다. 그러고는 테이블 너머로 손을 뻗어 담배 한 개비를 가져다 불을 붙였다.

"그러는 아저씨는 누군데요?"

"네가 편하게 아무 말이나 할 수 있는 사람이다, 옥사나 보리소브나. 하지만 먼저 진실을 확인해다오."

남자는 외투 주머니에서 접힌 서류 다발을 꺼냈다.

"어머니는 우크라이나인으로 네가 일곱 살 때 갑상선암으로 돌아가셨다. 체르노빌 원자력 발전소 폭발 때 방사선에 피폭된 탓이지. 어머니가 돌아가시고 3개월 후, 아버지가 체첸 공화국에 파견

되었다. 그때 넌 페름에 있는 사하로프 고아원에 임시로 맡겨졌지. 그곳에서 18개월을 보냈는데, 고아원 직원이 탁월한 네 학습 능력을 알아차렸다. 다른 특이사항도 확인했는데, 상습적인 야뇨증, 그리고 친구를 사귀는 능력이 거의 전무하다는 점이었다."

옥사나가 내뱉은 담배 연기는 싸늘한 공기 속에서 기다란 회색 기둥이 되었다. 옥사나는 윗입술에 난 흉터에 혀끝을 갖다 댔다. 이 행동은 흉터와 마찬가지로 거의 눈에 띄지 않았지만 남자는 그걸 알아차렸다.

"네가 열 살 때 아버지가 다시 한 번 파견되었는데 이번 파견지는 다게스탄이었다. 넌 사하로프 고아원으로 돌아갔고 3개월 뒤 기숙동에 방화를 하다가 들켜서 페름 소재 시립병원 4호 정신병동으로 이송되었다. 임상치료사는 너를 반사회성 인격 장애라고 진단했지만 병원 측에서는 그의 조언을 무시하고 너를 아버지가 있는 집으로 돌려보냈다. 그 다음 해 너는 산업지구 중등학교에서 공부를 시작했다. 거기서도 공부를 잘해서 칭찬을 들었고, 특히 어학 분야에서 탁월한 능력을 보였지. 친구를 사귀거나 관계를 맺으려는 시도는 전무했고, 오히려 다수의 폭행 사건에 개입하거나 이를 사주한 것으로 의심된다고 기록돼 있다.

하지만 프랑스어 교사인 레오노바에게 애착을 느꼈고 레오노바가 늦은 밤 버스를 기다리던 중 심각한 성폭행을 당했다는 사실을 알고 격분했다. 가해자라는 놈은 체포되었다가 증거 부족으로 풀려났지. 6주 후, 그놈은 물량카강 근처 숲에서 발견되는데, 충격과 출혈 때문에 정신이 없는 상태였다. 칼로 거세를 당했기 때문이지. 의사들은 그놈을 살려냈지만, 끝내 범인은 밝혀지지 않았다. 이 사건이 벌어질 당시, 너는 열입곱 살을 목전에 두고 있었지.”

옥사나는 담배꽁초를 짓밟아 불을 껐다.

“이런 얘기는 왜 하는 건데요?”

남자는 하마터면 웃을 뻔했다.

“예카테린부르크에서 열린 유니버시아드 권총 사격 대회에서 네가 금메달을 땄다는 얘기를 하려고 하는 걸지도 모르지. 네가 대학교 1학년 때.”

옥사나가 어깨를 으쓱했고, 남자는 앉은 채 몸을 앞으로 내밀었다.

“아무에게도 말하지 않을 테니 말해보렴. 포니 클럽 남자 세 명 말인데, 그 남자들 죽였을 때 기분이 어땠니?”

옥사나는 무표정한 얼굴로 남자의 시선을 맞받았다.

“알았다, 만약으로 바꾸마. 기분이 어땠을 것 같니?”

“그땐 일을 잘 해냈으니까 뿌듯했겠죠. 지금은…….” 옥사나는 이번에도 어깨를 으쓱했다. “아무 느낌 없어요.”

“그렇다면 너는 쓸데없이 베레즈니키나 그 비슷한 데서 20년을 썩으려고 하는 거로구나?”

“기껏 여기까지 데리고 와놓고 겨우 그런 말밖에 못 해요?”

“사실대로 말하마, 옥사나 보리소브나. 이 세상은 너 같은 사람을 골칫거리로 여긴다. 남자든 여자든 너처럼 태어날 때부터 양심도 없고 죄책감을 못 느끼는 사람들 말이다. 너 같은 사람은 극소수밖에 되지 않지만…… . 너 같은 사람이 없다면…… .”

남자는 담배를 하나 더 꺼내 불을 붙이고 이번에는 의자 등받이에 몸을 기댔다.

“포식자가 없으면, 남들은 생각조차 못 할 일을 생각할 수 있는 사람들, 두려움이나 망설임 없이 행동할 수 있는 사람들이 없으면, 세상은 정체될 거다. 너는 진화의 불가피한 결과물이다.”

한동안 침묵이 흘렀다. 남자의 말은 옥사나가 언제나 알고 있던 사실, 최악의 상황에서조차 잊지 않았던 사실을 확인시켜주었다. 자신은 남과 다르다는 사실, 자신은 특별하다는 사실, 자신은 하늘 높이 날아오를 운명이라는 사실을. 옥사나는 창문 밖에서 대기 중인 자동차를 바라보았다. 경호원들이 눈밭에서 발을 동동 구르고 있었다. 다시 한 번, 혀끝으로 윗입술을 핥았다.

“그래서 나한테 원하는 게 뭔데요?”

콘스탄틴은 앞으로 벌어질 일을 빠짐없이 설명했다. 콘스탄틴의 설명을 듣는 동안, 옥사나는 지금까지 일어난 모든 일이 이 순간을 위해 존재한 것만 같았다. 표정은 조금도 변하지 않았지만 순식간에 온몸을 꿰뚫고 지나간 전율은 허기만큼이나 강렬했다.

파리 저편으로 빛이 점점 희미해지고 있다. 빌라넬은 서재 책상 서랍에서 새 애플 노트북을 꺼내 포장을 뜯는다. 지메일 계정에 접속하고는 ‘제프와 새러-휴가 사진’이라는 제목의 메일을 열어본다. 본문은 두 단락, 한 커플이 카이로 시내와 외곽의 관광지를 돌아다니며 찍은 JPEG 사진 파일이 열 장 남짓 있다.

모두 안녕!

우리는 평생 가장 신나는 시간을 보냈어. 피라미드도 장관이었고 새러는 낙타도 탔다니까(첨부한 사진 파일에 있어!). 일요일에 귀국해. 7시 42분에 비행기 도착이니까 9시 45분까지는 집에 도착하겠지. 모두 잘 지내고 있어-제프.

추신: 새러의 이메일 주소가 SMPrice88307@gmail.com으로 바뀌었으니까 알아두시길.

글자와 단어는 무시한 채 빌라넬은 숫자들을 추출한다. 이 숫자들이 일회용 암호가 된다. 그 암호가 있어야 평범해 보이는 JPEG 파일들 속에 숨어 있는 압축 데이터에 접근할 수 있다. 빌라넬은 보안 통신을 가르쳐준 인도 출신 시스템 설계자가 해준 말을 떠올린다.

'암호화된 메시지, 그것 참 좋죠. 하지만 제아무리 해독이 불가능하다고 해도 이목을 끌어요. 애초에 다른 메시지가 있을지도 모른다는 의혹이 안 생기게 하는 편이 훨씬 낫죠.'

빌라넬은 사진을 띄운다. 해상도가 높고 굉장히 선명하기 때문에 데이터 페이로드를 상당량 전달할 수 있다. 10분 뒤, 숨겨진 텍스트를 모두 추출해서 합치니 문서가 하나 만들어진다.

'스티브의 모바일'이란 제목의 두 번째 이메일 메시지는 더 짧아서 전화번호 하나, 아마추어 축구 경기 모습이 담긴 사진 여섯 장이 전부다. 빌라넬은 조금 전의 과정을 다시 한 번 실행했지만 이번에 추출된 것은 여러 장의 인물 사진이다. 모두 동일 인물. 검은색에 가까운 눈동자와 앙다문 입술. 빌라넬은 사진을 뚫어져라 본다. 한 번도 본 적 없는 얼굴이지만 어딘가 낯익은 구석이 있다. 일종의 공허함. 잠시 기억을 떠올리자 그런 공허함을 어디서 봤는지 생각이 난다. 거울 속에서. 자신의 두 눈 속에서. 텍스트 문서의 제목은 '살바토레 그레코.'

현 고용주들의 마음에 쏙 들었던 빌라넬의 독특한 자질 가운데 하나가 바로 사진 찍듯 정확한, 비범한 기억력이다. 살바토레 그레코 파일을 읽는 데는 30분이 걸렸다. 이제 빌라넬은 문서가 마치 눈앞에 있기라도 하듯, 모든 내용을 읊을 수 있다. 경찰 기록, 감시 일지, 재판 기록, 정보원 진술에서 종합 신상 정보를 수집했다. 짜증날 정도로 간결하다. 연대순으로 나열한 그레코의 이력. FBI의 심리 프로파일. 국내 상황, 개인적 습관, 성적 성향에 대한 분석(이지만 대부분은 추측). 본인 명의 부동산 목록. 공개된 보안 대비책에 대한 분석.

정보를 바탕으로 추측컨대 그는 소박한 취향의 소유자다. 대중의 관심을 병적으로 싫어하는 살바토레 그레코는 그만큼 대중의 관심을 피하는 데도 고도로 능숙하다. 심지어 요즘 같은 매스컴 시대에도. 반면 그의 권력은 주로 평판에 기인한다. 고문과 살인이 일상이나 다름없는 지역에서도 그레코의 잔인무도함은 단연 돋보인다. 그의 앞길을 가로막거나 그의 권위에 의문을 제기하는 자는 곧바로 제거되는데, 그 잔인함은 가히 눈이 돌아갈 정도다. 경쟁 상대는 온 가족이 총에 맞아 죽는 것을 보아야 했고, 밀고자는 목이 잘리고 벌어진 상처 부위로 혀가 뽑혀 나왔다.

빌라넬은 파리 시내를 내려다본다. 왼쪽으로는 저녁 하늘을 배경으로 드러난 에펠탑의 실루엣이, 오른쪽으로는 몽파르나스 타워의 시커먼 형상이 보인다. 살바토레 그레코를 떠올린다. 그의 민감한 사생활 그리고 그가 직접 저지른 행위와 남에게 시킨 일이 풍기는 기괴한 공포를 대조해본다. '이런 모순을 나에게 유리한 쪽으로 이용할 방법이 없을까?'

빌라넬은 문서 파일을 다시 읽는다. 문장 하나하나를 훑으면서 파고들 틈이 없나 살핀다. 살바토레 그레코가 주로 기거하는 공간은 팔레르모 외곽 언덕진 마을에 자리한 농가인데 요새나 다름없다. 함께 살고 있는 그의 가족들은 밤낮으로 충성을 다하는 무장 경호원의 보호를 받는다. 부인 칼로제라는 외출을 거의 하지 않는다. 외동딸 발렌티나는 이웃 마을에 살고 있는데, 그 마을에서 아버지의 법률 고문의 장남과 결혼했다. 그 지역은 사투리가 강하고, 전통적으로 타지 사람에게 적대적이다. 살바토레 그레코가 만날 의향이 있는 사람들(조직원, 예비 동업자, 재단사, 이발사)은 그 농가에 초대를 받는데, 몸수색을 받고, 필요한 경우 무기를 내놓는다. 그레코가 팔레르모에 있는 정부情婦를 만나러 집을 나설 때면 예외 없이 무장한 운전사와 최소 두 명의 경호원이 따라붙는다. 정부를 방문하는 시기에도 일정한 패턴 따위는 없는 것 같다.

그럼에도 빌라넬의 흥미를 끄는 문서가 하나 있다. 이탈리아 신문《코리에레 델라 세라》에서 오려낸 5년 전 기사로, 로마에서 자사 기자가 죽을 뻔한 사고였다. 당사자 브루노 데 산티스는 이렇게 증언했다.

"트라스테베레[젊은이들이 즐겨 찾는, 로마의 테베레강 건넛마을]에 있는 식당에서 나오는데 자동차 한 대가 역주행으로 저를 향해 돌진하고 있었어요. 정신을 차려보니 병원에 있었습니다. 다행히 목숨은 건졌어요."

브루노 데 산티스에 따르면 이 살인 시도는 한 달 전《코리에레 델라 세라》에 프랑카 파르팔리아라는 시칠리아 출신의 젊은 소프라노에 대한 기사를 작성한 탓이었다. 기사에서 브루노 데 산티스는 파르팔리아를 비난했다. 밀라노 스칼라 극장 아카데미 학비를 내기 위해 '악명 높은 범죄조직 두목'인 살바토레 그레코의 기부금을 수락했다는 것이 그 이유였다.

용감하다 못해 무모한 기사지만 빌라넬은 죽을 뻔한 기자에게는 관심이 없다. 그보다는 살바토레 그레코가 무슨 바람이 불어 파르팔리아에게 자선을 베풀었는지가 궁금하다. 살바토레 그레코가 그런 자선을 무한정 베풀 재력이 있기 때문만은 아닐 것이 분명하다. 오페라 애호가라서? 재능 많은 시골 소녀가 자신의 꿈을 실현하도록 돕고 싶은 소망 때문에? 아니면 그와 달리 아주 원초적인 욕망 때문에?

인터넷 검색을 해보니 파르팔리아의 이미지가 수도 없이 뜬다. 당당한 외모에 오만하고 엄격한 인상의 파르팔리아는 스물여섯보다는 나이가 많아 보인다. 몇몇 이미지는 가수의 웹사이트에도 있는 것이다. 더불어 현재까지의 이력, 공연평 모음, 다음 몇 개월간의 일정도 나와 있다. 웹페이지를 스크롤하며 공연 장소를 보던 중 빌라넬은 스크롤을 멈춘다. 빌라넬은 눈을 가늘게 뜨고 손가락 끝으로 입술에 난 흉터를 어루만진다. 하이퍼링크를 클릭하자 팔레르모에 있는 마시모 극장의 웹사이트가 떴다.

훈련을 받느라 1년의 절반 이상이 날아갔다.

최악은 첫 주였다. 6주에 걸친 체력 단련과 맨몸 격투는 거센 바람이 부는 황량한 에식스 해안 지방에서 이루어졌다. 빌라넬은 12월 초에 그곳에 도착했다. 교관은 영국 해군 전前 특수임무부대 출신으로 이름은 프랭크였다. 예순 살가량의 무뚝뚝하고 속을 알 수 없는 인물이었다. 그의 눈초리는 북해처럼 차가웠다. 빛바랜 면 트레이닝복과 낡은 테니스화를 사시사철 고수했다. 프랭크에게 자비란 없었다. 옥사나는 도브랸카 구치소에서 생활한 탓에 저체중에 저질 체력이었지만, 처음 2주 동안 끝도 없이 습지를 달려야 했다. 얼굴을 채찍으로 후려치는 듯한 진눈깨비와 디딜 때마다 부츠를 낚아채는 미끈한 개흙. 고문 같은 시간이었다.

투지 덕분에 훈련을 계속할 수 있었다. 무슨 일이 있어도, 설령 갯벌에 빠져 죽는 한이 있더라도, 러시아의 형벌 제도로 돌아가는 것보다는 나았다. 프랭크는 빌라넬이 누군지 몰랐고 관심도 없었다. 그의 임무는 단 하나, 빌라넬이 전투태세를 갖추게 하는 것이었다. 훈련 기간 동안 빌라넬은 난방도 안 되는 조립식 막사에서 생활했다. 막사는 진흙과 자갈밖에 없는 섬 위에 지어져 있었다. 섬은 500미터 정도 되는 둑길로 본토와 이어져 있었다. 이 장소는 냉전 시대에 조기 경보 기지였다. 암울하고 불길한 용도였던 만큼 그때의 기운이 여전히 남아 있었다.

첫날밤에는 너무 추워서 잠을 설쳤지만 그 뒤로는 녹초가 된 탓에 담요 한 장만 덮고도 업어가도 모를 정도로 깊은 잠에 빠졌다. 프랭크는 매일 새벽 네 시 골함석 문짝을 발로 쾅 차고는 당일 보급 식량(대개 물이 든 플라스틱 수통 하나, 가공육과 야채가 든 통조림 두어 개)을 툭 던져주고 가버렸다. 그러면 빌라넬은 후다닥 전투복을 걸치고 전투화를 신었다. 옷과 신발은 전날 훈련 때문에 늘 축축한 상태였다. 두 시간 동안 섬을 몇 바퀴 달렸는데, 질척거리는 잿빛 갯벌을 가로지르거나 쌀쌀한 조석점潮汐點을 따라 달리거나 둘 중 하나였다. 달리기 후에는 막사로 돌아가 작은 고체연료 버너로 차를 끓이고 보급 식량을 반합에 넣어 데웠다. 동틀 녘이면 두 사람은 다시 밖에 나가 옥사나가 토할 때까지 갯벌 위를 달렸다.

어둠이 점차 다가오는 오후에, 두 사람은 일대일 육박전 훈련을 했다. 프랭크는 오랜 세월에 걸쳐 주짓수, 길거리 싸움, 그 밖의 기술 요소들을 가져다가 다듬어 하나의 무술을 만들었다. 이 무술이 역점을 두는 것은 임기응변과 속도였으므로 훈련은 발밑 진흙과 자갈이 이리저리 마구잡이로 움직이는 무릎 높이의 바닷물 속에서 이루어지기 일쑤였다. 옥사나의 영어가 매우 서투르다는 사실을 깨달았을 때, 프랭크는 훈련 도중 물리적인 예를 들어가며 가르쳤다. 옥사나는 아버지로부터 러시아 특공 무술 시스테마 스페츠나츠의 기초를 배웠기에 자신이 싸움은 좀 한다고 생각했지만, 프랭크는 옥사나의 수를 매번 예측하는 것 같았다. 주먹을 날릴 때마다 가볍게 피하고는 어김없이 옥사나를 차디찬 바닷물 속으로 힘껏 내동댕이쳤기 때문이다.

옥사나는 살면서 그 누구도 이 전직 특수임무부대 출신 교관만큼 미워한 적이 없었다. 심지어 페름 고아원이나 도브랸카 구치소에 있을 때도, 그토록 치밀하게 자신을 무시하거나 망신을 준 사람은 없었다. 증오는 곧 폭발 직전의 분노가 되었다. 그는 옥사나 보리소브나 보론초바였고, 아무도 이해할 엄두조차 내지 못할 원칙에 따라 살았다. 이 망할 영국놈, 이 개새끼를 반드시 이기고야 말겠어, 내가 죽는 한이 있어도.

훈련 마지막 주의 어느 늦은 오후, 두 사람은 밀물 때 대결 중이었다. 프랭크는 날이 20센티미터나 되는 거버 칼을 가지고 있었고, 옥사나는 맨손이었다. 프랭크가 선수를 쳤다. 녹슨 칼날이 옥사나의 코앞까지 치고 들어오는 통에 칼날이 지나가면서 인 미세한 바람이 느껴질 정도였다. 이에 질세라 옥사나는 칼을 쥔 프랭크의 팔 밑으로 몸을 피한 다음 옆구리에 펀치를 날렸다. 프랭크가 순간 멈칫하면서 거버 칼을 다시 슬라이스로 휘둘렀지만 옥사나는 이미 사정거리에서 벗어나 있었다. 두 사람은 춤을 추듯 이리저리 움직였고, 프랭크가 옥사나의 흉부를 향해 돌진했다. 옥사나는 몸을 반쯤 돌려 프랭크의 손목을 잡아채고는 프랭크가 몸을 튼 방향으로 그의 몸을 홱 비튼 다음, 밑에서부터 그의 다리를 세게 찼다. 프랭크가 뒤로 넘어가면서 바닷물에 빠져 양팔을 마구 휘저을 때, 옥사나는 칼을 든 프랭크의 손을 자갈에 찍어 누르려고 무릎을 치켜 올리고 있었다. 아버지가 언제나 '무기 먼저 막은 다음에 사람을 막으라'고 했기 때문이다. 프랭크가 어쩔 수 없이 거버 칼을 손에서 놓았을 때, 옥사나는 앞으로 몸을 던져 프랭크를 바닷물 속에서 꼼짝 못하게 했다. 다리를 벌리고 프랭크 위에 걸터앉은 옥사나는 손바닥으로 프랭크의 머리를 밑으로 찍어 누른 채, 프랭크가 물에 빠져 허우적대느라 얼굴이 고통으로 일그러지는 모습을 지켜보았다.

재미있는(심지어 황홀하기까지 한) 광경이었지만 프랭크가 살아 있어야 자신의 승리를 인정해줄 수 있기 때문에 어쩔 수 없이 물 밖으로 끌어냈다. 프랭크는 물에서 나오자마자 옆으로 돌아눕더니 바닷물을 한바탕 게워냈다. 프랭크가 다시 눈을 떴을 때, 옥사나는 거버 칼로 그의 목을 겨누고 있었다. 옥사나와 시선이 마주친 프랭크는 고개를 끄덕여 굴복 의사를 밝혔다.

일주일 후, 콘스탄틴이 옥사나를 데리러 왔다. 옥사나는 한쪽 어깨에 배낭을 메고 둑길로 향하는 진흙탕 트랙에서 그를 기다리고 있었다. 콘스탄틴은 흐뭇한 기분으로 옥사나를 위아래로 훑어

보았다.

"건강해 보이는구나."

콘스탄틴은 바람에 그을리고 소금기를 머금고 물집이 잡힌 옥사나를 담담하게 살피며 말했다.

"저 아이, 빌어먹을 사이코잖소." 프랭크가 말했다.

"완벽한 사람이 어디 있나." 콘스탄틴이 대꾸했다.

이틀 뒤, 옥사나는 독일로 날아가 3주간 미텐발트에 있는 산악전 학교에서 탈출 및 도주 훈련을 받았다. NATO 특공대 간부 출신이 훈련을 맡았다. 여기서는 옥사나가 러시아 내무부 대테러 부대에서 임시 전출되었다고 둘러댔다. 둘째 날 밤, 옥사나가 펑펑 쏟아진 눈 속에 파묻혀 있을 때 누군가 텐트 지퍼에 몰래 손을 대고 있다는 느낌을 받았다. 칠흑 같은 어둠 속에서 소리 없는 난투가 벌어졌고 다음 날 NATO 병사 두 명이 헬리콥터로 이송되었다. 한 명은 팔뚝의 힘줄이 절단됐고, 한 명은 손바닥에 관통 자상을 입었다. 그 후 옥사나를 귀찮게 하는 사람은 없었다.

옥사나는 미텐발트에서 미국으로 날아갔다. 노스캐롤라이나주 포트 브래그 내 군시설에서 옥사나는 상급 심문 저항 과정을 이수했다. 의도적으로 악몽 같은 경험을 겪게 하여 대상자에게 최대한의 스트레스와 불안감을 유발하기 위해 고안된 과정이었다. 도착 직후 남성 요원이 옥사나의 옷을 모조리 벗겼고 조명이 눈부실 정도로 밝은 창문 없는 방으로 끌고 갔다. 한쪽 벽 천장 쪽에 설치된 CCTV 한 대만 있었다. 시간이 흘렀다. 언제 끝날지 알 수 없는 가운데 옥사나에게는 물만 주어졌고 화장실이 없어서 바닥에 볼 일을 보는 수밖에 없었다. 얼마 안 가 방에서는 악취가 났고 배가 너무 고파서 속이 아렸다. 잠만 자려고 하면 백색소음이나 고막이 찢어질 듯 크게 무의미한 말을 반복하는 전자 음성이 방이 떠나갈 듯 울렸다.

둘째 날이 끝날 무렵(셋째 날이었을지도 모른다) 누군가 옥사나에게 복면을 씌워 건물의 다른 구역으로 끌고 갔다. 그곳에서는 얼굴도 보이지 않는 심문관이 유창한 러시아어로 몇 시간이고 질문을 해 댔다. 심문 사이사이 정보를 주는 대가로 음식이 나왔다. 옥사나는 고통스럽고 굴욕적인 스트레스 포지션stress position[심문 중 신체 일부만 이용해 몸을 지탱하게 하는 자세]을 강요받았다. 굶주림과 수면 부족, 여기에 극심한 정신적 혼란까지 더해지자 옥사나는 최면 비슷한 상태에 빠져 오감의 경계가 모호해졌다. 그럼에도 얼마간 남아 있는 의식과 이 상황이 언젠가는 끝날 거라는 믿음으로 가까스로 버텼다. 아무리 끔찍하고 수치스럽더라도 우랄 산맥에 있는 유형지의 철창 속에서 사는 것보다는 나았다. 훈련이 끝났을 즈음, 옥사나는 얄궂게도 훈련이 꽤 즐거워지려는 참이었다.

심화 과정이 이어졌다. 우크라이나 키예프 남쪽에 있는 캠프에서 한 달간 무기 숙지 훈련을 받은 후 러시아 저격수 훈련소에서 세 달간 더 교육을 받았다. 그곳은 스페츠나츠 소속 알파 부대[대테러 특수진압 부대]와 빔펠 부대[냉전 시절 국가보안위원회 소속 암살 및 공작부대였다가 오늘날에는 대테러 임무와 역공작을 수행하는 부대로 활용되고 있다]가 훈련을 받는 모스크바 외곽의 유명한 기관이 아니었다. 예카테린부르크 근방 외딴 곳에 있는 민간 기업 운영 기관으로, 교관들은 아무것도 묻지 않았다. 콘스탄틴이 만들어준 거짓 신분으로 다시 러시아에 돌아오자 옥사나는 기분이 이상했다. 어쨌든 예카테린부르크도 옥사나가 자란 곳에서 300킬로미터 남짓 떨어진 곳이었기 때문이다. 그러나 얼마 안 가 이런 위장僞裝은 옥사나에게 아찔한 만족감을 주었다.

"공식적으로, 옥사나 보론초바는 더 이상 존재하지 않는다. 페름 권역 병원에서 발행한 사망증명서에 의하면 옥사나 보론초바는 도브랸카 구치소 내 감방에서 목매달아 죽었다. 관할 구역 기록 보관소를 보면 옥사나 보론초바는 시 산업 구역 공동묘지에 묻혀 있다. 걱정 마라. 아무도 옥사나가 사라졌다는 걸 눈치 채지 못할 거고, 아무도 옥사나를 찾지 않을 테니."

콘스탄틴이 알려주었다.

세베르카 도시 지역 저격 훈련소는 버려진 마을을 빙 둘러 지어졌다. 소비에트 시절에는 방사선 피폭이 미치는 영향을 연구하는 과학자들이 운집한 공동체의 본거지였다. 한때는 번화했지만 지금은 유령도시가 되어, 뼈대만 남은 녹슨 자동차 운전석에 사격 연습용으로 배치해놓은 실물 크기의 인형만이 살고 있었다. 텅 빈 건물들 사이를 윙윙거리며 지나는 바람 소리 말고는 쥐 죽은 듯 고요하고 으스스한 곳이었다.

옥사나의 기초 훈련은 표준 규격의 군 배급 드라구노프 저격총으로 이루어졌다. 하지만 얼마 안 가 옥사나의 무기는 VSS[스페츠나츠에서 비밀작전에 주로 사용된 저격총] 또는 특수 저격총으로 승급되었다. 놀랄 만큼 가볍고 소음기가 내장된 특수 저격총은 도시에서 사용하기 이상적인 무기였다. 세베르카를 떠날 즈음, 옥사나는 다양한 작전 상황에서 수천 발을 발사한 결과, 1분 이내에 폴리에틸렌 케이스에 든 VSS를 가지고 사격 지점에 도달하여 총기를 조립하고 조준경의 영점을 조절하고 풍속과 그 밖의 변수들을 계산한 다음 최대 400미터의 사정거리에서 발사하여 머리나 몸에 치명상(그녀를 가르친 교관 말에 따르면 '백발백중')을 입힐 수 있게 되었다.

옥사나도 자신의 변화를 느낄 수 있었고, 그런 변화가 기뻤다. 관찰력, 오감 능력, 반응 속도는 놀랄 만큼 발전했다. 심리적으로도 천하무적이 된 것 같았지만 자신이 주변 사람들과 다르다는 점은 예전부터 알고 있던 바였다. 옥사나는 남들이 느낀다고 하는 것을 전혀 느낄 수 없었다. 고통이나 공포를 경험할 법한 상황에서도 철저히 냉정함만을 경험했다. 남들의 정서 반응(두려움, 불안, 애정에 대한 절실한 욕구)을 흉내 내는 법을 학습했지만 실제로 그런 감정을 온전히 겪어본 적은 전혀 없었다. 그러나 바깥세상에서 남의 눈에 띄지 않으려면 정상인의 가면을 쓰고 남다른 점을 가리는 것이 필수라는 사실은 알고 있었다.

옥사나는 아주 어릴 때부터 자신이 사람들을 마음대로 조종할 수 있다는 사실을 알고 있었다. 그럴 때 섹스는 유용했고, 그 과정에서 옥사나의 성욕은 곧 왕성해졌다. 행위 자체보다는, 물론 거기서도 만족감을 얻을 수는 있었지만, 상대를 겨냥하고 상대의 정신을 지배하는 데서 오는 전율 때문이었다. 연인의 경우에는 권위 있는 인물을 선호했다. 정복 대상에는 남자 교장, 여자 교장, 아버지의 스페츠나츠 동료, 유니버시아드 때 경쟁 상대였던 카잔 군사학교 출신 여학생 등이 있었다. 그중 가장 큰 만족감을 준 상대는 대학 신입생 때 심리 평가 때문에 회송된 심리치료사였다. 그에게서 호감을 얻고 싶다는 욕구라고는 전혀 없었지만 그가 욕망의 대상이 되었을 때는 마음속 깊은 만족감을 느꼈다. 정복 대상의 눈 (마침내 저항이 무너져버리는 그 순간)을 들여다보면 권력 이양이 끝났다는 걸 알 수 있었다.

물론 그것만으로 충분했던 적은 없었다. 극도의 흥분에도 불구하고, 상대가 굴복하는 순간에 옥사나의 관심은 종료됐다. 줄거리는 늘 똑같았다. 심리치료사 율리아나도 마찬가지였다. 옥사나에게 굴복함으로써, 옥사나의 미스터리에 무릎을 꿇음으로써, 율리아나는 욕망의 대상물에서 탈락했다. 실연으로 괴로워하다가 인간으로서의 자존감과 직업적 자존감이 갈가리 찢긴 연상의 여자를 두고 옥사나는 아무 고민 없이 앞으로 나아갔다.

저격 훈련 후, 옥사나는 볼고그라드에서 폭약과 독성학을, 베를린에서는 감시를, 런던에서는 고난도 운전과 자물쇠 따는 법을, 파리에서는 신원 관리와 통신 및 코딩을 배웠다. 추소바야 다리에서 콘스탄틴과 만나기 전에는 한 번도 러시아 땅을 벗어나본 적이 없었던 옥사나에게 해외여행은 아찔한 경험이었다.

훈련은 해당 국가의 언어로 진행되었기 때문에 옥사나는 극한의 시험을 거쳐야 했고, 대개는 정신뿐만 아니라 육체적으로도 진을 빼놓았다.

그동안 콘스탄틴은 옆에서 지켜보며 시종일관 침착함과 인내심을 잃지 않았다. 옥사나와는 늘 직업적 거리를 유지했지만 스트레스가 너무 심했던 몇몇 경우에는 옥사나를 안쓰럽게 여기기도 했다. 옥사나는 냉정하게 그냥 내버려두라고만 했다. 한 번은 런던에 있을 때 콘스탄틴이 '하루 정도 쉬라'고 했다.

"나가서 시내 관광이라도 해라. 그동안 가명 좀 생각해보고. 옥사나 보론초바는 죽었으니까."

11월 즈음 옥사나의 훈련은 거의 끝나가고 있었다. 그때 옥사나는 파리 교외 벨빌에 있는 별 하나짜리 싸구려 호텔에 머물면서 라데팡스에 있는 이름도 없는 사무실에 매일 나갔다. 거기서는 인도 출신 청년이 옥사나에게 심층 암호 기술을 가르쳤다. 컴퓨터 파일에 기밀 정보를 숨기는 기술이었다. 수업 마지막 날, 콘스탄틴이 나타나 호텔비를 내주고 레프트뱅크 볼테흐가에 있는 어느 아파트로 데리고 갔다.

그 아파트의 2층은 최소한의 가구만 갖춘 간소하고 세련된 곳이었다. 아파트 입주자는 왜소하고 사나워 보이는 60세가량의 여성으로 머리부터 발끝까지 검은 옷으로 둘러싸고 있었다. 콘스탄틴은 그 여자가 팡틴이라고 소개해주었다.

팡틴은 옥사나를 뚫어지게 쳐다보더니 자기 눈앞의 여자아이가 볼품없다고 느낀 모양이었는지 방 안을 한 바퀴 돌아보라고 했다. 색 바랜 티셔츠와 청바지에 운동화를 신은 스스로를 의식하며 옥사나는 시키는 대로 했다. 팡틴은 한동안 옥사나를 지켜보더니 콘스탄틴을 보고는 어깨를 으쓱할 뿐이었다.

그렇게 옥사나의 마지막 변신이 시작되었다. 두 거리 떨어진 곳에 있는 별 네 개짜리 호텔로 숙소를 옮겼고, 매일 팡틴의 아파트에서 함께 아침식사를 했다. 아침 9시, 차 한 대가 두 사람을 태우러 왔다. 첫째 날, 두 사람은 오스만 거리에 있는 갤러리 라파예트 백화점에 갔다. 팡틴은 옥사나를 데리고 백화점 매장을 돌면서 이것저것(평상복, 캐주얼, 야회복) 옷을 끝도 없이 입어보라고 시키고는 옥사나가 마음에 들어 하든 말든 구입했다. 옥사나는 몸에 딱 붙고 번쩍번쩍한 어떤 옷에 마음이 끌렸지만 팡틴은 쳐다보지도 않고 사지 못하게 했다.

"지금 파리지앵 스타일을 가르쳐주고 있잖아, 이 아가씨야. 모스크바 매춘부처럼 입는 법이 아니라. 보아하니 그게 네 스타일인 모양이지만 말이야."

그날이 저물어갈 무렵, 자동차에는 쇼핑백이 산더미처럼 쌓였고, 옥사나는 인정머리 없는 이 욕쟁이 스승이 점점 마음에 들기 시작했다. 그 주 내내 두 사람은 구두 가게며 명품 의상실, 오트쿠튀르 패션쇼와 프레타포르테 패션쇼, 생제르맹에 있는 빈티지숍, 팔레 갈리에라에 있는 의상 장식 박물관에 두루 다녔다. 팡틴은 끊임없이 해설을 해댔다. 이건 세련되고 정교하고 우아하다느니,

저건 촌스럽고 천박하고 구제불능일 정도로 상스럽다는 둥.

어느 오후, 팡틴은 옥사나를 빅투아르 광장에 있는 미용실로 데리고 갔다. 팡틴은 스타일리스트에게 자신이 선택한 대로 진행하되 옥사나의 의견은 무조건 무시하라고 지시했다. 머리 손질이 끝나자 팡틴이 옥사나를 거울 앞에 세웠다. 옥사나는 짧고 뭉툭한 머리칼을 손으로 쓸어 넘겼다. 옥사나는 팡틴이 자신을 위해 구상해준 겉모습이 마음에 들었다. 명품 바이커 재킷도 줄무늬 티셔츠도 밑위길이가 짧은 청바지도 앵클부츠도 마음에 들었다. 그녀의 외모는 파리지앵 같았다.

그날 오후 늦게, 두 사람은 명품샵이 즐비한 포부르 생토노레 거리에 있는 부티크 향수 전문점에 갔다.

"골라봐. 단, 아주 잘 골라야 돼."

옥사나는 10분 동안 우아한 매장 내부를 여기저기 돌아다니다가 유리 진열장 앞에 딱 멈춰 섰다. 판매원이 옥사나를 한동안 지켜보다가 말했다.

"실례지만 제가 보여드려도 될까요, 손님?"

판매원이 병목에 새빨간 리본이 달린 가느다란 유리병을 건네며 조용히 말했다. 옥사나는 조심스럽게 호박 빛깔 향수를 손목에 발랐다. 봄날 새벽처럼 산뜻하면서도 묵직한 베이스 노트는 옥사나 내면의 무언가에 호소했다.

"빌라넬이라는 향수입니다. 루이 15세의 정부 바리 백작부인이 가장 좋아했던 향수죠. 백작부인이 1793년 단두대에서 처형되자 향수 회사에서 붉은 리본을 더했습니다.”

"그러면 나도 조심해야겠네요.” 옥사나가 대꾸했다.

이틀 뒤, 콘스타틴이 호텔로 옥사나를 데리러 왔다.

"제 가명 말인데요, 정했어요.”

팔레르모에 있는 베르디 광장의 포석 깔린 길바닥 위로 들릴
듯 말 듯 구두를 또각거리면서, 빌라넬은 시칠리아에서, 아니
이탈리아에서도 가장 큰 오페라 하우스의 위풍당당한 정면을 올
려다본다. 광장에는 야자수가 우뚝 솟아 있는데 나뭇잎은 따뜻
한 산들바람에 살랑거리고, 널따란 입구 계단 양쪽에는 청동 사
자상이 지키고 서 있다. 빌라넬은 발렌티노 실크 원피스를 입고
프라텔리 오르시니사의 오페라 장갑을 끼고 있다. 원피스는 빨
간색이지만 검붉어서 거의 검정색처럼 보인다. 커다란 펜디 숄
더백에는 가느다란 체인이 달려 있다. 빌라넬의 얼굴은 저녁 불
빛을 받아 창백하고, 머리는 기다랗게 굽은 머리핀을 꽂아서 올
린 상태다. 빌라넬은 화려하게 차려입었지만, 베르사체와 돌체앤
가바나를 입고 거울처럼 반질반질한 입구 홀에 모여든 사교계
명사들처럼 야단스러워 보이지는 않는다. 마시모 극장에서 초연
이 열리는 밤은 언제나 특별하지만 특히 오늘밤 초연작은 가장 인
기 많은 오페라인 푸치니의 〈토스카〉다. 현지 출신 소프라노인 프
랑카 파르팔리아가 주인공 역을 맡아 노래를 부를 예정이기에 더
더욱 놓쳐선 안 될 밤이다.

빌라넬은 프로그램 소개 카탈로그를 사들고 입구 홀을 헤치며 로비로 간다. 극장에는 사람들이 순식간에 들어찬다. 웅성거리는 대화, 유리잔이 조심스럽게 쨍그랑거리는 소리, 값비싼 향수 냄새. 휘황찬란한 벽등이 대리석 장식을 은은한 레몬색 불빛으로 물들인다. 바에서 생수를 시킨 빌라넬은 머리가 검고 몸이 마른 누군가가 자신을 지켜보고 있음을 알아차린다.

"그거보단 좀 더…… 여운이 남는 걸로 제가 대접해도 될까요, 샴페인 같은?"

빌라넬이 계산을 하려는데 남자가 묻는다.

빌라넬은 미소를 짓는다. 남자는 서른다섯 살에서 한두 살 많거나 적은 듯하다. 음울해 보이지만 잘생긴 편이다. 은회색 셔츠는 흠잡을 데 없고 가벼운 블레이저는 브리오니 제품인 것 같다. 하지만 그가 구사하는 이탈리아어에는 거친 시칠리아 억양이 묻어나고 시선에는 강력한 위험이 도사리고 있다.

"고맙지만 사양할게요."

"어디 봅시다. 당신은 분명 이탈리아 사람은 아니군요, 이탈리아어를 하기는 하지만. 프랑스 사람?"

"그런 셈이죠. 좀 복잡해요."

"푸치니 오페라를 좋아하시나요?"

"물론이죠. 제일 좋아하는 건 〈라보엠〉이지만." 빌라넬이 속삭이듯 말한다.

"그야 당신은 프랑스인이니까요[〈라보엠〉의 배경은 19세기 파리이고, 〈토스카)의 배경은 1800년 6월의 로마). 레올루카 메시나라고 합니다." 남자가 손을 내밀며 자신을 소개한다.

"실비안 모렐이에요."

"그래서 팔레르모에는 무슨 일로 오셨나요, 모렐 양?"

빌라넬은 이쯤에서 남자와의 대화를 끝내버리고 싶다. 자리를 떠버릴까? 하지만 남자가 따라올 테고, 그러면 상황이 더 악화될 게 뻔하다.

"친구들이랑 같이 지내려고요."

"어떤 친구죠?"

"죄송하지만 제 친구 중에 그쪽이 아는 친구는 없을 거예요."

"제 인맥을 알고 나면 놀라실 겁니다. 장담하는데, 여기서 저를 모르는 사람은 없답니다."

반쯤 돌아선 빌라넬이 갑자기 미소를 짓자 얼굴이 환히 빛난다. 빌라넬은 입구 쪽을 향해 손을 흔들며 말한다.

"그럼 이만 실례할게요, 시뇨르 메시나. 제 친구들이 도착해서요."

누가 봐도 그럴듯하지 못했다고 자신을 나무라면서 빌라넬은 인파를 뚫고 지나간다. 하지만 레올루카 메시나에게는 (오랫동안 폭력과 가깝게 지내온 것 같은) 뭔가가 있다. 그래서 그가 자신의 얼굴을 잊어주었으면 좋겠다.

인파 속을 헤집고 지나가면서 주변 얼굴을 훑어보는 동안 빌라넬은 살바토레 그레코가 올지 궁금해진다. 콘스탄틴의 현지 접선 책이 극장 안내원 담당 몇몇에게 돈을 주고 물어본 결과, 이 마피아 보스는 초연날 밤엔 대부분 온다고 한다. 늘 마지막 순간에 도착해서 똑같은 박스석으로 가는데 박스석 바깥에 경호원을 배치해놓고 혼자 앉는다. 오늘밤 공연을 예매했는지, 공연을 보러 올지는 실망스럽게도 확실히 알아낼 수가 없었다. 하지만 그가 후원하는 소프라노가 주연을 맡아 노래를 부르는 무대인만큼 그가 나타날 가능성이 높다.

콘스탄틴 측근이 거액을 들여 살바토레 그레코의 지정 박스석 바로 옆 박스석을 확보해놓았다. 박스석 첫 번째 줄로, 무대 바로 옆이나 다름없는 좌석이다. 막이 오르기 10분 전, 옆 좌석이 여전히 텅 빈 상태에서 빌라넬은 붉은 플러시 천으로 둘러싸인 박스석으로 들어간다. 박스석은 공개석인 동시에 비공개석이기도 하다. 황금빛 의자 중 하나에 앉으면 진홍색 천을 덧댄 가슴 높이 난간의 정면에서는 빌라넬도 객석의 관객을 모두 볼 수 있고 객석의 관객도 모두 빌라넬을 볼 수 있다. 칸막이 너머로 몸을 기울이면 양 옆 박스석을 들여다볼 수도 있다. 그러나 객석의 조명이 꺼지면, 박스석은 내부가 전혀 보이지 않기 때문에 은밀한 장소가 된다.

아무것도 보이지 않는 암흑 속에서, 빌라넬은 어깨에 메고 있던 가방을 슬며시 내려 일체형 젬텍 소음기가 달린 루거 자동권총을 꺼내 22구경 저속탄을 장전한다. 무기를 다시 가방에 넣은 다음 자신의 박스석과 왼쪽 박스석을 분리하는 칸막이 아래 바닥에 가방을 놓는다.

빌라넬로 다시 태어난 지 9개월 만에 빌라넬은 남자 둘을 죽였다. 매번 프로젝트는 콘스탄틴이 보낸 한 단어 문자로 시작되었고 뒤이어 자세한 배경이 담긴 문서(영상, 전기傳記, 감시 보고서, 스케줄)가 알 수 없는 출처에서 전송되었다. 계획 기간은 약 4주 정도였고 그동안 빌라넬은 무기를 받고 요구한 물자가 지원 가능한지 통지를 받고 적합한 신분을 제공받았다.

첫 번째 표적인 요르고스 블라코스는 아테네에서 방사능 함유 폭탄을 터뜨릴 목적으로 동유럽으로부터 방사성 물질 코발트-60을 사들이고 있었다. 놈이 그리스 피레우스 항구에서 차를 갈아탈 때 가슴에 SP-5[저격용 탄약으로 사거리를 보강하여 장거리 전투에 적합하다]를 먹여 관통시켰다. 사거리 325미터에서 러시아제 VSS로 이루어질 저격을 위해 빌라넬은 창고 건물 지붕 위 방수포 속에서 밤새 숨어 있어야 했다. 일이 끝난 후 안전한 호텔방에서 작업을 되새겨보면서 빌라넬은 심장이 터질 듯 두근거리는 희열을 맛보았다. 소음기에 억눌려 둔탁하고 메말라진 총성, 멀리서 들려오는 탁 소리에 이어 망원 조준경 안에 픽 쓰러지는 형상이 들어왔다.

두 번째 표적은 드라간 호르바트로 발칸 제국의 정치인이면서 인신매매 조직을 운영하고 있었다. 그가 저지른 실수는 일을 집까지 가지고 온 것이었다. 조지아 수도 트빌리시 출신의, 헤로인에 중독된 예쁘장한 열일곱 살짜리 소녀와 어울려 다녔다. 왜인지 몰라도 놈은 그 소녀와 사랑에 빠져 툭하면 그 아이를 비행기에 태워 유럽의 여러 수도를 돌면서 흥청망청 쇼핑을 해댔다. 이 커플이 가장 좋아하는 주말 여행지는 런던이었는데, 어느 늦은 밤 베이스워터 골목길에서 빌라넬이 놈과 부딪쳤을 때, 놈은 사람 좋은 웃음을 지어 보였다. 허벅지 안쪽에 난 자상을 바로 느끼지는 못했다. 그 자상으로 넓적다리 동맥이 절단되었는데도 말이다. 놈이 길바닥에서 과다 출혈로 죽어가는 모습을, 어린 여자 친구는 그날 오후 놈이 나이츠브리지에서 사준 금팔찌를 뱅글뱅글 돌리면서 멍한 눈으로 지켜보았다.

암살 임무가 없을 때 빌라넬은 파리의 아파트에서 지냈다. 파리를 둘러보고 파리가 내어주는 쾌락을 맛보고 애인을 갈아치우며 즐겼다. 그런 연애는 늘 똑같은 코스를 밟았다. 자극적인 꽁무니 쫓기, 밤낮 가리지 않고 서로를 탐하는 커플, 갑작스러운 연락 두절. 빌라넬은 그들의 삶에 들어왔을 때처럼 나갈 때도 신속하고 어리둥절하게 사라졌다.

빌라넬은 매일 아침 불로뉴 숲에서 달리기를 했고 몽파르나스에 있는 주짓수 도장을 다녔으며 생클루에 있는 상류 사격 클럽에서 사격술을 연마했다. 그동안 보이지 않는 손이 집세를 내주고 주식을 관리해주었다. 매매 수익금은 소시에테 제네럴 은행 계좌로 입금되었다.

"돈은 쓰고 싶은 대로 써도 좋다. 단 눈에 띄는 짓을 해선 안 돼. 풍족하게 살되 과욕을 부리지는 말아라. 흔적 남기지 말고." 콘스탄틴이 일렀다.

빌라넬은 콘스탄틴이 말한 대로 했다. 파문을 일으키지 않았으

며 여기저기 서둘러 이동하는 단조로운 직장인 무리, 눈빛에 고독
이 뚜렷이 새겨져 있는 그 무리에 숨어들었다. 어떤 세력이 사주
한 것인지 빌라넬은 몰랐다. 콘스탄틴에게 물어보지도 않았다. 물
어봐야 말해주지도 않을 것이 분명했고, 사실 정말 알고 싶지도
않았기 때문이다. 빌라넬에게 중요한 것은 자신이 선택되었다는
점이었다. 전능한 조직의 도구로 선택되었고, 그 조직은 빌라넬이
남들과 다르다는 점을 빌라넬과 마찬가지로 잘 알고 있었다. 조직
은 빌라넬의 재능을 알아보고 찾아내어 세상에서 가장 낮은 곳에
서 높은 곳으로 데려다주었다. 지금 빌라넬이 속한 곳으로. 포식
자, 진화의 매개체, 그 어떤 도덕률도 적용받지 않는 최상류층의
일원. 빌라넬의 내면에서 이런 인식이 커다란 흑장미처럼 만개하
면서 존재의 구멍을 모조리 채워나갔다.

　서서히 마시모 극장의 객석이 채워지기 시작한다. 자기 자리에
느긋이 앉아 프로그램을 꼼꼼히 살피는 빌라넬의 얼굴 위로 박스
석과 박스석 사이 칸막이 때문에 생긴 그늘이 드리워진다. 공연
시간이 다 되자 극장 조명이 희미해지고 객석의 와자지껄한 소리
도 점차 사그라들어 조용해진다. 지휘자가 열렬한 갈채에 답하여
인사를 건넬 때, 빌라넬은 누군가 옆 박스석에 조용히 착석하는
소리를 듣는다. 빌라넬은 그쪽으로 고개를 돌리지 않는다. 대신 1
막의 막이 오르자 몸을 앞으로 내밀고 넋을 잃은 채 무대 쪽을 바
라본다.

1분, 1분, 시간은 기어가듯 더디게 흐른다. 푸치니의 음악은 빌라넬을 사로잡지만 마음을 움직이지는 못한다. 그녀의 의식은 모조리 왼쪽의 보이지 않는 형상에 쏠려 있다. 애써 그쪽으로 눈을 돌리지는 않지만 놈의 존재는 마치 맥박처럼 감지된다. 악질적이고 위험천만하다는 신호. 때때로 뒤통수에 느껴지는 싸늘함, 놈은 빌라넬을 지켜보고 있다. 마침내 '테 데움Te Deum' [〈토스카〉 1막의 마지막 노래 '가라 토스카! 너는 스카르피아의 것이다!'의 배경이 되는 장엄한 합창] 선율이 서서히 잦아들고 1막이 끝나면서 진홍색과 금색의 커튼이 내려온다.

휴식 시간, 객석의 조명이 다시 들어오고 관람석의 대화 소리가 커진다. 빌라넬은 마치 오페라에 홀리기라도 한 듯 꼼짝 않고 앉아 있다. 옆으로는 눈길 한 번 주지 않고 이내 자리에서 일어나 박스석을 떠난다. 그러나 곁눈질로 경호원 두 명이 복도 끝에서 어슬렁어슬렁 걷고 있는 모습을 확인했다. 지루한 표정이지만 경계를 늦추지는 않고 있었다.

유유히 연결 복도로 가서는 바를 찾아 생수를 한 잔 주문한다. 유리잔을 들고만 있을 뿐 물을 마시지는 않는다. 그때 반대편에서 빌라넬 쪽으로 다가오는 레올루카 메시나가 시야에 들어온다. 빌라넬은 그를 못 본 척하면서 휴게실 문에서 나오는 군중 쪽으로 돌아선다. 오페라 하우스 바깥 계단 위에는 한낮의 열기가 채 가시지 않고 남아 있다. 바다 위 하늘은 장밋빛이고, 더 높은 하늘은 자줏빛이다. 청년 대여섯 명이 빌라넬 곁을 지나가면서 휘파람을 불더니 그 지방 사투리로 찬사를 던진다.

빌라넬이 돌아와 자신의 박스석 자리에 앉자 2막이 오른다. 다시 한 번, 빌라넬은 왼쪽에 앉아 있는 그레코를 돌아보지 않으려 애를 쓴다. 대신 눈앞에 펼쳐지는 오페라를 뚫어져라 바라본다. 줄거리는 극적이다. 가수인 토스카는 화가인 카바라도시와 사랑에 빠지는데, 카바라도시는 정치범의 탈옥을 도왔다는 누명을 쓴다. 경시총감 스카르피아에게 체포된 카바라도시는 사형 선고를 받는다. 그러나 스카르피아가 협상을 제안한다. 토스카가 자신에게 정조를 바치면 카바라도시를 풀어주겠다는 것이다. 토스카는 승낙하지만 스카르피아가 다가오자 칼로 그를 살해한다.

막이 내린다. 빌라넬은 열렬한 박수를 보내고, 이번에는 살바토레 그레코 쪽을 보며 마치 난생처음 보는 얼굴이라는 듯 미소를 짓는다. 이윽고 빌라넬의 박스석 문을 두드리는 소리가 난다. 경호원 중 건장한 쪽이 나름 예의를 차리며 살바토레 그레코와 함께 와인을 마실 의향이 있는지 묻는다. 빌라넬은 잠깐 망설이다가 받아들이겠다는 뜻으로 정중하게 고개를 끄덕인다. 복도에 들어서는데 두 번째 경호원이 빌라넬을 아래위로 훑는다. 박스석에 가방을 두고 오는 바람에 빌라넬은 빈손이고, 발렌티노 원피스는 날씬하고 탄탄한 몸에 착 달라붙어 있다. 두 남자는 무슨 일이 벌어질지 다 안다는 듯 서로를 곁눈질로 본다. 두목에게 여자를 여럿 대령해본 적이 있는 눈치다. 건장한 쪽이 살바토레 그레코가 있는 박스석의 문을 몸짓으로 가리킨다.

"잘 부탁드립니다, 아가씨."

빌라넬이 들어서자 그레코가 자리에서 일어선다. 적당한 키에 고급 맞춤 정장 차림이다. 놈에게는 위험하고 차가운 구석이 있다. 입은 웃고 있는데 눈에는 웃음기가 없다.

"죄송하지만 무례하게도 오페라를 감상하는 당신을 지켜보지 않을 수가 없었습니다. 같은 오페라 애호가로서 '프라파토' 한잔 드려도 될까요? 제 포도원에서 생산한 와인인 만큼 품질은 제가 보증할 수 있습니다."

빌라넬은 감사 인사를 건넨다. 차가운 와인을 음미하듯 한 모금 들이켜고는 자신을 실비안 모렐이라고 소개한다.

"전 살바토레 그레코라고 합니다."

목소리에는 혹시 자신의 이름을 알고 있나 캐묻는 듯한 기색이 비치지만 빌라넬은 눈 한 번 깜빡이지 않는다. 그러자 놈은 빌라넬이 자신의 정체를 모른다고 확신한다. 빌라넬은 와인에 찬사를 아끼지 않으며 마시모 극장에는 처음 와본다고 말한다.

"자, 파르팔리아를 어떻게 생각하시나요?"

"훌륭했어요. 연기도 좋았고 소프라노로서도 뛰어나더군요."

"마음에 드셨다니 다행입니다. 운이 좋아서 소소하게나마 파르팔리아가 교육을 받는 데 제가 도움을 줄 수 있었답니다."

"믿길 잘했다는 걸 이렇게 확인하시다니 정말 뿌듯하시겠어요."

"Il bacio de Tosca."

"죄송하지만 뭐라고 하신 거죠?"

"Questo è il bacio di Tosca. '이것이 토스카의 키스다!'란 뜻이죠. 토스카가 스카르피아를 칼로 찌르면서 한 대사입니다."

"어머! 죄송해요, 제 이탈리아어가……."

"단연 뛰어나십니다, 시뇨리나 모렐."

다시 한 번, 차가운 억지웃음.

빌라넬은 그렇지 않다는 뜻으로 고개를 숙인다.

"아닌걸요, 시뇨르 그레코."

빌라넬의 반은 대화를 이어나가고, 나머지 반은 수단과 방법, 타이밍, 도피 경로, 탈출을 계산하고 있다. 표적과 마주하고 있고, 단 둘뿐이다. 콘스탄틴이 몇 번이나 못을 박았듯, 언제나 이런 식이 되어야 한다. 부수적이고 무관해 보이지 않는 한, 표적 외의 인물이 개입해서는 안 된다. 지원도, 연출된 양동 작전도, 공적인 도움도 없다. 잡히면 그걸로 끝이다. 감방에서 꺼내줄 높은 사람도, 공항으로 번개처럼 실어다줄 대기 차량도 없을 것이다.

두 사람은 대화를 나눈다. 빌라넬에게 언어는 유동적인 것이다. 대개는 프랑스어로 생각을 하지만 종종 잠에서 깨어보면 러시아어로 꿈을 꾸고 있었다. 가끔은 잠이 들려는 찰나 귓속에 피가 몰리면서 다국적 언어의 비명으로 가득한 거센 물결이 덮치는 것 같다. 파리 아파트에 혼자 있을 때 그런 물결이 밀려오면 몇 시간이고 웹서핑을 하면서, 대개 영어로, 감각을 마비시킨다. 그리고 지금 빌라넬은 머릿속으로 시칠리아 지방색이 짙은 이탈리아어로 이런저런 시나리오를 돌려보는 중이다. 시칠리아 방언은 배워본

적도 없건만 머릿속은 시칠리아 방언으로 가득하다. 옥사나 보론 초바의 일부가 여전히 남아 있는 걸까? 매일 밤 고아원 이불을 오줌으로 흠뻑 적시며 복수를 꿈꾸던 어린 소녀가 여전히 존재하는 걸까? 아니면 진화가 선택한 매개체 빌라넬만 존재했던 걸까?

살바토레 그레코는 그녀를 원하고 있다. 태생 좋고 감수성 예민하고 순진한 어린 파리 아가씨 역할을 잘해낼수록 그의 욕망은 커질 것이다. 놈은 악어처럼 얕은 물에 숨어 가젤이 물가로 가까이 다가오기를 지켜본다. '일이 어떻게 돌아갈까?' 빌라넬은 궁금하다. 웨이터들이 알아서 모셔주고 경호원들도 옆 테이블에서 느긋하게 기다릴 수 있는 자기가 잘 아는 식당 어딘가에서 저녁식사를 하고 그 후에는 아담하고 오래된 마을에 있는 아파트로 기사가 데려다주나?

"첫 공연이 있는 날 밤, 이 박스석은 늘 제 전용으로 남겨두죠. 그레코 가문은 합스부르크 가문 시대 전에도 팔레르모에서 귀족이었답니다." 그레코가 의기양양하게 말한다.

"그렇다면 여기 이렇게 초대받은 걸 영광으로 여겨야겠는데요."

"3막까지 함께 계셔주시겠지요?"

"그럼요." 오케스트라가 다시 연주를 시작할 때 빌라넬이 속삭이듯 말한다.

오페라가 계속되는 동안, 빌라넬은 이번에도 무대만을 바라본다. 계획한 순간이 오기를 기다리면서. 그 순간은 격정적인 사랑의 이중창, '죽음이란 그대에게는 가혹하도다Amaro sol per te'와 함께 찾아올 것이다. 마지막 음이 서서히 잦아들자, 관객은 우레와 같은 박수갈채를 보내고 극장 구석구석에서 "브라보!", "브라보, 프랑카!"라며 환호하는 소리가 울려 퍼진다. 빌라넬도 다른 사람들과 함께 열렬히 박수를 친다. 그러고는 초롱초롱한 눈으로 살바토레 그레코를 바라본다. 시선이 마주치자, 마치 충동에 사로잡힌 듯, 그레코가 빌라넬의 손을 와락 움켜잡더니 손에 키스를 한다. 잠시 그레코의 시선을 정면으로 붙잡아둔 채, 빌라넬은 반대쪽 손을 머리로 올려 기다랗게 굽은 머리핀을 풀어 검은 머리를 어깨까지 늘어뜨린다. 잠시 후 빌라넬의 팔이 내려오면서 옅은 색의 물체가 어렴풋이 움직이더니 다음 순간, 머리핀이 그레코의 왼쪽 눈 깊숙이 박혀 있다.

놈의 얼굴은 충격과 고통으로 멍하다. 빌라넬은 작은 피스톤을 눌러 에토르핀[대표적인 동물 마취제로 일반 모르핀의 50~100배의 위력을 가지고 있어 주로 기린이나 코끼리 같은 대형 초식동물 마취에 쓰인다] 치사량을 놈의 전두엽에 주입해서 즉시 마비를 일으킨다. 놈을 바닥으로 부려놓고 주변을 재빨리 훑는다. 자신이 앉았던 박스석은 비어 있고 그 너머 박스석 안의 노부부는 흐릿하게 보이기는 하지만 오페라 안경으로 무대를 응시하고 있다. 모두의 이목이 파르팔리아와 카바라도시 역을 맡은 테너 쪽으로 쏠려 있다. 두 사람은 끊임없이 쏟아지는 박수갈채를 받으며 무대에 가만히 서 있다. 칸막이 너머로 팔을 뻗어 빌라넬은 자신의 가방을 되찾은 다음 어둠 속으로 물러나 루거를 꺼낸다. 소음기 일체형 무기가 낸 두 번의 찰칵 소리는 주의를 끌지 않을 정도로 작고, 22구경 저속탄은 살바토레 그레코의 리넨 재킷을 뚫고 들어가면서도 실밥을 거의 남기지 않는다.

박수갈채가 잦아들 때 박스석 문을 연 빌라넬이 무기를 등뒤에 숨긴 채 근심 가득한 얼굴로 두 경호원에게 가까이 오라는 신호를 보낸다. 두 사람은 곧 박스석에 들어와 두목 옆에 무릎을 꿇는다. 빌라넬이 두 발을 발사한다. 소음기를 통해 총알이 두 번 발사되는 데는 1초도 채 걸리지 않는다. 두 남자는 카펫이 깔린 바닥에 무너지듯 쓰러진다. 두 남자의 목덜미에 난 사입구에서 일시적으로 피가 분출됐지만 놈들은 뇌간에 관통상을 입고 이미 죽었다. 아주 잠깐 동안 빌라넬은 살인이 주는 격렬한 감정, 고통에 가까울 정도로 예리한 만족감에 압도된다. 섹스로는 결코 충족할 수 없는 감정이다. 잠시 동안 발렌티노 원피스 때문에 숨이 턱 막힌 빌라넬은 양팔로 자기 몸을 꽉 끌어안는다. 잠시 후 루거를 슬며시 가방에 다시 넣고 어깨를 똑바로 펴고는 박스석을 나선다.

"설마 지금 가려는 건 아니겠죠, 시뇨리나 모렐?"

가슴 속에서 심장이 쿵 내려앉는다. 누군가 흑표범처럼 음흉한 매력을 뿜내며 빌라넬을 향해 비좁은 복도를 걸어 내려온다. 바로 레올루카 메시나다.

"유감스럽게도 아니라고 못하겠네요."

"이거 정말 섭섭한데요. 그나저나 어쩌다 우리 삼촌까지 알고 계신 건가요?"

빌라넬은 남자를 빤히 쳐다본다.

"살바토레 말입니다. 방금 삼촌 박스석에서 나오시던데요."

"아까 만났어요. 실례가 되지 않는다면, 시뇨르 메시나……."

메시나는 한동안 빌라넬을 바라보더니 꼿꼿한 자세로 빌라넬을 지나쳐 그레코의 박스석 문을 연다. 잠시 후, 박스석에서 나온 메시나의 손에는 총이 들려 있다. 베레타 스톰 9밀리미터다. 빌라넬은 즉시 알아차리고 루거를 메시나의 머리에 겨눈다.

두 사람은 잠시 움직임 없이 서 있다. 그러다 메시나가 눈을 가늘게 뜨고 고개를 끄덕이더니 베레타 총구를 내린다.

"그건 치우시지."

빌라넬은 그대로 있다. 메시나의 콧부리에 대고 광섬유 가늠쇠를 조정한다. 시칠리아 사람의 뇌간을 세 번째로 절단 낼 준비를 마치고서.

"이봐, 그 개자식이 죽어서 나도 기쁘다고, 알겠어? 게다가 이제 곧 막이 내리면 온통 인간들로 붐빌 거야. 여기서 나가고 싶으면 그거 치우고 따라오기나 하시지."

어떤 본능 같은 것이 그의 말을 따르라고 시킨다. 두 사람은 서둘러 복도 끝에 있는 문을 통과해 짧은 계단을 내려가서는 무대 앞 일등석을 에워싼, 진홍색 천이 깔린 좁은 통로로 간다.

"내 손을 잡아."

메시나가 명령하듯 말하자 빌라넬은 거기에 따른다. 두 사람에게 제복을 입은 극장 안내원이 다가온다. 메시나가 유쾌하게 인사를 건네자 안내원도 활짝 웃어 보인다.

"오늘은 엄청 빨리 나가시네요, 시뇨르?"

"네, 좀 급해서요."

통로 끝, 그레코가 있던 박스석 바로 아래에 벽과 마찬가지로 진홍색 양단을 씌운 문이 있다. 메시나는 그 문을 열더니 빌라넬을 작은 연결 복도로 떠민다. 그가 담요 같은 커튼을 여니 갑자기 무대 뒤가 나온다. 무대 뒤 좌우에 시커멓게 달려 있는 스피커들에서 흘러나오는 오케스트라석의 음악이 두 사람 주변에서 크게 울려 퍼진다. 19세기 의상을 입은 남녀가 어둠 속에서 미끄러지듯 나오고 무대 담당자들이 착착 움직인다. 한쪽 팔을 빌라넬의 어깨에 두른 채, 메시나는 빌라넬을 재촉하며 의상이 걸려 있는 기다란 옷걸이며 여러 소품과 함께 놓인 테이블들을 지나간다. 그러고는 빌라넬에게 파노라마식 배경막과 벽돌로 된 뒷벽 사이의 비좁은 공간을 알려준다. 무대 뒤를 가로지르면서, 두 사람은 머스킷[18~19세기에 널리 쓰였던 총기]이 일제히 발사되는 소리를 듣는다. 카바라도시의 처형 장면이다.

복도를 여러 번 지나고, 소화기가 매달린 우중충한 벽도 지나고, 극장 비상대피 안내도를 지나자 마침내 극장 뒷문이 나왔고 그 문을 통해 베르디 광장으로 나올 수 있었다. 차들이 지나가는 소리가 들리고 머리 위 하늘은 짙은 자줏빛이다. 50미터쯤 더 떨어진 곳에는 은색과 검은색이 들어간 MV 아구스타 오토바이 한 대가 불투르노 거리 차량 진입 방지용 말뚝 옆에 세워져 있다. 빌라넬이 메시나 뒤에 올라타자 오토바이는 낮은 배기음을 내며 어두운 밤 속으로 미끄러지듯 들어간다.

몇 분 지나지 않아 두 사람은 경찰차의 사이렌 소리를 듣는다. 메시나는 요리조리 골목 사이를 지나 동쪽으로 오토바이를 몰고 있다. MV 아구스타 오토바이는 급커브와 갑작스러운 방향 전환에도 다부지게 즉각 반응한다. 빌라넬은 틈틈이 왼쪽으로 빠르게 스쳐지나가는 항구 불빛과 반짝거리는 칠흑빛 바다를 본다. 사람들이 오토바이를 타고 지나가는 두 사람을 흘끔거리지만(늑대 같은 남자와 새빨간 원피스를 입은 여자) 여기는 팔레르모다. 아무도 눈여겨보지 않는 도시. 좁은 골목길 위로는 빨랫줄이 걸려 있고 열린 창문을 통해서는 가족이 모인 식사 자리에서 날 법한 소리와 냄새가 흘러나온다. 그러다 깜깜한 광장이 나왔다. 광장에는 버려진 극장과 바로크 양식으로 지어진 교회가 들어서 있다.

질주하던 오토바이를 멈춰 세운 메시나가 빌라넬을 교회 옆 골목으로 안내한 후 어떤 문의 자물쇠를 연다. 두 사람이 들어온 곳은 망자의 도시, 벽으로 둘러싸인 공동묘지다. 공동묘지에는 가족 무덤과 봉안당이 어두컴컴한 가운데 여러 줄로 쭉 이어지다가 칠흑 같은 어둠 속으로 사라진다.

"여기가 바로 당신이 살바토레 삼촌한테 먹인 총알을 빼내고 나면 삼촌을 매장할 곳이지. 조만간 나를 매장할 곳이기도 하고." 메시나가 말한다.

"삼촌이 죽어서 당신도 기쁘다면서."

"그쪽 덕분에 삼촌을 죽여야 할 수고를 덜 수 있었어. 삼촌은 마구 날뛰는 '짐승'이었거든."

"당신이 후계자야?"

"누군가는 뒤를 이어야겠지." 메시나가 어깨를 으쓱한다.

"아무렇지도 않으시다?"

"그렇다고 할 수 있지. 그나저나 당신은? 누구 밑에서 일하지?"

"그게 중요한가?"

"중요하지, 다음에 당신이 나를 노릴지도 모르는 일이니까." 메시나가 어깨에 찬 총집에서 작달막한 베레타를 뽑아든다. "어쩌면 지금 너를 죽여야 될지도 모르겠는데."

"죽일 테면 죽여봐." 빌라넬이 루거를 겨누며 말한다.

두 사람은 한동안 서로를 노려본다. 그러다 빌라넬이 총을 내리지 않은 채 메시나 쪽으로 다가가 벨트에 손을 뻗는다.

"휴전?"

섹스는 짧고 거칠다. 빌라넬은 내내 루거를 쥐고 있었다. 섹스가 끝난 후, 빌라넬은 넘어지지 않으려고 총 든 손을 메시나의 어깨에 올린 채 그의 셔츠 자락으로 자신의 몸을 닦는다.

"이젠 어떻게 되는 거지?" 두려움과 혐오감이 뒤섞인 심정으로 빌라넬을 지켜보던 메시나는 어슴푸레한 빛 속에서 빌라넬의 윗입술이 한쪽으로 쳐져 있는 것을 눈여겨보고 아까 상상했던 것처럼 섹시해 보이기는커녕 탐욕스러워 보인다는 생각을 한다.

"이제 당신은 가."

"다시 볼 수 있을까?"

"안 보게 해달라고 비는 게 좋을 거야."

메시나는 잠깐 동안 빌라넬을 흘낏 보더니 떠나버린다. 오토바이가 으르렁거리는 소리와 함께 속도를 내더니 어둠 속으로 사라진다. 조심조심 무덤 사이 내리막길을 걷던 빌라넬은 기둥이 세워진 봉안당 앞에서 작은 빈터를 발견한다. 펜디 숄더백에서 브리케 라이터, 구겨진 푸른색 면 원피스, 납작한 샌들, 리넨 소재 전대를 꺼낸다. 전대에는 현금 500유로, 비행기표, 아이리나 스코릭이 우크라이나 태생에 프랑스 국적이라고 나와 있는 여권과 신용카드가 들어 있다.

신속하게 옷을 갈아입은 후 빌라넬은 발렌티노 원피스, 실비안 모렐 관련 서류 전부, 녹색 콘택트렌즈, 지금까지 쓰고 있던 가발을 쌓아올려 불을 붙인다. 불길은 오래 가진 않았지만 거셌다. 다 타고 아무것도 남지 않았을 때, 빌라넬은 사이프러스 나뭇가지를 가지고 남은 재를 덤불 속으로 쓸어 넣는다.

빌라넬은 비탈길을 계속 내려가다가 녹슨 출구를 찾는다. 그 문을 나서니 계단이 나오고 계단을 내려가니 좁은 길이 나온다. 여기서 더 가니 더 넓고 분주한 도로가 나와서 빌라넬은 도심이 있는 서쪽 방향으로 향한다. 20분 후, 빌라넬은 찾고 있던 것을 찾는다. 식당 뒤에 있는 바퀴 달린 커다란 쓰레기통으로, 음식물 쓰레기가 흘러넘친다. 오페라 장갑을 낀 후 보는 사람이 없는지 주위를 확인한다. 그런 다음 양손을 쓰레기통 깊숙이 넣어 비닐봉지 여섯 개를 끄집어낸다. 그중 하나의 매듭을 푼 다음 조개껍데기와 생선 대가리와 커피 가루가 악취를 내뿜는 비닐봉지 속에 펜디 숄더백과 루거를 쑤셔 넣는다. 그 비닐봉지를 다시 쓰레기통 속에 넣은 다음 나머지 비닐봉지를 그 위에 쌓아올린다. 마지막으로 처분해야 할 것은 오페라 장갑이다. 이 과정을 모두 진행하는 데는 30초도 걸리지 않는다. 빌라넬은 느긋하게 계속 서쪽을 향해 걷는다.

다음 날 오전 11시, 국가경찰 소속 수사관 파올로 벨라는 올리벨라 광장에 있는 한 카페의 바에 서서 동료와 함께 커피를 마시는 중이다. 기나긴 아침이었다. 벨라는 새벽부터 지금까지, 이제는 범죄 현장이 되어버린 마시모 극장 정문 비상 통제선에서 근무를 섰다. 군중은 대체로 비상 통제선을 넘지 않으면서 예의바르게 굴었다. 공식 발표는 없었지만 팔레르모 사람들은 살바토레 그레코가 암살됐다는 사실을 알고 있는 듯하다. 추측은 넘쳐나지만 이번 사건이 가족의 소행이라는 것이 중론이다. 암살범이 여자였다는 소문도 돌고 있다. 하지만 소문이란 언제나 돌기 마련이다.

"저것 좀 봐."

그레코 살인 사건에 대한 생각이 잠깐이나마 싹 사라져버린 벨라가 속삭인다.

동료는 벨라의 시선을 좇아 카페 바깥 분주한 거리로 시선을 옮긴다. 그곳에서 파란색 선드레스(틀림없이 관광객일 것이다)를 입은 젊은 여자가 멈춰 서서 갑자기 날아오르는 비둘기 떼를 지켜보고 있다. 입을 헤 벌리고 회색 눈을 반짝이며 서 있는 여자의 바싹 자른 머리 위로 아침 햇살이 환히 빛나고 있다.

"청순녀일까, 걸레일까?" 벨라의 동료가 묻는다.

"두말할 것 없이 청순녀."

"그렇다면, 파올로, 자네한테는 너무 과분하지."

벨라가 웃는다. 눈부신 햇살이 내리쬐는 거리의 시간이 일순간 멈춘 듯하다. 잠시 후 비둘기 떼가 광장 위를 빙빙 돌자, 여자는 긴 팔을 휘두르며 가던 길을 계속 가더니 인파 속으로 사라진다.

2

빌라넬은 파리의 루브르 미술관 드농관 내 창가 자리에 앉아
있다. 검은색 캐시미어 스웨터에 가죽 스커트를 입고 굽 낮은 부
츠를 신고 있다. 아치형 창문을 통해 쏟아져 들어오는 겨울 햇살
이 빌라넬 앞의 하얀 대리석상을 밝게 비춘다. 〈큐피드의 키스로
되살아난 프시케〉라는 제목의 실물 크기 조각상은 이탈리아 조각
가 안토니오 카노바의 18세기 말 작품이다.

아름다운 작품이다. 죽음에서 깨어나는 프시케가 위를 보며 날
개 달린 연인 쪽으로 손을 뻗어 양팔로 연인의 얼굴을 감싸고 있
다. 한편 큐피드는 프시케의 머리와 가슴을 다정하게 받치고 있
다. 몸짓 하나하나가 사랑을 보여주고 있다. 하지만 한 시간 동안
관람객이 왔다 가는 모습을 지켜본 빌라넬에게, 카노바의 창작품
은 음흉한 가능성을 암시한다. 큐피드는 프시케를 유인하여 안전
하다고 착각하게 한 다음 강간하려는 게 아닐까? 아니면 수동적

이고 여성적인 태도를 가장하여 성노리개로 삼으려는 건 다름 아닌 프시케일까?

이상하게도, 관람객은 이 조각상의 낭만적인 면을 그대로 받아들이는 듯하다. 어떤 젊은 커플은 깔깔대면서 포즈를 흉내 낸다. 빌라넬이 곁에서 자세히 관찰해보니, 여자의 눈빛이 부드러워지고, 속눈썹이 파닥거리는 속도가 느려지고, 미소를 짓다가 수줍은 듯 입을 벌린다. 이 일련의 행동을 외국어의 한 구절처럼 속으로 곱씹으면서 빌라넬은 앞으로 써먹고자 머릿속에 고이 간직해두었다. 26년을 사는 동안, 빌라넬은 그런 표현들이 어마어마하게 쌓인 저장고를 갖게 되었다. 다정함, 동정심, 괴로움, 죄책감, 충격, 슬픔……. 그런 감정을 실제로 경험해본 적은 없지만 전부 모방할 수는 있다.

"자기! 여기 있었구나."

빌라넬은 고개를 들어 위를 올려다본다. 앤로르 메르시에다. 평소처럼 늦어놓고는 사과의 뜻으로 함박웃음을 지어 보인다. 빌라넬도 웃는다. 두 사람은 입술만 뾰족 내밀어 키스를 대신하고는 미술관 1층 층계참에 있는 카페 몰리앙 쪽으로 한가로이 걷는다.

"나 비밀이 생겼는데 자기한테는 말해줄게. 대신 아무한테도 말하면 안 돼." 앤로르가 털어놓는다.

앤로르는 빌라넬에게 있어 친구에 가장 가까운 존재다. 두 사람은 웃기게도 미용실에서 만났다. 앤로르는 예쁘고 서글서글하지만 적잖이 외로운 친구다. 16년 연상의 부유한 남자와 결혼하면서 잘나가는 홍보회사 생활을 접었기 때문이다. 남편 길 메르시에는 재무부의 고위 공무원이다. 일밖에 모르는 데다 가장 큰 열정을 품고 있는 대상은 와인 저장고와 얼마 안 되지만 실속 있는 19세기 오르몰루[금박 대용으로 쓰이는 구리·아연 합금] 시계 수집품이다.

앤로르는 재미있게 살고 싶어 하는데, 슬프게도 이 재미는 남편 길 메르시에나 그의 시계와 함께하는 인생에는 없는 것이다. 두 사람이 카페로 올라가는 완만히 구부러진 석조 계단에 도달하기도 전에, 앤로르는 가장 최근에 바람피운 상대에 대해서 시시콜콜히 지껄이는 중이다. 상대는 파리에서 가장 오래된 카바레인 파라디 라탱에서 일하는 열아홉 살짜리 브라질 출신 무용수다.

"조심해. 넌 잃을 게 많잖아. 소위 네 친구란 사람들은 네가 남자랑 놀아난다고 생각하면 십중팔구 네 남편한테 돌진할 거야." 빌라넬이 주의를 준다.

"맞아, 걔네들은 그럴 거야."

앤로르가 한숨을 쉬더니 빌라넬에게 팔짱을 낀다.

"넌 너무 다정한 거 알아? 넌 절대로 나한테 돌을 던지지 않지, 늘 걱정해주기만 하고."

빌라넬이 팔짱 낀 앤로르의 팔을 자신의 팔로 꼭 누른다.

"너를 아끼니까. 네가 상처받는 건 보고 싶지 않아."

빌라넬이 앤로르와 어울리는 건 자신의 목적에도 들어맞기 때문이다. 앤로르는 인맥이 넓어서 고급스러운 취향을 접할 수 있는 정보통과 닿을 수 있다. 오트쿠튀르 패션쇼, 최고급 레스토랑의 테이블, 최고급 클럽의 회원권. 별로 힘들이지 않고 사귈 수 있는 친구라는 점을 빼더라도, 여자 둘이 같이 다니면 혼자 다닐 때보다 이목을 덜 끈다. 부정적인 면을 보자면, 앤로르는 무모한 성생활을 즐기고 있어서 경솔하게 행동하다가 길한테 걸리는 건 시간 문제일 뿐이다. 혹시라도 그런 날이 온다면, 빌라넬은 자신이 남의 부인의 불륜에 연루되었다는 인상을 주고 싶지 않다. 고위 공직자의 미움을 받는 일만은 피하고 싶기 때문이다.

"그런데 넌 어째서 닛케이지수 선물이나……, 아무튼 다른 단타 매매자들처럼 공매수를 안 해?" 앤로르가 마침내 테이블에 자리를 잡고 앉으면서 묻는다.

빌라넬이 미소를 짓는다.

"슈퍼 투자자라도 하루 정도는 쉬어줘야지. 게다가 새로 만났다는 그 남자애 얘기도 듣고 싶었다고."

빌라넬이 주위를 둘러싼 반짝반짝 빛나는 은식기와 유리그릇, 꽃, 그림, 황금빛 조명을 바라본다. 키 큰 유리창 바깥으로 보이는 하늘은 눈을 잔뜩 머금은 잿빛이고 카루젤 가든에는 사람이 거의 없다.

주문한 음식을 먹는 동안 앤로르는 새로 만난 애인 얘기에 여념이 없고 빌라넬은 열심히 듣고 있다는 표시로 이런저런 소리를 낸다. 하지만 마음은 다른 데 가 있다. 우아한 삶과 명품 의류도 다 좋지만 팔레르모 작전 이후 벌써 몇 달이 흘렀다. 행동 개시에 대한 기대로 심장이 두근거리는 느낌이 절실히 필요하다. 그보다도 자신이 소중한 존재이며, 조직에서 자신을 우량자산으로 여긴다는 확인이 필요하다.

지구 반대편에 아무렇게나 서 있던 음산한 도브랸카 구치소가 지금도 눈에 선하다. 그럴 만한 가치가 있었나? 콘스탄틴이 물었었다. 나쁜 길로 빠져버린 아버지의 복수를 위해 자기 인생을 낭비하다니. 그런 식으로 말하면 물론 가치 없는 일이 맞다. 하지만 다시 그때로 돌아가더라도 빌라넬은 정확히 그날 밤과 똑같이 행동할 거란 걸 알았다.

아버지는 브라더스 서클을 도와 부업을 뛰기 시작하기 전까지 백병전 교관이었다. 주색에 빠졌을 뿐만 아니라 현역 복무 때마다 옥사나를 고아원에 떨궈버리기 일쑤였던 보리스 보론초프는 이상적인 아버지는 아니었을지 몰라도, 어머니가 돌아가신 후 옥사나에게 남은 유일한 혈육이자 전부였다.

생일 선물이나 새해 선물 같은 건 별로 없었지만 아버지는 옥사나에게 호신술과 그 이상을 가르쳐주었다. 눈밭에서 몸싸움을 벌였던 일, 낡아빠진 마카로프 지급 권총으로 빈 깡통을 쐈던 일, 스페츠나츠에서 지급 받은 마체테로 자작나무 몸통을 잘라내던 일 등 숲속에서 보낸 잊지 못할 날들도 많았다. 처음에는 무겁고 무딘 마체테가 끔찍이 싫었지만 아버지가 마체테는 타이밍이 전부라는 것을 가르쳐주었다. 날이 무거운 것도, 휘둘렀을 때 활처럼 휘는 것도 타이밍만 제대로 맞추면 효력을 발휘한다는 것을.

빌라넬은 아버지를 죽인 범인도 손쉽게 알아냈다. 사실 모르는 사람이 없었다. 그 점이 주요했다. 보리스가 어설프게 브라더스에게 사기를 치려고 했었기 때문에 그쪽에서 보리스를 총으로 쏘아 죽이고 시신을 길바닥에 내버려둔 것이었다. 다음 날 저녁, 옥사나는 푸시킨 거리에 있는 포니 클럽 안으로 걸어 들어갔다. 찾고 있던 세 놈은 바 근처에 서서 술을 마시며 시시덕거리고 있다가 옥사나가 도발적인 미소를 지으며 자기들 쪽으로 어슬렁어슬렁 다가가자 입을 다물었다. 군수품 군복 상의와 싸구려 청바지를 입고 있어 외모는 전혀 창녀처럼 보이지 않았지만 행동은 누가 봐도 창녀 같았다.

옥사나는 세 놈 앞에 선 채 우스워 죽겠다는 표정으로 한 놈씩 번갈아가며 얼굴을 쳐다보았다. 그러다가 돌연 몸을 웅크리고는 가죽 칼집에 든 마체테를 향해 양팔을 뻗었다. 그 다음 아버지가 전에 가르쳐주었던 대로 칼날을 양 무릎 사이를 지나 위쪽으로 휘둘러 박았다. 500그램짜리 티타늄 도금 강철이 허공을 가르더니, 예리한 날이 첫 번째 사내의 목을 순식간에 긋고 지나간 후 두 번째 사내의 귀 아래에 깊숙이 박혔다. 세 번째 사내의 손이 잽싸게 허리띠 쪽으로 내려갔지만 때는 이미 늦었다. 옥사나가 어느새 마체테를 놓고 마카로프를 뽑아들었기 때문이다. 주위 사람들이 겁을 집어먹고 숨을 헐떡이고, 비명을 꾹 참고, 뒷걸음질 치는 모습이 어렴풋이 옥사나의 시야에 들어왔다.

옥사나는 세 번째 사내의 벌린 입에 대고 총을 발사했다. 밀폐

된 공간에서 총성이 울리자 귀가 먹먹해졌다. 사내는 뻥 뚫린 뒤통수의 흰색 골편 사이로 피와 뇌를 철철 쏟으며 잠깐 동안 옥사나를 응시한 채 그대로 서 있었다. 그러다 다리가 무너지더니 첫번째 사내 옆으로 쿵 하고 쓰러졌다. 첫 번째 사내는 어째서인지 아직까지 무릎을 꿇고 있었는데, 부글부글 피를 내뿜는 턱밑 상처에서 마지막 남은 밀크셰이크를 쪽쪽 빨아먹을 때처럼 거친 소리가 흘러나오고 있었다. 세 번째 사내도 아직 숨이 붙어 있었다. 죽지는 않았지만 사방으로 흥건하게 퍼진 피바다에 태아 자세로 누운 채 양발을 무기력하게 움직이고 있었고 손가락으로 아래턱뼈에 깊이 박힌 마체테를 뽑으려 했다.

옥사나는 세 놈의 숨이 여전히 붙어 있어서 짜증이 났다. 꼭지가 돌 정도로 화나게 한 건 무릎 꿇고 있는 놈이었다. 딸기맛 맥플러리를 빨아먹기라도 하듯 거슬리고 시끄러운 소리를 냈기 때문이다. 그놈 옆에 무릎을 꿇고 앉는 바람에 옥사나의 청바지가 피에 흠뻑 젖었다. 놈의 눈빛은 꺼져가고 있었지만 눈은 여전히 왜냐고 묻고 있었다.

"내가 딸이다, 이 꼴통아."

옥사나는 이렇게 속삭이고는 마카로프의 총열로 놈의 목덜미를 찌르듯 누른 후 방아쇠를 꽉 잡아당겼다. 이번에도 총성은 귀청이 찢어질 정도로 시끄러웠고, 놈의 뇌가 사방으로 튀었지만 빨아들이는 소리는 멈췄다.

"빌라넬!"

옥사나가 눈을 깜박인다. 순식간에 식당으로 의식이 돌아온다.

"미안, 딴 생각이 나서……. 뭐라 그랬더라?"

"커피?"

빌라넬은 끈기 있게 옆을 서성이던 웨이터에게 미소를 지어 보인다.

"에스프레소 스몰로 주세요."

"솔직히 말해서 난 가끔 자기가 이렇게 몽상에 잠길 때마다 무슨 생각을 하는지 진짜 궁금해. 나한테 말 안 한 애인이라도 있는 거야?"

"아냐. 걱정 마, 생기면 제일 먼저 알려줄 테니까."

"그래야 할 거야. 가끔 보면 자기는 진짜 알다가도 모르겠다니까. 나랑 좀 더 자주 나와야겠다. 쇼핑이나 패션쇼 같은 데 말고. 내 말은……."

앤로르가 선을 그리듯 손가락 끝으로 살얼음 낀 샴페인 잔을 손잡이까지 훑어 내린다.

"재미있는 데 말야. 제로제로 바나 이탈리아 식당 랑코뉴 같은 데 가도 좋고. 새로운 사람들을 만나는 거야."

가방 안에서 빌라넬의 휴대전화 진동이 울린다. 한 단어 문자 메시지, '접속하라.'

"가봐야겠다. 일 때문에."

"이러기야, 빌라넬. 소귀에 경을 읽고 말지. 아직 커피도 다 안

마셨잖아."

"괜찮아."

"자긴 참 재미없어."

"나도 알아. 미안."

두 시간 뒤, 빌라넬은 포르트 드 파시에 있는 꼭대기 층 아파트 서재에 앉아 있다. 판유리를 끼운 창문 너머로 보이는 하늘은 싸늘한 철빛이다.

이메일에는 발디세흐의 스키 환경에 관한 본문 몇 줄이 적혀 있고 리조트를 찍은 JPEG 사진 파일 여섯 개가 첨부되어 있다. 빌라넬은 암호를 추출해서 사진 속에 내장된 압축 데이터의 페이로드에 접속한다. 그것은 각기 다른 각도에서 찍은 한 명의 얼굴이다. 문자처럼 외워지는 얼굴. 새로운 표적의 얼굴이다.

영국정보국 보안부 MI5의 본부인 템스 하우스는 웨스트민스터 자치구 밀뱅크에 자리 잡고 있다. 3층 북쪽 끝 사무실에서 이브 폴라스트리는 램버스 다리와 바람이 불어 흐트러진 템스강 수면을 내려다보고 있다. 지금은 오후 4시, 자신이 임신하지 않았다는 사실을 이제 막 알고 이브는 마음이 착잡해졌다.

옆 자리의 보조 요원 사이먼 모티머가 컵받침에 찻잔을 다시 놓고 있다.

"다음 주 목록이에요. 같이 훑어볼까요?"

이브는 돋보기안경을 벗고 눈을 비빈다. 남편 니코가 총명한 눈이라 부르는 눈. 이브는 이제 겨우 스물아홉이지만 남편은 나이가 열 살 가까이 많다. 사이먼과 함께 일한 지는 두 달이 조금 넘었다. 두 사람이 소속된 P3이라는 부서는 합동정보분석 부서의 분과이며 목적은 영국에 입국하는 '고위험' 인물들의 위험도를 평가하고, 필요한 경우 특별 경호를 제공하기 위해 런던 경찰청에 연락을 취하는 것이다.

여러 모로 생색 안 나는 일이다. 경찰청 자원이 무한한 것도 아닌데 특별 경호는 비용이 많이 들기 때문이다. 하지만 섣부른 판단이 초래할 결과는 치명적이다. 전임 부서장 빌 트리가론은 경력이 바닥으로 곤두박질치기 전에 이런 말을 했었다.

"살아 있는 극단주의 성직자들이 골칫거리라고 생각한다면, 어디 한번 죽은 극단주의 성직자들을 상대해보라고 해."

"읊어봐." 이브가 사이먼한테 말한다.

"파키스탄 작가, 나스린 질라니. 이번 주 목요일 옥스퍼드 유니언[오랜 역사를 지닌 학생 자치 기구이자 토론 클럽]에서 강연 예정인데요. 살해 협박을 받았답니다."

"진짜 같아?"

"진짜 같아요. 특수경호대 SO1에서 질라니한테 팀 하나 붙이기로 했거든요."

"계속 해봐."

"레자 모크리, 이란 핵물리학자. 이쪽도 최대 경호."

"나도 찬성."

"그리고 러시아인 케드린이 있는데요. 이 사람은 잘 모르겠어요."

"뭐 때문에 잘 모르겠는데?"

"어느 정도로 진지하게 받아들여야 할지 모르겠어요. 제 말은 히스로 공항에 괴짜 정치이론가가 나타날 때마다 경찰청한테 돌봐달라고 할 수는 없다는 거죠."

이브도 고개를 끄덕인다. 화장기 없는 얼굴에 아무렇게나 올린 평범한 갈색머리로 보아 이브는 외모를 꾸미는 일보다 중요한 일이 더 많다고 여기는 사람처럼 보인다. 어쩌면 학자나 수준 높은 서점의 직원처럼 보일지도 모르겠다. 하지만 이브에게는 어딘가 겉보기와는 전혀 다를 것 같은 구석, 이를테면 침착함, 흔들림 없는 눈빛이 있다. 동료들은 이브를 추적자, 사냥감을 쉽사리 놓지 않는 여자로 알고 있다.

"그럼 케드린의 경호를 요청한 건 누군데?" 이브가 묻는다.

"유라시아 영국 지부라고, 케드린 방문을 준비한 단체예요. 제가 조사를 좀 해봤는데, 그 단체는······."

"어떤 단체인지 알아."

"그럼 제 말이 무슨 뜻인지 아시겠네요. 위험하다기보다는 수상해 보여요. 유럽과 러시아 사이에 신비한 유대 같은 게 있다느니, 썩어빠진 팽창주의 국가 미국에 맞서 뭉쳐야 한다느니."

"나도 알아. 허무맹랑하지. 하지만 늘 열성 지지자들이 있으니까. 크렘린 궁전에도 팬이 있을 정도야."

"빅토르 케드린은 걔네들의 간판스타고요."

"그 사람, 이상주의자야. 그 단체의 얼굴이지. 물론 카리스마가 넘치는 인물이겠지."

"하지만 런던에서 위험에 처할 일은 없겠죠?"

"그럴 수도 있고 아닐 수도 있겠지."

"그러니까 그 사람이 누구 때문에 위험에 처하겠어요? 미국이 그 사람을 그다지 좋아하지 않는 건 분명하지만, 그렇다고 하이 홀본에 무인기 공격을 명령하지는 않을 거 아니에요."

"그 사람 거기서 머물 거래?"

"네, 버논이란 데서요."

이브가 고개를 끄덕인다.

"자기 말이 맞을 거야. 케드린 때문에 경찰청 특수부 경호국을 귀찮게 할 필요는 없겠지. 대신 내가 그 사람 강연에 가보는 게 좋을지도 모르겠어. 그 자가 유라시아 영국 지부를 충실한 지지자라고 밝힐 장소는 정해져 있겠지?"

"콘웨이 홀, 이번주 금요일이에요."

"좋아서. 진행 상황 계속 알려줘."

사이먼은 알았다는 뜻으로 고개를 끄덕인다. 아직 20대인데도 사이먼에게는 마치 국교회 교구목사 같은 장난기 어린 근엄함이 있다.

이브는 개인 식별 암호를 입력한 후 HST, 즉 보안 위협 고위험 군High Security Threat 목록을 검색한다. 러시아 연방보안국 FSB과 파키스탄 경찰 범죄수사국 CID 같은 단속적 공조 기관을 비롯하여 우호적인 정보 기관들에도 보급된 HST는 공개된 국제 살인 청부업자 데이터베이스다. 동네 깡패나 뜨내기 저격범이 아닌, 정치계 의뢰인이 있고 웬만큼 부자가 아니면 감당하지 못할 가격표가 붙은 최상급 암살범들이다. 제법 길고 자세한 항목도 있고 감시나 심문 과정에서 얻어걸린 암호명만 달랑 나오는 항목도 있다.

지금까지 2년 넘게 이브는 저명인사 살인 사건 중 범인이 밝혀지지 않은 목록을 가지고 자신만의 파일을 만들고 있다. 계속해서 돌이켜보는 사건이 하나 있는데, 발칸 제국 정치인 드라간 호르바트 사건이다. 호르바트는 인신매매와 이런저런 악질 범죄에 연루된 인물로 보기 드물게 추잡한 놈이었지만, 호르바트가 빌 트리가론 재임 당시 런던 도심에서 살해되었을 때 호르바트가 악당이었다는 사실은 빌 트리가론에게 아무런 소용이 없었다. 부서장에서 해임을 당한 빌은 첼트넘에 있는 정보통신본부인 GCHQ 청취 센터로 파견되었고, 부부서장이었던 이브가 그의 뒤를 이어 P3 부서장이 되었다.

호르바트는 여자 친구와 런던에 여행을 왔다가 살해당했다. 그 여자 친구는 트빌리시 출신의 열일곱 살짜리 마약중독자로 이름이 이레마 베리제라고 했다. 대외적으로 호르바트는 무역 대표단 고위 간부로 런던에 왔지만 실은 체류 기간 대부분을 이레마와 쇼핑하면서 보냈다. 두 사람은 베이스워터의 후미진 거리에 있는 일식집에서 막 나온 참이었는데, 그때 엄청 급해 보이는 사람 하나가 호르바트와 세게 부딪쳐서 호르바트가 거의 쓰러질 뻔했다.

기분도 좋았고 사케에 얼큰히 취하기도 했던 호르바트는 처음에는 칼에 찔린 것도 몰랐다. 심지어 이미 멀어져가고 있던 그 행인에게 미안하다고 사과까지 하고 나서야 사타구니에서 뜨끈한 피가 쏟아지고 있다는 사실을 알아차렸다. 충격으로 어안이 벙벙해진 호르바트는 그대로 길바닥에 주저앉아 한 손으로 허벅지의 상처를 힘껏 눌렀지만 소용없었다. 그리고 2분도 안 되어 죽었다.

이레마는 덜덜 떨면서 아무것도 하지 못하고 그 자리에 그대로 서 있었다. 25분 뒤 일본 회사원 무리가 그 일식집에서 나왔다. 그 일본인들은 영어가 서툴렀고 이레마는 영어를 아예 못 했기 때문에 10분이 더 흐른 후에야 누군가 구급대를 불렀다. 극심한 정신적 외상을 입은 이레마는 처음에는 그 피습에 대해서 아무것도 기억이 안 난다고 주장했다. 그러나 런던 경찰청 대테러 수사대인 SO15 부서에서 파견 나온 경관이 조지아어 통역사의 도움을 받아 끈기 있게 심문한 결과 핵심 단서를 하나 실토했다. 드라간 호르바트의 살인범이 여자라는 것이었다.

여자 암살범은 극히 드물어서, 보안부에 합류한 이후 이브가 접한 여자 암살범은 딱 두 명밖에 없다. HST 파일에 따르면, 수년간 FSB는 마리아 골로프키나라는 이름의 여성을 이용해서 국외 암살을 집행했다. 아테나 올림픽 때 소구경 권총사격 국가대표 일원이었던 골로프키나는 크라스노다르에 있는 스페츠나츠 기지에서 비밀 암살 훈련을 받은 것으로 추정된다. HST 파일에는 세르비아 출신 여성 암살범 항목도 있는데, 악명 높은 제문파[밀로세비치가 설립한 비밀경찰 전직 요원과 발칸 지역 마약밀매단으로 구성된 조직범죄단)와 관련이 있으며 이름은 젤레나 마르코비치다.

두 사람 모두 호르바트를 살해하는 것은 사실상 불가능했는데 이유는 하나, 그 정치인이 런던에서 종말을 맞이했던 당시, 두 사람 다 이 세상 사람이 아니었기 때문이다. 골로프키나는 1년도 더 전에 브라이턴 비치에 있는 어느 호텔 옷장 안에서 목매단 사체로 발견되었다. 마르코비치는 골로프키나보다 4개월 먼저 사망했는데, 베오그라드에서 차량 폭탄이 터져 산산조각이 났다. 따라서 이레마 베리제의 말이 맞다면, 새로운 여성 암살범이 등장했다는 의미가 된다. 이 점이 이브의 관심을 끈다.

그 이유는 이브 자신도 갈피를 잡을 수가 없다. 어쩌면 자신이 남의 목숨을 앗아간다는 것은 상상도 할 수 없는 일이기에, 사람을 죽이고 다니는 일이 별 일 아닌 여성이 있다는 생각에 끌리는 것일지도 모른다. 아침에 일어나서 커피를 내리고 그날 입을 옷을 고른 다음 밖에 나가 생판 남을 냉혹하게 살해할 수 있는 사람. 변태 사이코여야만 그런 짓을 할 수 있는 건가? 태어날 때부터 그랬나? 아니면 정상적인 여자도 전문 암살범이 될 수 있는 건가?

빌한테 P3를 인계받은 이후, 이브는 암살에 여성이 연루되었다는 기미는 없는지 미해결 사건 파일들을 신중하고 철저하게 조사해보았고, 그 결과 두 건에 주목했다.

첫 번째는 독일에서 발생한 저격 사건 관련 내용으로 피살자는 석유·가스 채굴권 거래의 일환으로 체첸과 다게스탄 과격분자들에게 자금을 제공해주었다는 의혹을 받은 러시아 사업가 알렉산드르 시모노프다. 암살범은 알트인베스트 은행 프랑크푸르트 본사 외부에서 FN P90 기관단총으로 시모노프의 흉부에 여섯 발을 쏘았는데, 퀵서비스 배달원처럼 방수복을 입고 얼굴 전체를 가리는 헬멧을 쓴 채 오토바이를 타고 쏜살같이 달아났다. 나중에 밝혀진 바로 오토바이의 기종은 BMW G650X모토였다. 사건 후 열 명 남짓한 목격자에게 탐문해보았더니 그중 둘이 진술하기를 저격범이 여자인 것 같은 '인상'을 받았다고 했다.

두 번째 사건은 시칠리아에서 살바토레 그레코라는 마피아 두목을 살해한 사건으로, 누가 봐도 정치와는 무관한 사건이다. 현지에서 나도는 풍문에 따르면 해당 피살 사건이 직접적이든 간접적이든 피살자의 조카인 레올루카 메시나 소행이라는 것이다. 메시나는 그레코 피살 이후 그레코파의 리더 역할을 맡고 있다. 그러나 언론에서는 공범 가능성을 제시하며, 이른바 '빨간 원피스를 입은 여성'을 들먹이고 있다. DIA, 즉 마피아 척결 수사본부에 따르면, 그레코는 팔레르모에 있는 마시모 극장 내 개인 박스석에서 오페라 공연 후 사체로 발견되었다. 22구경 저속탄으로 근거리에서 심장에 총을 맞았다. 그레코의 경호원 둘도 박스석 바닥에서 사체로 발견되었는데 두개골에 한 발씩을 쏘아 신속히 처리했다.

레올루카 메시나도 그날 밤 극장에 있었던 것으로 알려졌으며, 목격자에 따르면 오페라 시작 직전 바에서 메시나가 붉은 원피스를 입고 머리색이 짙은 미모의 여인과 대화를 나누는 모습을 보았다고 한다. 두 사람의 좌석은 달랐던 것으로 보이며, CCTV 영상 확인 결과 메시나는 마지막 막이 시작된 직후 뒷문으로 극장을 나갔다. 메시나로부터 두어 걸음 떨어진 곳에는 흐릿한 형상이 하나 보이는데 붉은 원피스를 입고 짙은 색 머리를 어깨 위에서 찰랑거리는 여성이다. 부채질이라도 하려는 듯 손에 들고 있던 오페라 카탈로그로 얼굴을 가리는 바람에 얼굴은 찍히지 않았다.

이브가 볼 때 이건 절대로 우연이 아니다. 그 여자는 CCTV 위치를 아주 잘 알고 있었다. 그 외에 정말 기이한 정보가 하나 있는데 이건 마피아 척결 수사본부가 공표하지 않은 사항이다. 그레코는 살해당하기 전, 주문 제작했음이 분명한 어떤 도구로 치사량의 진정제를 맞아 온몸이 마비되었다. 그 도구는 그레코의 왼쪽 눈에 박혀 있었다. 이 도구의 사진은 자세한 작동 방식과 더불어 온라인 사건 파일에 올라와 있다. 굉장히 불길해 보이는 물건으로 속이 텅 빈 곡선 형태의 강철 바늘 안쪽에 작은 용기 같은 게 들어 있고 막대 피스톤이 달려 있다.

총을 쏘기 전에 이런 식으로 그레코를 무력화시켜야만 했던 이유는 무엇일까? 아까부터 이브의 머릿속을 계속 괴롭히고 있는 의문이다. 처음 파일을 읽은 날 이후로 해답에 조금도 가까이 다가가지 못하고 있다. 암살이 공공장소에서 자행된 만큼, 신속하게 처리하는 편이 훨씬 이치에 맞지 않았을까? 어느 때라도 발각될 수 있는데 범인은 어째서 범행을 질질 끌었을까?

이브는 8시 직전 핀칠리에 있는 아파트에 도착할 때까지도 그 점에 대해 여전히 곰곰이 생각 중이다. 남편 니코는 집에 없다. 일주일에 세 번, 저녁 때 자신이 가르치고 있는 브리지 클럽에 갔기 때문이다. 오븐에 폴란드식 만두 요리인 '피에로기'를 넣어두고서. 이브는 고마운 마음으로 음식을 꺼낸다. 이브는 요리를 그렇게 잘하는 편도 아닌 데다 템스 하우스에서 긴 하루를 보내고 집에 돌아와서 식사 준비를 첫 단계부터 일일이 다 해야 하는 걸 몹시 싫어한다.

저녁을 먹으면서 이브는 BBC의 8시 뉴스 요약 영상을 본다. 동쪽에서 유입되고 있는 한랭전선을 조심하라는 뉴스("반드시 보일러를 점검하시기 바랍니다!"), 극도로 절망적인 경제 관련 뉴스, 그리고 모스크바에서 들어온 집회 특보가 나온다. 집회 장면에서는 수염 난 인물이 눈 덮인 광장에서 경청하는 군중에게 열변을 토하고 있다. 흐릿한 자막에 따르면 그 남자는 빅토르 케드린이다.

이브는 피에로기를 찍은 포크를 손에 든 채, 앉은 자리에서 몸을 앞으로 내민다. 저화질 영상에도 불구하고, 빅토르 케드린의 마성은 손에 만져질 듯 강렬하다. 아나운서의 해설 뒤로 들리는 케드린의 말을 들어보려고 애를 써보지만 갑자기 장면이 바뀌어 어미를 잃고 고아가 된 새끼고양이가 치와와에게 입양되었다는 소식이 나온다.

저녁을 다 먹은 후, 이브는 출근할 때 입었던 옷을 청바지와 스웨터, 지퍼가 달린 방풍 재킷으로 갈아입는다. 썩 마음에 드는 복장은 아니지만 귀찮아서 더 생각하고 자시고 할 것도 없다. 좁다란 현관에 허리 높이까지 쌓여 있는 책부터 부엌 빨래건조대에 널린 빨래까지, 집안을 한번 둘러본다. 그러고는 '임신하면 더 큰 집으로 가야겠네' 하고 혼잣말을 한다. 집에서 5분만 걸어가면 있는 네더홀 가든의 빨간 벽돌 연립주택들에 생각이 미친다. 널찍한 그 연립주택 중에서 아무데나 1층이면 더없이 좋을 텐데. 이브와 니코가 그 집을 소유하게 될 가능성은 버킹엄궁을 소유할 가능성만큼이나 희박하다. 보안부 직원과 교사의 봉급을 합해도 그런 집을 살 돈은 모을 수 없다. 더 큰 집을 원한다면 더 외곽으로 나가야할 것이다. 바넷 정도? 아니면 토터리지. 이브는 눈을 비빈다. 이사 생각만 해도 기운이 빠지기 때문이다.

이브는 방풍 재킷의 지퍼를 올린다. 브리지 클럽은 10분 거리에 있다. 이브는 걸으면서 동쪽에서 유입된다는 한랭전선을 떠올린다. 왠지 얼음과 눈뿐만 아니라 골칫거리까지 몰고 올 것 같다.

오늘밤은 웨스트 햄스테드 브리지 클럽에서 토너먼트가 열리는 날이라서 자리가 빠르게 채워지는 중이다. 게임룸에는 당구대에 깔 때 쓰는 녹색 모직 천을 씌운 접이식 테이블과 층층이 쌓아올릴 수 있는 의자가 배치되어 있다. 쌀쌀한 거리에 있다가 들어와서인지 따뜻하다. 바 주변에서는 활기찬 대화 소리가 넘쳐난다.

이브는 남편인 니코 폴라스트리를 단번에 찾아낸다. 초보자 세명과 연습 게임을 하고 있는 남편의 눈빛은 진지하고 움직임은 능률적이다. 이 초짜들의 몸짓을 보고 이브는 그들이 니코에게 잘 보이려고 얼마나 안달인지 멀리서도 알아볼 수 있다. 금발에 잔뜩 힘을 준 한 여자가 첫 패를 내자 니코가 그 카드를 한동안 유심히 보더니 그것을 다시 집어 근심스러운 미소를 띠며 여자에게 돌려준다. 여자는 순간 당황하는가 싶더니 잠시 후 허둥지둥 손을 입으로 가져가고 테이블에 앉은 사람들 모두 웃음을 터뜨린다.

니코에게는 지식을 우아하고 유머 있게 전달하는 재능이 있다. 수학 교사로 있는 노스 런던 학교 학생들은 꽤 거칠기로 정평이 나 있는데, 니코는 그곳 학생들에게도 인기가 높다. 상급 과정 강사 넷 중 한 명으로 있는 브리지 클럽에서도 회원들은 그의 인정을 받으려고 대놓고 경쟁을 벌인다. 목석 같은 베테랑조차 멋진 기교나 불리하게 정한 콘트랙트[브리지는 4명이 2명씩 한패가 되어 트릭 따기를 겨루는데, 게임을 시작하기 전에 으뜸 패를 결정하고, 몇 개의 패를 딸 것인지 미리 공약한다. 이 공약을 콘트랙트라고 한다]를 두고 니코가 칭찬 한마디만 해줘도 표정이 온화해질 정도다.

이브가 니코를 만난 것은 4년 전, 처음 브리지 클럽에 가입했을 때다. 당시에는 브리지 게임 실력을 늘리는 것보다는 일밖에 모르고 치열하기만 한 템스 하우스 사람들과 무관한 사교 생활을 하는 데 더 관심이 있었다. 이왕이면 매력적이고 똑똑한 남자도 등장하는 사교 생활. 이브는 얼굴은 평범하지만 상냥한 인물을 마음속에 그려보았다. 그 남자는 널따란 계단을 올라가면 나오는 웨스트엔드의 세련된 식당으로 자신을 데리고 갈 것이었다.

회원의 평균 연령이 50세가 넘는 이 브리지 클럽에 그런 남자가 있을 리 만무했다. 은퇴한 회계사나 홀아비 치과의사를 만나기에는 더 없이 좋은 곳이었겠지만 마흔 이하의 매력적인 미혼 남성을 만나기란 하늘의 별따기나 다름없는 곳이었다. 이브가 처음 클럽에 나타났을 때는 니코가 없었다. 이브를 비롯하여 회원 가입을 고민 중인 몇몇은 머리를 파란색으로 염색한 클럽 총무 샤피로 부인이 응대해주었다.

클럽에서의 경험이 실망스러웠던 이브는 다음 주에 클럽을 다시 갈지 여부를 두고 마음을 정하지 못했다. 고민 끝에 다시 클럽에 갔을 때, 이번에는 니코가 있었다. 참을성 있어 보이는 눈에 19세기 기병대 장교 같은 콧수염을 기른 데다 키도 큰 니코는 도착 즉시 이브를 맡았다. 테이블까지 에스코트를 해준 후 참가자를 두 명 더 불러 모아 게임 여섯 판을 진행하는 동안 아무 말 없이 이브의 게임 파트너가 되어주었다. 나머지 두 명을 물러나게 한 후, 니코가 녹색 천이 깔린 테이블 너머로 이브를 마주보며 말했다.

"자, 이브, 좋은 소식하고 별로 안 좋은 소식하고 뭐부터 들을래요?"

"별로 안 좋은 소식부터요."

"좋아요. 당신은 게임의 기초를 다 알고 있어요. 어렸을 때 배웠나봐요?"

"부모님 두 분이 다 하셨으니까, 그런 셈이죠."

"그리고 당신은 굉장히 승부욕이 강해요."

이브가 니코의 시선을 맞받는다.

"그렇게 티가 나요?"

"다른 사람들한테는 안 날지도 모르죠. 미슈카myszka(생쥐), 그러니까 쥐인 척하지만 내 눈엔 여우가 보이는군요."

"그건 좋은 건가요?"

"그럴지도요. 단, 허점이 있어요."

"허접한 여우라서요?"

"맞았어요. 게임을 전략적으로 하고 싶으면 모든 카드가 어디 있는지 처음부터 알고 있어야 해요. 그러기 위해서는 상대의 플레이에 더 집중을 해야겠죠. 비딩도 기억해야 하고 수트[스페이드, 하트, 다이아몬드, 클로버 4종의 마크]도 하나하나 고려해야 해요."

"그렇겠네요."

이브는 한동안 그 말을 곱씹었다.

"그럼 좋은 소식은 뭐예요?"

"좋은 소식은 5분만 가면 굉장히 좋은 술집이 있다는 거예요."

이브는 웃었다. 두 사람은 그해 말에 결혼했다.

오늘밤 이브의 브리지 파트너는 열아홉쯤 되어 보이는 젊은 청년이다. 이 청년은 가을에 클럽에 가입한 임페리얼 칼리지 학생 삼총사 가운데 한 명이다. 살짝 미친 과학자 같은 구석이 있지만 실력이 엄청나게 좋은 플레이어인데, 웨스트 햄스테드에서는 그 점이 중요하다.

처음에는 긴가민가했지만, 이브는 이제 여기서 보내는 저녁 시간을 고대하게 되었다. 회원들 중에는 부모님 또래도 있고 심지어 한두 명은 할아버지·할머니 또래다. 하지만 게임 수준은 무시무시하다. 따라서 템스 하우스에서 틀에 박힌 하루를 보낸 후 클럽에 와서 지적인 활동을 그 자체로 즐길 수 있다는 생각에 마음이 즐거워진다.

클럽에서의 시간이 끝나자 이브는 파트너에게 고맙다는 인사를 한다. 두 사람은 전체 4위로 끝마쳤으니 이 정도면 괜찮은 성적이다. 청년이 다소 어색한 미소를 짓더니 발을 질질 끌며 물러난다. 클럽 입구에서 니코가 이브의 방풍 재킷 지퍼 올리는 일을 거든다. 재킷이 샤넬 외투라도 된다는 듯, 별 것 아닌 일에 기사도를 발휘하니 다른 여성 회원들이 눈여겨보지 않을 리가 없다. 그들이 이브를 부러운 눈길로 흘끔거린다.

"오늘 하루는 어땠어?"

이브가 아파트로 돌아가는 길에 니코에게 단단히 팔짱을 끼면서 묻는다. 이제 막 눈이 내리기 시작한 참이었다. 눈송이가 얼굴에 닿자 이브는 눈을 깜빡인다.

"새벽 2시까지 잠도 안 자고 파이널 어트리션 2를 하지만 않는다면 11학년 녀석들 모두 미분학을 지금보단 잘 할 텐데 말이야. 뭐 아닐 수도 있지만. 당신은 어때?"

이브는 대답을 망설인다.

"당신한테 문제를 하나 낼게. 하루 종일 풀어보려고 끙끙댔던 문제야."

니코는 이브가 무엇을 하려는지 알아차린다. 니코 자신은 이브에게 정보를 알려달라고 조른 적이 한 번도 없지만 이브는 니코 같은 사람의 생각이 자기 직장 상사들에게 굉장히 유용할 거라고 생각할 때가 종종 있다. 한편 이브는 니코가 특색 없는 템스 하우스 복도를 걷는 모습을 떠올리는 것만으로도 오싹해진다. 템스 하우스는 이브의 세상일 뿐, 니코의 세상이 되는 건 싫을 것 같기 때문이다.

이론수학 및 응용수학 석사를 따고 크라크푸 대학을 졸업한 후, 니코는 마시에크라는 친구와 함께 낡아빠진 밴을 타고 유럽 일주를 떠났다. 밴에서 먹고 자면서 두 친구는 브리지, 체스, 포커 등 상금이 나오는 대회라면 무슨 대회든 가리지 않고 다 참가했고, 18개월을 여기저기 돌아다닌 끝에, 수중에 백만 즐로티[폴란드의 화폐 단위. 1즐로티는 약 300원] 이상을 가지고 돌아갔다. 마시에크는 자기 몫을 1년도 안 돼서 다 날렸는데, 그 돈의 대부분은 바르샤바의 마조비에츠카 거리에 있는 파샤 라운지 여자들에게 돌아갔다. 니코는 런던으로 향했다.

"말해봐." 니코가 운을 떼운다.

"알았어. 오페라가 끝나고 극장 박스석 바닥에서 남자 사체 세 구가 발견됐어. 둘은 경호원, 한 명은 마피아 두목. 모두 총에 맞았지. 그런데 두목한테는 진정제를 먼저 놓은 거야. 한쪽 눈에 주입한 마취제 때문에 마비가 됐어. 무슨 내막이 있는 걸까? 왜 두목은 경호원들처럼 총만 맞지 않은 걸까?"

니코가 잠시 묵묵히 있다가 말을 꺼낸다.

"누가 먼저 살해당했는데?"

"난 경호원들인 것 같아. 저격범은 두목의 조카로 추정되고 있는데 소음기를 썼어. 소구경 무기로 근거리 발사를 했고."

"총상은 몸통에?"

"두목은 몸통, 경호원은 뒷덜미에 맞았어. 굉장히 깔끔해. 전문가 솜씨야."

"그 주사기인가 뭔가 하고 마취제. 그거에 대해서는 알아낸 게 뭔데?"

"보여줄게."

이브가 가방에서 사진 사본 한 장을 꺼낸다. 두 사람은 걸음을 멈추고 휘날리는 눈송이를 맞으며 가로등 불빛 아래 섰다.

"무시무시해 보이는 물건이네." 니코가 콧수염에 앉은 눈을 후 불어 날린다.

"하지만 기발해. 그리고 조카는 아닌 것 같아. 혹시 여자가 관련되어 있지 않아?"

이브가 니코를 빤히 바라본다.

"뭐 때문에 여자가 관련되어 있냐고 물은 거야?"

"살인범의 일차적인 문제는 무장 경호원을 어떻게 통과하느냐 그거잖아. 경호원이니까 거칠고 노련한 놈들이겠지."

"맞아."

"하지만 반면에 이건……." 니코가 사진을 들어 올린다.

"이런 물건이면 경호원이 눈여겨보지 않겠지."

"어째서?"

니코가 자신의 외투 주머니에 손을 넣더니 펜을 하나 꺼낸다.

"봐봐, 내가 여기 부착된 스프링을 뽑아낸 다음 다시 찰칵 밀어 넣으면 어떨 것 같아?"

이브는 구겨진 사진을 뚫어져라 쳐다본다.

"젠장. 어떻게 그걸 놓쳤지?" 이브의 목소리는 이제 속삭임이 되었다. "머리핀이잖아. 빌어먹을 여자 머리핀."

니코가 이브를 바라본다. "자, 여자가 관련되어 있지?"

샤를 드골 공항 비즈니스 클래스 라운지에서 빌라넬은 메시지를 확인한다. 암호화된 내용은 콘스탄틴이 예정대로 오후 2시, 런던의 그레이스 인 로드Gray's Inn Road에 있는 라스페치아 카페에서 만나자는 내용이다. 빌라넬은 휴대전화를 가방에 넣고 커피를 홀짝인다. 라운지는 따뜻하다. 매끈한 곡선형 의자는 흰색과 진회색으로 제작되어 눈이 편안하고 벽에는 조명이 들어오는 나뭇잎 모양 장식이 있다. 판유리 외벽 너머로는 활주로가 보이고, 녹아서 진창이 된 눈과 잿빛 하늘은 둘을 분간하기가 어려울 정도다.

빌라넬은 위조 여권으로 여행 중인데 프랑스 투자 정보지의 공동 집필자인 마농 르페브르라고 나와 있다. 이번에 꾸며낸 이야기는 동업을 맺는 데 관심을 보이는 한 온라인 발행인과 협상을 하러 런던에 간다는 것이다. 중간 길이 트렌치코트에 슬림핏 청바지를 입고 앵클부츠를 신어서 흔하디흔한 직장 여성처럼 보인다. 화장은 전혀 하지 않았고 겨울이라는 계절에 아랑곳하지 않고 회색 선글라스를 끼고 있다. 요즘 공항에는 사진기자들이 많이 몰리고, 안면 인식 소프트웨어를 구비한 치안 전문가도 느는 추세이기 때문이다.

에어프랑스 승무원이 라운지에 나타나더니 비즈니스클래스 승객들을 항공편으로 안내한다. 빌라넬은 대기 중인 항공기의 맨 앞 통로 쪽 좌석을 예약했다. 늘 그렇듯 옆자리 승객과는 절대 눈도 마주치지 않지만, 창가 좌석에 앉아 기내 잡지를 획획 넘기고 있는 남자는 자기 옆자리 여성과 반드시 대화를 트겠다고 마음먹었다는 걸 알 수 있다. 빌라넬은 남자는 무시한 채 4G 태블릿과 이어폰을 꺼내 동영상만 열심히 본다.

동영상은 권총 총알 두 개를 투명한 탄도실험용 젤라틴 덩어리에 발사할 때 나타나는 상호 대조적인 종단 성능을 슬로 모션으로 보여준다. 탄도실험용 젤라틴은 인체 조직에 모의실험을 하는 것과 비슷한 효과를 내기 위해 고안한 실험용 매개물이다. 총알 하나는 러시아제, 다른 하나는 미국제다. 두 총알 모두 구리 피막 할로포인트 탄환으로 탄환의 충격 전달력을 극대화하면서 탄환이 목표물의 몸을 관통하기보다 목표물의 몸속에 남아 있게 하려고 고안된 총알이다. 분주한 도시 환경에서 작전을 실행할 공산이 큰 만큼, 이런 정보는 빌라넬에게 흥미로운 주제다. 빌라넬은 백발백중을 원한다. 부수적 피해 발생 가능성을 감수할 수는 없다.

빌라넬은 두 가지 할로포인트 탄환 중에 어떤 것을 골라야 할지 고민이다. 러시아제는 사입 시 팽창이 되고 살과 뼈를 뚫고 들어갈 때 피막이 꽃잎 모양으로 벌어진다. 반면 미제는 형태는 변형되지 않지만 피탄 지점을 헤집고 들어가면서 상처 부분을 확 벌려놓는다. 둘 다 무시할 수 없는 장점을 가지고 있다.

"죄송하지만 태블릿을 꺼주실 수 있을까요. 마드모아젤?"

감색 제복을 입은 우아한 승무원이다.

"물론이죠." 빌라넬은 태연히 웃으며 화면을 어둡게 하고 이어폰을 뺀다.

"영화가 재미있나봐요?"

옆자리 승객이 기회를 놓치지 않겠다는 듯 말을 건다. 아까 비즈니스클래스 라운지에 있을 때 본 사람이었다. 30대 후반에 흠잡을 데 없이 준수한 외모. 명품 옷을 입은 투우사 같다.

"실은 쇼핑 중이었어요."

"뭐 살 게 있어서요?"

"아뇨, 선물 때문에요."

"특별한 사람인가요?"

"네. 깜짝 선물을 해주려고요."

"행운의 사나이네요." 남자가 짙은 갈색 눈동자로 빌라넬의 눈을 응시한다. "혹시 루시 드레이크 아니신가요?"

"누구요?"

"루시 드레이크요, 모델이잖아요?"

"유감스럽지만 아니에요."

"하지만……." 남자는 손을 뻗어 기내 잡지를 집더니 페이지를 획 획 넘겨 향수 광고 페이지를 찾아낸다. "이게 당신이 아니라고요?"

빌라넬이 그 페이지를 본다. 진짜다, 모델은 소름 끼칠 정도로 빌라넬과 닮았다. 하지만 루시 드레이크의 눈동자는 선명한 녹색이다. 프랭탕이라는 향수 광고다. 봄이라는 향수. 빌라넬이 선글라스를 벗는다. 그러자 러시아의 한겨울처럼 꽁꽁 얼어붙은 회색 눈이 드러난다.

"죄송합니다. 제가 잘못 봤군요."

"기분은 좋은데요. 아주 사랑스러운 모델이네요."

"그렇죠." 남자가 한 손을 내민다. "루이스 마르틴입니다."

"마농 르페르브예요." 빌라넬은 이제 두 사람 사이 좌석 팔걸이에 놓인 잡지를 내려다본다.

"실례가 안 된다면, 그 모델 이름을 어떻게 알았는지 여쭤봐도 될까요?"

"제가 그 업계 사람이거든요. 아내와 템페스트라는 모델 에이전시 사업을 하고 있습니다. 우리 에이전시는 파리, 런던, 밀라노, 모스크바에도 사업부가 있어요."

"이 루시 드레이크라는 모델도 그 에이전시 소속인가요?"

"아뇨, 그 모델은 프레미어 소속일 겁니다. 요즘은 일을 별로 많이 안 해요."

"정말요?"

"연기 쪽으로 나가고 싶은 모양이에요. 잡지나 광고를 많이 할 수록 사람들이 진지하게 봐주지 않을 거라고 생각하고 있죠."

"재능은 있는 모델인가요?"

"모델로서는 재능이 있어요. 생각보다 재능 있는 모델이 그렇게 많지가 않거든요. 배우로서는……." 마틴이 어깨를 으쓱한다. "하지만 뭐 자신의 진짜 재능을 과소평가하는 일은 흔하니까요, 안 그래요? 그리곤 절대로 이룰 수 없는 꿈을 꾸잖아요."

"스페인 분이신가요?"

사적인 질문이 시작될 것을 예감하고 빌라넬은 화제를 돌린다.

"네, 그런데 스페인에서 보내는 시간은 별로 없어요. 주로 런던하고 파리에서 지내거든요. 런던은 잘 아세요?"

빌라넬은 곰곰이 생각해본다. 에식스 습지에서 6주 동안 혹독한 맨손 결투 훈련을 한 것도 포함시켜야 하나? 노스우드의 따돌리기 운전 코스의 급커브를 전력 질주하며 보낸 2주는? 아일 오브 독스에서 은퇴한 강도와 함께 자물쇠 따기를 배웠던 일주일은?

"조금요." 빌라넬이 답한다.

승무원이 샴페인을 가지고 돌아왔다. 마르틴은 샴페인을 받아 들고 빌라넬은 미네랄워터를 부탁한다.

"모델 일도 한번 생각해보시죠. 광대뼈도 좋고 도발적인 눈빛도 있어요."

"정말 감사합니다."

"칭찬입니다. 믿으셔도 돼요. 그런데 무슨 일 하세요?"

"금융 쪽이요. 유감스럽게도 화려함하고는 거리가 멀죠. 부인도 모델이셨어요?"

"엘비라요? 그렇죠, 원래 모델이었죠. 굉장히 성공한. 그런데 요즘엔 저는 고객을 상대하고 아내는 사무실을 관리해요."

대화는 뻔한 방향으로 흘러간다. 빌라넬은 또 다른 자아, 마농 르페브르가 주제로 나오면 말을 아끼고 마르틴에게 템페스트에 대해서 더 자세히 얘기해달라고 조른다. 뵈브 클리코 두 잔에 취기가 오른 마르틴은 세 번째 잔을 반쯤 남긴 채 신이 나서 자기 얘기를 하면서 동시에 빌라넬의 환심을 사려고 아부를 줄줄이 늘어놓는다.

빌라넬은 순간 이 남자가 혹시 MI5나 프랑스의 대외 안보 총국인 DGSE가 보낸 첩자일지 의심한다. 하지만 빌라넬은 런던행 비행기 표를 예약하지 않았다. 대신 오스망 대로에 있는 갤러리 라파예트 밖에서 아무 택시나 잡아탔고 목적지인 공항에 도착해서도 비행기 표를 현금으로 샀다. A1 고속도로에서 마지막 순간에 빠져나와 주유소에 들리는 등 기본적인 감시 대응 수단을 동원했고, 파리에서 미행이 붙지 않은 것을 확인했다. 게다가 마르틴은 빌라넬보다 먼저 비즈니스클래스 라운지에 와 있었고 이미 체크인도 마친 상태였다. 가장 중요한 것은, (생존 문제에 관해서라면 최고조에 달하는) 빌라넬의 본능이 이 남자가 연기를 하고 있지 않다고 말하고 있다. 본능은 이 남자가 외모처럼 지나치게 요란한 작업남이라고 말하고 있다. 마르틴처럼 자아도취가 심한 사람을 두고 하는 우스갯소리가 있는데, 그런 사람들은 일터에서든 대화에서든 섹스에서든 늘 자기가 상황을 주도하고 있다고 생각한다는 것이다.

어느 새 생각이 팔레르모에서의 그날 밤으로 흘러간다. 레올루카 메시나의 좋은 점은, 그가 통제광이 아니라는 점이다. 사실 그는 공이치기를 당기고 장전한 루거를 손에 쥔 빌라넬에게 섹스의 주도권을 기꺼이 넘겼다. 그날 일은 나름 로맨틱했다.

콘스탄틴은 카페 카운터 앞, 카페 출입문과 그레이스 인 로드 쪽을 향해 앉아 있다. 그의 앞에는 《이브닝 스탠더드》의 스포츠면이 펼쳐져 있고 카푸치노를 마시고 있다. 빌라넬이 발을 굴러 부츠에 묻은 눈을 털어내면서 들어오자, 콘스탄틴이 고개를 들더니 속을 알 수 없는 눈빛을 하고는 턱으로 맞은편 자리를 가리킨다. 김빠지는 환영식 때문에 극적인 순간을 연출할 기회가 날아간다. 아무도 고개를 들어 중고 의류점에서 산 외투를 입고 털실 비니를 쓴 젊은 여성을 쳐다보지 않은 것이다. 빌라넬이 차를 시킨 후, 두 사람은 남의 귀에 잘 들리지 않을 만큼 낮은 목소리로 대화를 시작한다. 누군가 도청을 시도한다면, 저음질 음향장치에서 나는 웅웅거리는 소리와 커피 머신이 내는 쉬익 김 뿜는 소리와 털털거리는 소리에 좌절하고는 헛수고라는 것을 깨달을 것이다.

손님들이 드나드는 30분 동안, 두 사람은 세부 계획과 무기류를 특유의 빠른 러시아어로 논한다. 콘스탄틴은 이의에 이의를 거듭하며 빌라넬의 파괴 계획을 시험하지만, 마침내 실행 가능성을 인정하고 만다. 카푸치노를 한 잔 더 주문한 콘스탄틴이 생각에 잠긴 표정으로 커피잔을 흔든다.

"팔레르모 때문에 걱정했다. 네가 한 짓은, 그러니까 한밤중에 메시나의 오토바이 뒷자리에 타고 시내를 빠져나간 짓은 무모하기 짝이 없는 짓이었어. 일이 크게 잘못될 수도 있었다."

"임기응변이었어요. 처음부터 끝까지 내가 주도했고요."

"내 말 잘 들어. 넌 절대로 마음 놓아도 될 정도로 안전하지 않아. 그리고 아무도 온전히 믿어서도 안 되고."

"당신도요?"

"물론 난 믿어도 좋다, 빌라넬. 하지만 네 일부는 늘 의심하고 의문을 품고 위험에 대비하고 있어야 한다. 네 일부는 나도 완전히 믿어서는 안 돼. 난 네가 살아남았으면 좋겠다, 알겠니? 네가 일을 잘해서만은 아니야……."

콘스탄틴은 빌라넬을 걱정하는 마음이 순간적이나마 너무 사사로워진 것에 짜증이 나서 말을 잠시 멈춘다. 추소바야 강가 오두막에서 처음 봤을 때부터, 콘스탄틴은 얼음처럼 차가운 빌라넬의 표면 아래 섹스와 죽음이 소용돌이치며 역류하고 있음을 감지했다. 빌라넬을 몰아붙이는 뿌리 깊은 갈망이 빌라넬 자신을 파멸로 몰고 갈 수도 있다는 사실 또한 알고 있었다.

"뒷말도 해주세요."

콘스탄틴은 눈으로 붐비는 카페를 훑는다.

"봐라, 지금 당장은 네가 존재하는지조차 모르는 사람들만 있다. 하지만 이번 주에 있었던 일 때문에 모든 게 바뀔 수도 있었지. 영국인은 복수심이 넘치는 민족이야. 네가 틈만 보이면 영국 보안부는 모든 수단을 동원해서 널 쫓을 거다. 뒤로 물러나지도 않을 거고."

"그러니까 중요하다는 거네요, 이번 작전이?"

"생사가 달려 있지. 우리 윗선이 이런 결정을 함부로 내리는 건 아니지만, 이 사람은 반드시 제거되어야만 한다."

빌라넬이 테이블에 쏟은 찻물 위에 V자를 그린다.

"그 사람들, 그러니까 우리 윗선이 어떤 사람들인지 가끔 궁금할 때가 있어요."

"역사가 어떻게 쓰여야 할지 결정하는 분들이지. 옥사나, 우린 그분들의 병사에 불과하다. 우리 일은 미래를 구체화하는 거야."

"옥사나는 죽었어요." 빌라넬이 중얼거리듯 말한다.

"하지만 빌라넬은 반드시 살아남아야 한다."

빌라넬이 고개를 끄덕인다. 겨울답게 어두침침한 카페에서조차 빌라넬의 눈이 반짝거리고 있는 것을 콘스탄틴은 보았다.

얼마 후, 빌라넬은 메이페어에 있는 사우스 오들리 스트리트[명품샵이 즐비한 런던의 쇼핑 중심가]의 고층에서 서쪽을 바라보고 있다. 바닥부터 천장까지 이어지는 창문 너머로 보이는 하늘은 해거름에 암갈색으로 빛나고 있고 나무들은 잿빛이다. 눈송이가 소리 없이 판유리를 때린다.

아파트 꼭대기 층은 금융기업 법인 명의로 등록되어 있다. 텔레비전 세트와 최첨단 음향 시스템이 있지만 빌라넬은 이용할 일이 없다. 없는 것이 없는 주방은 아주 조금만 건드릴 예정이다. 앞으로 48시간 동안, 빌라넬은 대부분의 시간을 지금처럼 침실에 있는 찰스 임스 가죽 의자에 앉아 보낼 것이다. 통렬한 외로움이 고맙게 느껴지는 순간이 있다. 그러나 지금은 심심한 공백 상태다. 행복하지도 않고 불행하지도 않은. 빌라넬은 거세지는 물결을, 다가올 작전의 메아리를 감지한다. 콘스탄틴도 맡은 일을 하겠지만, 마지막 순간에는 결국 빌라넬과 케드린, 두 사람만의 시간이 올 것이다.

빌라넬은 손가락으로 희미해진 입술 흉터 가장자리를 어루만진다. 옥사나가 여섯 살 때 아버지가 칼리프를 집에 데려왔다. 전 주인이 버린 사냥개였는데, 그 개는 오로지 옥사나의 어머니만을 따랐다. 그러나 그때 어머니는 이미 병세가 위중했다. 옥사나는 칼리프가 자신도 따르길 바랐다. 어느 날, 빌라넬은 어머니가 점차 심해지는 통증에 괴로워하고 있는 철제 침대로 올라가 얇은 담요 위에서 몸을 웅크리고 있던 개에게 자기 얼굴을 비비적거렸다. 칼리프는 사납게 으르렁거리며 날카로운 이빨을 드러내더니 옥사나에게 덤벼들었다.

사방에 피가 떨어졌다. 찢어진 옥사나의 입술은 옆 아파트에 사는 의대생이 마취도 없이 꿰매주었는데, 상처가 더디게 아물었다.

그래서 다른 애들이 옥사나를 뚫어져라 처다보았었다. 상처가 눈에 띄지 않을 만큼 희미해졌을 즈음에는 어머니가 돌아가셨고 아버지는 체첸 공화국에 가 있었다. 옥사나도 사하로프 고아원의 자비로운 손길에 맡겨졌다.

성형외과 의사에게 수술을 받아 자연이 원래 의도했던 대로 완벽한 활 모양의 윗입술을 되찾을 수도 있었지만, 빌라넬은 그러지 않았다. 그 흉터는 이전 자아의 마지막 흔적이므로 자발적으로 흉터를 없앨 수는 없다.

난데없이 욕망이 소름끼치게 스멀스멀 피어오른다. 흰색 가죽 의자 위에서 옆으로 돌아누운 빌라넬은 힘주어 양다리를 밀착시키고 양팔을 작은 가슴 위로 둘러 자기 몸을 꼭 껴안는다. 눈을 감은 채 몇 분간 그 상태 그대로 누워 있다. 빌라넬은 그것이, 이런 갈망이 무엇인지 알아차린다. 그 욕망은 충족될 때까지 숨통을 조여올 것이다.

샤워를 하고 옷을 입고 머리를 매끈하게 뒤로 넘긴다. 엘리베이터가 소리 없이 빌라넬을 1층으로, 거리로 실어준다. 나가자마자 소용돌이치며 떨어지는 눈송이가 얼굴에 떨어지는 바람에 눈을 깜빡인다. 가늘게 쉬익거리는 타이어 소리를 내며 지나가는 자동차는 있어도 걸어 다니는 사람은 별로 없다. 매춘부 한 명만이 표범무늬 가짜 가죽 코트를 입고 통굽 구두를 신은 채 틸니 스트리트 모퉁이에 서서 손님을 기다리는 듯 도체스터 호텔 앞뜰을 참을성 있게 주시하고 있다. 북쪽을 향해 걸으면서 그때그때 즉흥적으로 길을 찾아나가던 빌라넬은 사우스 오들리 스트리트에서 힐 스트리트 쪽으로 방향을 꺾은 다음 아치형 입구를 거쳐 광장 쪽으로 난 좁은 도로에 들어선다. 광장은 너무 작아서 마당 수준이다. 광장의 한쪽, 조명이 눈부신 갤러리 창문 너머로는 개인전이 진행 중이다. 알록달록한 컵케이크용 스프링클이 흩뿌려진 봉제 족제비가 스포트라이트를 받고 있다.

빌라넬은 그 족제비를 가만히 바라본다. 스프링클이 꼭 번식 중인 세균 같다. 설치물, 조각, 뭐라고 부르는지 모르겠지만, 아무 의미도 와 닿지 않는다.

"들어오실래요?"

30대 후반에 검정색 칵테일 드레스를 입고 담황색 금발을 뒤로 틀어 올린 여자가 찬 공기를 최대한 막으려고 문을 반만 연 채, 문밖으로 상체를 내밀고 있다.

빌라넬이 어깨를 으쓱하며 갤러리에 들어가자, 여자는 시야에서 사라진다. 실내에는 부유해 보이는 초청객들이 가득 들어차 있다. 몇몇은 벽에 걸린 그림을 보고 있지만 대부분은 안쪽을 향한 채 몇몇씩 바짝 붙어 대화를 나누고 있어서 출장요리 업체 직원들은 카나페와 차가운 프로세코[이탈리아의 발포성 와인]를 들고 그들 사이를 조심스럽게 오가야 했다. 빌라넬은 쟁반에서 유리잔 하나를 재빨리 집어들고 한쪽 구석에 자리를 잡는다. 그림은 확대한 보도 사진과 흐릿한 필름 조각들을 재생한 듯하다. 특색 없고, 어렴풋이 사악한 기운을 풍기는 무리, 몇몇 무리에 속한 얼굴은 검게 지

워져 있다. 벨벳 칼라가 달린 코트를 입은 남자가 가장 가까이 있
는 그림 앞에 서 있다. 그 그림 속 여자는 자동차 뒷좌석에 앉아
플래시 세례에 깜짝 놀란 표정으로 우르르 들이대는 파파라치의
카메라 렌즈를 막으려 한쪽 팔을 쳐들고 있다.

그림 앞에 서 있는 남자의 표정을 자세히 관찰한 후(집중하느라 약
간 쩡그린 얼굴, 확고한 시선) 빌라넬도 똑같이 따라해본다. 샴페인을 다
마실 때까지라도 눈에 띄지 않는 존재, 다가서기 어려운 존재가
되고 싶다.

"어떻게 생각하세요?"

안으로 들어오라고 했던 여자다. 벨벳 칼라가 달린 코트를 입은
남자가 자리를 뜬다.

"저 여잔 누군가요, 그림에 나오는?" 빌라넬이 묻는다.

"그게 핵심이에요, 우리가 모른다는 거. 저 여자는 시사회에 도
착한 영화배우일 수도 있고 유죄 판결 후 선고를 받으러 온 살인
범일 수도 있어요."

"살인범이면 수갑을 차고, 장갑차로 법원에 도착할 텐데요."

여자는 빌라넬의 세련된 헤어스타일과 발렌시아가 바이커 재
킷을 보고는 미소를 짓는다.

"경험에서 나온 말인가요?"

빌라넬이 어깨를 으쓱한다.

"저 여자는 마약에 찌든 여배우예요. 모르긴 몰라도 팬티도 안
입고 있을걸요."

기나긴 침묵이 흐른다. 다시 말을 꺼낸 여자의 목소리 음역은 희미하게 바뀌어 있다.

　"이름이 어떻게 돼요?" 여자가 묻는다.

　"마농."

　"자, 마농. 이 행사는 앞으로 40분이면 끝날 테고, 그럼 나는 갤러리 문을 닫겠죠. 그 후에는 버클리 스트리트에 있는 노부에 가서 방어회를 먹을까 하는데. 어떻게 생각해요?"

　"좋아요." 빌라넬이 답한다.

　여자의 이름은 새러이고, 한 달 전 서른여덟 번째 생일을 맞이했다. 지금은 개념 미술 이야기를 하는 중이고 빌라넬도 멍하니 고개를 끄덕이고 있지만 사실 제대로 듣고 있지는 않다. 하여간 단어를 듣고 있지는 않다. 빌라넬은 새러의 목소리가 오르내리는 게 마음에 들었고 왠지 몰라도 눈가에 진 희미한 주름과 진지한 태도에 가슴이 뭉클해진다. 새러는 아주 살짝 안나 이바노브나 레오노바를 떠올리게 한다. 안나는 산업지구 중등학교 교사로 아버지를 빼고 빌라넬이 가짜가 아니라 진짜로 애착을 느낀 유일한 성인이다.

　"맛 괜찮아요?" 새러가 묻는다.

　빌라넬은 고개를 끄덕이고 미소를 지으며 무지개색으로 빛나는 은빛 날생선을 생각에 잠긴 눈으로 살펴보고는 이로 잘게 으깬다. 바다를 먹는 기분이다. 두 사람 주위로는 부드러운 조명이 무광택 알루미늄과 까만 옻과 금색이 섞인 표면을 어루만진다. 음악이 낮게 깔린 가운데 대화 소리가 커졌다 작아졌다 한다. 새러의 입술이 단어를 만들어내고 새러의 눈이 빌라넬의 눈과 마주치지만, 빌라넬에게 들리는 것은 안나 이바노브나의 목소리다.

2년 동안, 그 교사는 자신이 맡은 아이가 지닌, 뛰어난 학문적 재능을 길러주었고 사회화가 거의 안 되어 버릇없이 굴어도 무한한 인내심을 보여주었다. 그러던 어느 날, 안나 이바노브나가 없어졌다. 학교에서 집으로 가는 야간 버스를 기다리다가 얻어맞고 성폭행을 당해 병원에 입원했기 때문이었다. 이바노브나는 폭행범이 어떻게 생겼는지 경찰에 알려주었고, 곧 로만 니코노프라는 열여덟 살짜리 전前 학생을 체포했다. 그 학생은 미혼인 교사에게 '진짜 남자란 어떤 건지' 보여주겠다는 자신의 의도를 뽐내고 다녔다. 하지만 경찰이 법의학 수사를 말아먹은 덕분에 결국 니코노프는 절차상 문제로 석방되었다.

"마농!"

빌라넬은 새러의 차가운 손이 자신의 손에 닿는 것을 느낀다.

"무슨 생각해요?"

"미안해요. 무슨 생각 좀 하느라고요. 당신을 보고 생각난 사람이 있거든요."

"누군데요?"

"학교 때 선생님이요."

"좋은 선생님이었어야 할 텐데요."

"좋은 선생님이었어요. 당신하고 닮았죠."

사실 닮지 않았다. 사실 안나는 새러와 전혀 달랐다. 어째서 그런 생각을 했을까? 그런 말은 왜 한 걸까?

"마농은 어디서 자랐어요?"

"파리 외곽 생 클루요."

"부모님도 같이?"

"아버지하고요. 어머니는 일곱 살 때 돌아가셨거든요."

"오, 이런. 딱하기도 해라."

빌라넬이 어깨를 으쓱한다. "옛날 일이에요."

"그런데 어머니는 왜……."

"암이었어요. 그때 어머니는 지금의 당신보다 두어 살 정도 나이가 적었어요."

꾸며낸 이야기에 이제 빌라넬의 진짜 인생이 일부 포함되었다. 가짜 인생 이야기는 입었다 벗어서 다음을 위해 걸어놓는 옷과 같다.

"정말 유감이에요."

"괜찮아요." 새러의 손에서 자신의 손을 빼며 빌라넬이 메뉴를 연다.

"와우, 이것 좀 봐요! 산딸기 사케 젤리라니. 우리 이건 꼭 먹어요."

빌라넬이 늘 아쉬워하는 점이 있다. 물랑카 강가 숲에서 로만 니코노프를 거세했을 때, 주변이 너무 어두워서 놈의 표정을 못 본 것이다. 하지만 그 순간만은 똑똑히 기억한다. 진흙 냄새, 그리고 놈의 전동 자전거에서 나오는 배기가스 냄새. 놈이 손으로 빌라넬의 이마를 세게 누르는 바람에 할 수 없이 무릎을 꿇었던 일까지. 빌라넬이 칼을 꺼내 놈의 불알을 난도질하면서 목을 조를 때 놈이 지른 비명은 강물 위를 지나 저 멀리까지 퍼져나갔다.

새러는 갤러리 위에 있는 작은 아파트에서 살고 있다. 손을 잡고 함께 새러의 아파트까지 걸어가는 동안 두 사람은 새로 내린 눈 위에 시커먼 발자국을 남긴다.

"좋아요, 그림은 그렇다고 쳐요, 그럼 저건 뭐예요?"

빌라넬이 갤러리 창가에 놓인 난해한 설치물을 가리키며 묻자 새러가 현관문에 비밀번호를 입력하면서 대답한다.

"음……. 봉제 족제비는 장난삼아 내가 나한테 준 선물이었어요. 거기에 뿌린 스프링클은 내 주방에 있던 거고요. 그래서 그 두 가지를 모아 만든 거예요. 꽤 재미있지 않아요?"

빌라넬은 새러를 따라 좁다란 계단을 오른다.

"그러니까 아무 의미도 없는 거란 말이네요?"

"당신 생각은 어떤데요?"

"난 생각 안 해요. 상관도 안 하고."

"그럼 당신은……."

빌라넬은 몸을 반쯤 돌려 새러를 벽에 밀어붙인 후 꼼짝 못하게 하고는 입술로 새러의 입을 막는다. 정해진 수순이라는 것을 알았으면서도 새러는 깜짝 놀란 표정을 짓는다.

시간이 흘러 새러가 잠에서 깨어보니 빌라넬이 침대에 똑바로 앉아 있다. 야윈 몸의 실루엣이 첫 새벽빛을 배경으로 드러난다. 새러는 손을 뻗어 빌라넬의 팔을 위부터 아래까지 어루만진다. 삼각근과 이두박근이 만들어낸 탄탄한 곡선이 느껴진다.

"아까 자기가 무슨 일을 한다고 했더라?" 새러가 궁금한 표정을 지으며 묻는다.

"말 안 했는데."

"가려고?"

빌라넬이 고개를 끄덕인다.

"또 만날 수 있어?"

빌라넬은 미소를 지으며 새러의 볼을 쓰다듬는다. 신속하게 옷을 입는다. 바깥에 나오니 작은 광장에는 아무도 밟지 않은 눈과 침묵이 있다. 사우스 오들리 스트리트의 아파트로 돌아와서는 옷을 벗어던지고 이내 잠에 빠져버렸다.

잠에서 깼을 때는 정오가 지나 있었다. 부엌에는 포트넘 앤 메이슨[영국의 유명한 홍차 브랜드] 블렌드 커피가 카페티에르[금속 필터를 써서 갈아놓은 커피를 걸러 마시는 데 쓰는 유리로 된 기구]에 반 정도 차 있는데 아직도 따뜻하다. 문 옆에 꽤 큰 여행 가방 두어 개가 놓여 있다. 콘스탄틴이 두고 간 것이다.

빌라넬은 그 안에 든 물건을 확인한다. 대모갑玳瑁甲 테에 연회색 렌즈를 끼운 선글라스. 모자에 털이 달린 파카. 검정색 터틀넥 스웨터, 체크무늬 스커트, 검정색 울 스타킹과 지퍼 달린 부츠. 빌라넬은 모조리 입어보고, 신어보고, 써보고 아파트 여기저기를 돌아다니며 그 옷차림에 적응을 한다. 옷과 신발을 길들여야겠다는 생각에 식은 커피를 마신 다음 아파트 건물을 나서 파크 레인을 건너 하이드파크로 향한다.

앙상한 너도밤나무와 떡갈나무가 늘어선 가로수길은 암갈색 하늘을 배경으로 짙은 회갈색으로 물들어 있다. 이른 오후지만 빛은 벌써 사그라지고 있다. 빌라넬은 양손을 주머니에 넣은 채 바닥을 보며 살얼음이 겹겹이 쌓인 길을 빠르게 걸어간다. 다른 산책자도 있지만 빌라넬은 거의 눈길을 주지 않는다. 이따금 눈에 덮여 있어 윤곽이 흐릿해진 조각상이 어스름 속에서 어렴풋이 눈에 들어온다. 서펜타인 호수를 가로지르는 다리 난간에서 빌라넬은 잠시 걸음을 멈춘다. 방사형으로 금 간 얼음판 밑의 호수 물은 새까맣다. 오늘같이 주변이 온통 암흑과 망각의 세계가 된 것 같은 날에는 마치 최면에 걸리는 듯한 기분이 든다.

"뛰어들고 싶죠, 그렇지 않나요?"

돌아선 빌라넬은 자기의 속마음이 너무 또렷또렷하게 울려 퍼진 것 같아 깜짝 놀란다. 남자는 서른 살가량에 마른 체형이고 맵시 좋은 트위드 코트를 입고 있다.

"수영할 생각은 전혀 없는데요."

"무슨 뜻인지 아실 텐데요. '잠이 들면 아마도 꿈을 꾸겠지'[〈햄릿〉 3막 1장에 나오는 햄릿의 독백]."

그의 눈은 차분하고 얼어붙은 수로처럼 음울하다.

"셰익스피어 팬인가 봐요?"

남자는 옷소매로 난간에서 눈을 닦아내더니 어깨를 으쓱한다.

"셰익스피어는 전쟁터에서 훌륭한 동지가 되어주죠."

"군인이에요?"

"군인이었죠."

"그럼 지금은요?"

남자는 시선을 들어 멀리서 빛나는 켄싱턴 쪽을 바라본다. "연구자라고 할 수 있겠네요."

"그럼, 연구 잘 하세요……."

빌라넬이 장갑 끼지 않은 양손을 서로 문지르며 호호 분다. 그러고는 인사를 건넨다.

"곧 가로등이 꺼질 거라서 이만 가봐야겠어요."

"집으로요?"

서글픈 미소는 두 사람에게 서로만 알아듣는 농담이 생겼다고 말하고 있다.

"네. 안녕히 가세요."

남자가 한 손을 들어 올리며 말한다.

"또 봅시다."

파카를 더욱 단단히 입으며 빌라넬은 자리를 뜬다. 수작이나 걸어볼까 했던 어떤 정신 나간 또라이였다면 좋았을 텐데. 하지만 그런 사람은 아니었다. 영국인 특유의 살벌한 품위와 더불어, 그 남자는 보기보다 더 무서울 수도 있고 아닐 수도 있다. 그리고 왠지 낯이 익다. 전에 본 적이 있는 남자일까? 어쩌면 내가 어디를 가든 무의식적으로 감시 대응 훈련을 실행하고 있는 걸까? MI5 사람인가?

별안간 남쪽으로 꺾으면서 빌라넬은 뒤를 돌아 다리 쪽을 본다. 남자는 사라지고 없지만 그의 존재는 여전히 느껴진다. 가장 가까운 출구에서 북쪽으로 향하면서 빌라넬은 '지우개 질주'를 한다. 혹시 붙었을지 모르는 미행을 따돌리기 위해서였다. 따라오는 사람도, 방향을 바꾼 사람도, 빌라넬과 속도를 맞추기 위해 가속한 사람도 없다. 하지만 누가 됐든 마음을 단단히 먹었다면 도보로 미행하는 1차팀과 고정 감시를 하는 2차팀을 붙일 것이다. 2차팀은 빌라넬이 1차팀을 처치할 경우 달라붙을 태세를 갖춘 팀을 말한다.

동쪽으로 방향을 튼 빌라넬은 베이스워터 로드를 따라 걷다가 마블 아치 쪽으로 향한다. 전력 질주는 아니지만 혹시 미행이 있다면 따라잡기 위해 속도를 내야 할 정도다. 쉬어가려는 것처럼 버스 정류장에서 잠깐 멈춘 다음, 일부러 칙칙하게 차려 입고 전문 길바닥 화가 행세를 하는 사람은 없는지 주변을 조심스럽게 확인한다. 딱히 눈에 띄는 인물은 없지만, MI5 내 A4팀이 빌라넬을 맡았다면 아무도 안 보이는 게 당연할 것이다.

애써 호흡을 진정시킨 후, 빌라넬은 마블 아치의 복잡한 지하도로 향한다. 출구가 여러 개라서 미행을 따돌리기에 좋은 장소이기 때문이다. 컴벌랜드 게이트 계단을 내려갔다가 에지웨어 로드 옆 지상으로 나온 후, 스포츠용품점 입구를 맴돌면서 판유리에 비치는 지하도 출구를 지켜본다. 자신을 쳐다보는 사람도 걸음걸이를 바꾼 사람도 없다. 마블 아치 입구로 슬슬 걸어가서 지하도 끝까지 100여 미터 구간을 빠른 걸음으로 통과한 후, 스피커스 코너[누구든 자유롭게 생각과 의견을 대중에게 이야기하고 토론을 할 수 있는 일종의 자유 발언대로 하이드파크 한쪽 귀퉁이에 있음] 옆에서 속도를 줄였다가 지하철 역쪽으로 향한다. 서쪽 방향으로 가는 센트럴 노선 플랫폼에서는 먼저 온 열차 두 대를 보낸 다음 지하철에 타지 않고 남은 사람이 있는지 플랫폼을 쭉 훑어본다. 붐비는 가운데, 용의자가 몇몇 있다. 회색 방풍 재킷을 입고 배낭을 멘 젊은 여자 하나. 두꺼운 모직 재킷을 입은 턱수염 난 남자 하나. 서로 손을 꼭 붙잡은 중년 커플.

세 번째 열차에 오르면서 빌라넬은 멀리 퀸즈웨이까지 갔다가 출입문이 닫히려는 찰나에 사람들을 비집고 열차에서 내린다. 반대편 플랫폼으로 가서는 동쪽 본드 스트리트 행을 타고 돌아간 다음 출구로 나와 데이비스 스트리트에서 택시를 잡는다. 그 후 10분 동안 택시 기사에게 메이페어를 지나 우회해달라고 한다. 회색 BMW 한 대가 한동안 택시를 따라오다가 거슬릴 정도로 시끄러운 굉음을 내며 커즌 스트리트에서 동쪽으로 방향을 튼다. 1분 후, 검정색 포드가 사이드 미러에 비쳤고 갈림길을 세 번이나 지났는데도 여전히 사이드 미러에 보인다. 병목 구간인 클라지스 뮤즈에 접어들었을 때, 빌라넬은 택시 기사에게 50파운드짜리 지폐를 건네주고는 재빨리 지시한다. 30초 후, 택시는 급히 차체 방향을 바꾼 후 정차했고 그 바람에 길이 막힌다. 택시의 엔진이 꺼진다. 빌라넬이 뒷좌석 문을 열고 미끄러지듯 내리자 포드가 분노의 경적을 울린다. 하지만 벽돌 벽 사이 좁은 통로까지 빌라넬을 따라 쫓아온 사람은 없고, 5분 후 왔던 길을 되돌아가 보지만 골목길에는 아무도 없다.

잠시 후 사우스 오들리 스트리트에 있는 아파트로 돌아간 빌라넬은 혼잣말을 한다.

'날 미행한 사람은 없었어. 날 미행해서 뭐 하겠어? 영국정보부가 내가 누군지 어떤 사람인지 알게 되면 그럼 다 끝장나는 거야. 체포 같은 건 없겠지. 특수부대 작전팀, 십중팔구 E중대[A, B, C, D, E, F 지원 중대가 있고 E중대는 근접 항공 지원을 맡고 있다]가 출동해서 시립 폐기물 소각로에서 화장을 하겠지.'

콘스탄틴에 따르면 이게 바로 영국식이고, 빌라넬이 영국에 대해 받은 인상도 콘스탄틴의 말과 크게 다르지 않다.

하지만 E중대가 출동하는 상황은 일어나지 않을 것이다. 오늘 오후에 있었던 우연한 만남이 촉발한 불안은 얼마 지나지 않아 말끔히 지워버릴 것이다. 흰색 임스 의자에 흑표범처럼 웅크리고 앉아 빌라넬은 어둑어둑한 밤하늘을 향해 핑크빛 알렉산드르 2세 블랙시 샴페인 잔을 들어올린다. 이 와인은 맛이 뛰어나지도 않고, 비싸지도 않지만, 과거의 다른 자아에게는 모든 것, 꿈조차 꿀 수 없었던 것을 상징하는 것이다.

게다가 지금 기분과도 맞아떨어진다. 지금은 아파트에 갇힌 신세지만, 온 신경은 이미 다음 날 펼칠 작전의 세부 사항을 초 단위로 복기하는 데 집중되어 있다. 샴페인 표면까지 올라오는 기포처럼 기대감이 뽀글뽀글 날카롭게 온몸을 타고 오르고, 그와 동시에 절대 사라지지 않을 통렬한 갈망이 몰려온다. 빌라넬은 흰색 가죽 소파 위에서 몸을 배배 꼬았다 폈다 한다. 어쩌면 나가서 섹스를 좀 더 해야 할 것 같다. 그러면 몇 시간은 이런 느낌을 가라앉히는 데 도움이 될 것이다.

"지금 몇 시야?" 이브가 괴로워하며 묻는다.

"6시 45분." 니코가 웅얼거린다.

"매일 눈 뜨는 그 시간이지."

이브는 남편의 어깨뼈 사이 포근한 공간에 얼굴을 묻고서 잠의 언저리에 끝까지 매달린다. 목이 졸린 듯 컥컥거리는 에스프레소 머신 소리가 BBC 라디오4의 프로그램 〈투데이〉에서 나오는 신중한 목소리를 덮는다. 밤사이 이브는 SO1 경호팀을 빅토르 케드린한테 붙이기로 결정했다.

"커피 다 됐어." 니코가 말한다.

"알았어. 곧 갈게."

욕실에서 나오면서 이브는 문짝이 유리로 된 낮은 냉장고에 정강이를 부딪쳤다. 이 냉장고는 남편이 한 달 전 이베이에서 산 것인데, 정강이를 찧은 것이 이번이 처음이 아니다.

"빌어먹을! 니코, 부탁이야. 이 망할 물건을 꼭 여기다 놔야겠어?"

니코가 눈을 비비며 말한다.

"모닝커피에 넣을 우유가 필요 없다면 거기 안 놔도 되겠지. 게다가 거기 말고 어디다 놨으면 좋겠는데? 주방에 자리가 없잖아."

블라인드가 내려진 것을 확인한 후(예고도 없이 확 올라가기 일쑤다), 이브는 잠옷을 머리 위로 올린 채 손을 뻗어 속옷을 찾는다.

"내 말은 얼마 안 되는 우유를 냉장하는 데 무슨 의료용 냉장장비가 꼭 필요한 건 아니라는 거야. 주방에 자리가 없는 건, 당신 잡동사니가 너무 많기 때문이겠지."

"아하, 갑자기 다 내 물건이다?"

"좋아, 스웨덴 요리책들은? 저 태양열 전자레인지는?"

"일단 요리책은 덴마크 거야. 그리고 그 전자레인지 덕분에 우리는 돈을 절약할 수 있을 거라고."

"어느 세월에? 여기는 런던 LW3야. 1년 내내 빌어먹을 태양이 안 뜨는 데라고. 당신 잡동사니를 정리하든지 더 큰 집으로 이사를 가든지. 대신 훨씬 후진 데로 가야겠지."

"우린 이사 못 가."

이브가 순식간에 옷을 입는다.

"왜 못 가는데?"

"벌 때문에."

니코가 은회색 셔츠에 암갈색 넥타이를 맨다.

"니코, 부탁이야. 빌어먹을 벌 얘기 꺼내게 하지 좀 마. 나도 정원에 못 가고, 이웃들도 벌에 쏘여 죽을까봐 벌벌 떨고 있잖아."

"딱 한마디만 할게, 자기야. 꿀. 올 여름에는 벌집당 꿀 15킬로그램을 수확할 수 있을 거야. 식품점에도 얘기를 해놨고."

"그래, 나도 알아. 미래에는 그게 다 말이 되는 일이겠지. 당신의 5개년 경제계획 말이야. 그런데 우리가 상대해야 하는 건 지금 여기라고. 난 이렇게는 못 살아. 생각을 제대로 할 수가 없단 말이야."

두 사람은 손바닥만 한 층계참에서 서로 엇갈린다.《애스트로노미 나우》과월호 더미와 '역전류 검출관 시험 장비/브라운관'이라고 표기해놓은 찌그러지고 오래된 상자를 넘어 계단을 내려간다.

"내 생각에는 제1국에서 당신을 혹사시키는 것 같아, 이브. 마음 편히 가지라고."

넥타이 매듭을 복도 거울로 점검한 후, 니코는 선반에서 연습장 더미를 주워 모아 낡아빠진 글래드스톤백으로 옮긴다.

"오늘밤 토너먼트에 시간 맞춰서 클럽으로 올 거지?"

"그래야지."

SO1팀을 케드런에 붙이는 일을 따져보니 강연회가 됐든, 정치집회가 됐든 이브가 그 자리에 꼭 참석해야 하는 건 아니다.

이브가 외투를 입는 동안, 니코는 템스 하우스가 사려 깊게도 친히 제공해준 최첨단 경보 장치를 켠다. 현관문을 닫은 후 두 사람은 손을 잡고 입김을 내뿜으며 어스름한 새벽을 뚫고서 핀칠리로드 지하철역을 향해 걸어간다.

템스 하우스 내 P3 사무실에서 수화기를 내려놓는 사이먼 모티머의 얼굴은 알 수 없다는 표정이다.

"케드린 건에 대해서 마음이 바뀐 구체적인 이유를 내놓지 못하는 한, 승인 못 받아요. 통보가 너무 촉박하잖아요." 사이먼이 이브에게 설명한다.

이브가 고개를 가로저으며 말한다.

"말도 안 돼. SO1이라면 반나절 전에 통보해도 팀 하나 배치하는 것쯤은 식은 죽 먹기일 거야. 이런 늑장 대응은 우리 쪽에서 나온 거야, 아니면 그쪽에서 나온 거야?"

"내가 알기론 우리 쪽이에요. SO1 배치를 망설이는 근거가 뭐냐 하면……."

"뭔데?"

"'여자의 직감'이란 말이 나왔어요."

이브가 사이먼을 노려본다. "농담이지?"

"농담 아니에요."

이브는 두 눈을 감는다.

"긍정적으로 보자면, 선배가 걱정하고 있다는 사실은 알려줬잖아요. 이렇게 표현해도 될지 모르겠지만, 이쪽은 면피하는 거죠."

"자기 말이 맞겠지. 하지만 세상에, '여자의 직감'이라니? 내가 회보에 쓴 내용은 케드린에 대한 잠재적 위험을 과소평가했을까 봐 우려가 된다는 거였어."

"그런데 정말 뭐 때문에 마음을 바꾼 거예요?"

이브가 스크린에 《이즈베스티야》[러시아 모스크바에서 발행되는 정부 기관지]에 실린 기사 하나를 불러낸다.

"봐봐, 이게 케드린이 지난달 예카테린부르크에서 한 연설의 일부야. 번역하면 '우리가 죽을 때까지 싸울 것이며 결코 항복하지 않을 숙적은 온갖 형태로 나타나는 미국의 패권입니다. 범대서양주의[서유럽과 북아메리카의 정치·군사·경제적 협조 정책], 자유주의, 기만자들', 정말 뱀처럼 말했다니까, '인권 이념, 금융권 엘리트들의 독재'."

"꽤 상투적인 내용이네요, 역시나?"

"동감. 그런데 꽤 많은 러시아인들과 전 공산권 사람들이 그 작자를 일종의 구세주로 보고 있어. 그리고 구세주의 유통기한은 짧게 마련이지. 너무 위험한 존재니까."

"그럼, 케드린이 콘웨이 홀에서 하고 싶은 말을 한 다음에 잽싸게 꺼지기나 바라죠, 뭐."

"그러자고." 이브가 눈을 비빈다. "내가 가봐야 할 것 같아. 무슨 일이 있을 것 같지는 않지만 그래도……."

이브는 《이즈베스티야》 페이지를 종료한다.

"사이먼, 뭐 좀 물어봐도 돼?"

"그럼요."

"자기 생각에는 내 복장에 뭔가 조치를 취해야 할 것 같아? 여자의 직감이란 말 때문에 내 말이 제대로 받아들여지고 있지 않은 것 같아서 걱정이 되네."

사이먼이 얼굴을 찌푸린다.

"글쎄요, 전 선배가 전혀 그런 쪽이 아니란 걸 아니까요. 또 우리가 귀에 못이 박이도록 들었다시피, 신중함은 템스 하우스 스타

일의 기본 방침이잖아요. 하지만 제 생각에는 선배가 막스앤스펜
서나 인디고 범위에서 조금, 아주 조금 조심조심 벗어난다고 해서
해가 될 건 없다고 봐요."

사이먼은 살짝 긴장한 표정으로 이브를 바라본다.

"남편 분 생각은 어떤데요?"

"아, 니코는 자기만의 패션 세계에 살고 있지. 그이는 수학을 가
르쳐."

"아하."

"그냥 나 때문에 이 부서의 위신이 떨어지는 게 싫어서 그래, 사
이먼. 우린 중대한 결정을 내리는 사람들이니까 진지하게 받아들
여질 필요가 있잖아."

사이먼이 고개를 끄덕인다.

"내일 오후에 바빠요?"

"딱히 바쁘진 않아. 왜?"

"음, 고정관념을 고착시키기는 싫지만, 저하고 쇼핑을 가면 어
떨까 해서요?"

버논 호텔은 하이 홀본의 북편에 있는 6층짜리 건물로 겉면은
회색 돌로 단장해놓았다. 호텔 고객 대부분이 호텔 정면만큼이나
특징이 없기 때문에, 프런트 매니저 제럴드 와츠는 눈이 튀어나올
만큼 매력적인 젊은 여성이 자기 앞에 나타나자 그 여성에게 기꺼
이 주의를 기울인다. 여자는 모자에 털이 달린 파카를 입고 있다.

회색 렌즈 선글라스 뒤의 눈은 생기 넘치고 단호하다. 프랑스어 흔적이 남은, 동유럽 억양이 섞인 말투(버논 호텔 프런트 데스크에서 5년 이나 잔뼈가 굵은 제럴드는 자신을 이 방면의 전문가로 여기고 있다)는 어설프지만 매력적이다.

신용카드 정보를 기재하면서 본 여자의 이름은 줄리아 패닌이다. 여자는 결혼반지를 끼고 있지 않았는데, 어리석게도 제럴드는 이를 기쁘게 여긴다. 416호 카드키를 내밀 때, 제럴드는 두 사람의 손가락이 닿는데도 굳이 피하지 않는다. 제럴드의 상상일까, 아니면 잠깐 동안 서로 통한 걸 제럴드가 포착한 걸까? 한쪽 손을 치켜들어 직원에게 여자의 작은 여행 가방을 들고 방까지 모셔다 드리라고 지시한 후, 제럴드는 여자가 엘리베이터 쪽으로 걸어갈 때 느긋하게 좌우로 흔들거리는 골반을 지켜본다.

이브가 레드 라이언 광장에 도착한 것은 7시 45분경이다. 콘웨이 홀 내부에 모인 군중은 200명에 달했다. 빅토르 케드린의 연설을 들으러 온 회중은 대부분 중앙 홀에 마련된 자리에 앉아 있다. 남은 몇몇은 판벽에 기대 잡담을 나누고 있고, 나머지는 위층 뒷좌석으로 올라가는 중이다. 남자가 대다수지만 간혹 커플도 눈에 띄고 케드린의 초상화가 인쇄된 티셔츠를 입은 젊은 여성도 보인다. 수수께끼 같은 인물들도 있는데, 남자고 여자고 대부분 음악에 관한 것인지, 신비주의에 관한 것인지, 정치적인 것인지, 아니면 셋 모두를 아우르는 것인지 모를 슬로건이 찍힌 검은 옷을 입고 있다.

주위를 둘러보며 이브는 살짝 위화감을 느끼지만 무섭지는 않다. 홀은 빠르게 채워지는 중이고, 이렇게 한자리에 모인 다양한 집단은 거부감이 전혀 없는 듯하다. 그 자리에 참석한 사람들 사이에 공통점이 있다면, 그건 아마도 아웃사이더란 점일 것이다. 케드린의 청중은 고립된 사람들의 연합체다. 위층 좌석에 올라간 이브는 무대와 강연대가 내려다보이는 오른편 앞좌석에서 자리를 하나 발견한다. 니코에게 연락해서 브리지 토너먼트에 못 간다는 말을 해주지 않았다는 사실을 깨닫자 갑자기 죄책감이 엄습한다. 휴대전화를 찾으려고 가방을 뒤적인다.

니코에게 어디 있는지는 알리지 않고 못 가겠다고만 말하자, 언제나처럼 니코는 괜찮다고 한다. 니코는 절대로 이브의 일에 대해서나 왜 못 오는지, 또는 왜 밤늦게 왔는지 묻는 법이 없다. 그래도 니코가 실망했다는 것은 알 수 있다. 니코가 클럽에서 이브 대신 사과를 해야 했던 적이 한두 번이 아니다.

'나중에 꼭 만회해야지.' 이브는 혼자 중얼거린다.

그의 인내심이 무한한 것도 아니고 그러란 법도 없다. 어쩌면 함께 일주일 동안 파리에 다녀올 수도 있다. 유로스타를 타고 어디 작은 호텔에 머물면서 손을 잡고 시내를 돌아다니는 거야. 눈을 맞으며 걸어 다니면 굉장히 로맨틱하겠지.

홀의 조명이 깜빡이더니 어두워진다. 말총머리 남자가 무대 위 강연대로 가서 마이크를 조정한다.

"동지들, 인사 올리겠습니다. 제 영어가 능숙하지 않은 점 사과 드리겠습니다. 그래도 오늘밤 이렇게 여기 와서 상트페테르부르크 국립대학 시절 친구이자 동료를 소개하게 되어 얼마나 기쁜지 모릅니다. 신사 숙녀 여러분, 빅토르 케드린입니다."

케드린은 떡 벌어진 어깨에 당당한 체격의 소유자로 닳아빠진 코듀로이 재킷에 플란넬 바지를 입고 콧수염을 길렀다. 마이크를 조정한 남자가 무대에서 퇴장하자 박수갈채가 터지고 몇몇은 환호성을 지른다. 이브는 가방에서 휴대전화를 꺼내 강연대에 선 케드린의 사진을 찍는다.

"날씨가 춥습니다." 케드린이 운을 뗀다. "하지만 장담하건대 러시아는 훨씬 춥답니다."

미소를 짓는 케드린의 눈은 고엽 같은 갈색이다.

"그래서 여러분께 봄 이야기를 하고자 합니다. 러시아의 봄."

완전한 침묵.

"19세기에 알렉세이 사브라소프라는 화가가 있었습니다. 공교롭게도 사브라소프는 당신네 영국 화가 존 컨스터블의 열렬한 팬이었지요. 최고의 러시아 화가들이 모두 그랬듯, 사브라소프도 자연히 알코올과 절망에 굴복하여 무일푼으로 세상을 떠났습니다. 하지만 우선 사브라소프는 굉장히 훌륭한 풍경화 연작을 남겼는데, 가장 잘 알려진 그림이 〈산까마귀 떼가 돌아오다〉라는 그림입니다. 굉장히 단순한 그림이지요. 얼어붙은 연못. 멀리 보이는 수도원. 눈 쌓인 땅. 하지만 자작나무에서 산까마귀 떼가 둥지를 짓고 있습니다. 겨울이 물러가고 봄이 오고 있는 것이지요.

동지 여러분, 이것이 제가 여러분께 전하는 메시지입니다. 봄은 오고 있습니다. 러시아 중심부에서는 변화를 애타게 기다리고 있습니다. 그리고 유럽에서도 같은 기운이 느껴집니다. 자본주의의 독재, 썩어빠진 자유주의의 독재, 그리고 미국의 독재에서 벗어나고자 하는 열망. 전통과 혼이 깃든 옛날에 대한 열망. 자, 여러분께 외칩니다. 동참하세요. 미국은 포르노, 착취 기업, 공허한 소비 지상주의에 계속 시달리라지요. 물량이 지배하는 세상에 살라고 하세요. 유럽과 러시아가 뭉치면 옛날 문화, 오랜 신념에 충실한 제국을 건설할 수 있습니다."

이브는 청중을 훑어본다. 푹 빠진 눈길, 무언의 동의를 나타내는 끄덕임, 케드린이 보장하는 황금시대에 대한 간절한 열망이 보인다. 앞줄 중앙에 검정 스웨터와 체크무늬 스커트를 입은 젊은 여자가 있다. 이브보다 몇 살 어리고 멀리서도 눈에 띄는 미인이다. 충동적으로 이브는 휴대전화를 들어 몰래 줌으로 당겨 그 여자의 얼굴을 찍는다. 입을 벌린 채 열성적으로 케드린을 바라보고 있는 옆모습이 찍힌다.

연설의 리듬이 점차 빨라진다. 케드린은 새로운 제국(역사나 천 년 제국)을 꿈꿨던 인물을 한 명 더 소환하지만 나치는 추악한 인종차별주의와 인식 고양 실패를 이유로 일축한다. 엄격한 이념주의에서 배울 점이 많다면서 바펜 SS[바펜 슈프슈타펠, 무장친위대]는 예외로 친다. 이런 내용이 어떤 청중에게는 벅찬 모양이다. 중년 남성이

자리에서 벌떡 일어나더니 무대를 향해 뭐라고 하는지 알아들을 수 없는 말로 고래고래 고함을 지른다.

순식간에 군복 비슷한 복장의 남자 두 명이 연단 뒤 후미진 곳에서 나와 그 남자를 움켜잡고는 출구 쪽으로 질질 끌고 간다. 30초 후, 두 사람이 고함 친 남자 없이 돌아오자 황당하게도 환호가 터져 나온다.

케드린이 기분 좋게 미소를 짓는다. "꼭 하나씩은 있더라고요, 그렇죠?"

30분쯤 이어진 연설에서 케드린은 북반구를 위한 불가사의하고 권위주의적인 비전을 제시한다. 이브는 기겁하면서도 한편으로 마음이 끌리기도 한다. 케드린은 카리스마가 넘치며 악마도 울고 갈 만한 설득력을 가지고 있다. 따라서 오늘밤 여기 모인 군중을 기어코 자신의 진정한 팬으로 만들어내고야 말 것임을 이브는 믿어 의심치 않는다. 케드린은 유럽에서는 아직 잘 알려지지 않았지만, 러시아에서는 추종자가 점차 늘고 있는 추세이며 그의 말이라면 죽는 시늉이라도 할 헌신적인 거리의 싸움꾼으로 구성된 작은 군대까지 갖추고 있다.

"자, 동지 여러분, 시작할 때처럼 아주 간단한 메시지를 전하며 끝마치겠습니다. 봄이 오고 있습니다. 동이 트고 있습니다. 산까마귀 떼가 돌아왔습니다. 감사합니다."

청중이 일제히 기립한다. 환호하며 발을 구르고 박수갈채를 보내는데도 케드린은 강연대에 그대로 서 있기만 한다. 잠시 후, 고개를 살짝 까딱하고는 무대에서 퇴장한다.

이브가 위층 뒷좌석에서 지켜보는 동안 장내는 서서히 비어갔다.

관중은 마치 꿈에서 깨어난 듯 멍한 표정이다. 몇 분 후, 말총머리를 한 사회자, 이의를 제기했던 청중을 끌어냈던 수하 둘을 대동한 케드린이 강당에 나타난다. 순식간에 자신을 빙 둘러싼 열혈팬에게 돌아가며 몇 마디 말을 건네고 악수를 해준다. 앞줄에 앉아 있던 여자가 고양이처럼 뚜렷한 이목구비에 희미한 미소를 띤 채 무리 가장자리에서 기다리고 있다.

'내가 저렇게 입었으면 사서처럼 보일 텐데.' 이브는 골똘히 생각한다. '이 귀여운 파시스트 아가씨는 도대체 무슨 조화를 부렸기에 오드리 헵번처럼 보이는 걸까?'

케드린도 그 여자의 존재를 알아차린 것이 분명하다. 여자에게 눈길을 주면서 마치 이렇게 말하는 것 같다. '기다려요, 이 사람들을 다 상대하고 나면 아가씨한테만 전념할 테니까.'

얼마 후, 민머리 부하들이 애써 무관심을 가장하며 지켜보는 가운데, 케드린과 여자는 대화 삼매경에 빠진다. 여자의 몸짓, 가령유혹하듯 갸우뚱하는 고개나 한껏 내민 아담한 가슴은 노골적이다. 하지만 결국 여자는 고개를 가로젓더니 파카를 입고 밤 속으로 사라진다.

강당에서 마지막으로 나간 사람은 이브다. 가까운 버스 정류장에서 버스를 기다리던 이브는 케드린과 일행이 건물에서 나오자일정한 거리를 유지하며 조심스럽게 그들을 미행한다. 몇 분 후,

네 남자는 레드 라이언 스트리트에 있는 아르메니아식 스테이크 식당으로 들어간다. 예약을 한 모양이다.

이쯤에서 마무리하기로 한 이브는 홀본 지하철역 쪽으로 향한다. 이미 9시 반이 넘었기 때문에 브리지 토너먼트에는 너무 늦었다. 하지만 이브는 크랜베리 주스를 섞은 보드카를 한잔 마시며 니코의 경기를 몇 판이라도 지켜보기 위해 클럽에 갈 것이다. 긴장을 풀어야 한다. 어쨌든 이상한 하루였으므로.

9시 45분이 조금 넘은 시각, 출입구 쪽에서 스테이크 식당을 예의주시하던 빌라넬은 이 러시아인들이 자리를 잡자 흡족한 마음으로 호텔로 향한다. 털 달린 모자로 얼굴에 그늘을 드리운 채 로비를 지나 엘리베이터 쪽으로 가던 도중 프런트 데스크 쪽으로 미소를 지으며 가죽 낀 손을 짧게 흔든다. 데스크에서는 제럴드가 아직까지 근무 중이다.

416호실로 들어간 빌라넬은 여행 가방을 열고 수술 장갑을 꺼내 가죽 장갑과 바꿔 낀다. 지퍼백에서 손톱만 한 초소형 송신기와 콩알 크기로 떼어낸 블루텍 접착제를 꺼낸다. 이것을 파카 주머니에 넣은 채 방을 나가 계단을 통해 5층으로 올라간 다음 521호 바깥벽에 걸린 그림을 똑바로 거는 척한다. 일을 마친 빌라넬은 계속해서 6층까지 올라간다. 계단은 지붕으로 나가는 비상구에서 끝이 난다. 비상구가 잠겨 있지 않아서 빌라넬은 밖으로 나가 주변을 재빨리 정찰한다. 높은 굴뚝들과 비상사다리들의 위치를 눈여겨 봐둔다. 그러고나서 느긋하게 4층으로 돌아간다.

방으로 돌아와서는 아이팟만 한 UHF 수신기의 스위치를 켠 다음 인이어 이어폰을 꽂는다. 예상대로 아무것도 안 들리고 희미하게 쉭쉭거리는 주변 소리만 난다. 수신기를 주머니에 넣고 한쪽 이어폰 줄을 질질 끌면서 여행 가방에서 방수 케이스를 하나 꺼낸다. 방수 케이스 안 맞춤형 충격방지 재질 속에 얌전히 놓여 있는 것은 빌라넬이 콘스탄틴한테 주문한 무기다. 폴리머 프레임 CZ 75[체코슬로바키아에서 만든 더블액션 자동권총] 9밀리미터 권총과 아이시스-2 소음기. 빌라넬은 경량 전투무기를 선호하는데, CZ 권총의 방아쇠 무게는 더블액션의 경우 2킬로그램, 싱글액션의 경우 1킬로그램으로 맞춰져 있다.

빌라넬은 호텔방 암살이 복잡한 과학이라는 것을 잘 알고 있다. 목표물을 쓰러뜨리기는 쉽다. 신속하고 조용하게 부수적 피해를 발생시키지 않으면서 쓰러뜨리기가 어려울 뿐. 발사된 탄환이 식별 불가능해야 하고, 경보장치가 울리는 소리나 통증으로 인한 비명도 없어야 하며, 총알이 석고보드 재질의 호텔 벽, 혹은 최악의 경우 그 반대편 투숙객을 날려버리는 일도 없어야 한다.

빌라넬은 소음기를 부착한 후, 이 체코슬로바키아제 권총에 러시아제 블랙로즈 할로포인트 탄환을 장전한다. 이 탄환은 탄자에 산화구리 피막을 입혀놓았는데 착탄 시 꽃잎처럼 바깥 방향을 향해 여섯 갈래로 터진다. 덕분에 관통 속도가 느려져 막대하고 파괴적인 충격 전달력을 발생시키고 상처의 조직을 확 벌려놓는다.

9밀리미터 탄환의 경우 블랙 로즈의 저지력은 비교를 불허한다.

빌라넬은 호흡을 가다듬으며 기다린다. 곧 벌어질 사건의 경과를 마음속으로 그려보고 또 그려보면서. 있음직한 시나리오를 하나하나 재현해보면서. 이어폰을 통해 호텔 투숙객들이 잘 자라며 서로 인사를 주고받는 소리, 짧은 웃음소리, 문이 닫히는 소리가 들린다. 한 시간 반이 지나 기다리던 소리가 들려온다. 러시아어로 떠드는 목소리.

"5분만 들어왔다 가. 나한테 스타라야 모스크바 보드카가 한 병 있거든. 내일 계획도 훑어봐야지."

빌라넬은 생각한다. 일행이 많이 취할수록 유리하다. 하지만 뜸을 너무 많이 들여선 안 된다. 빌라넬은 중얼중얼 알았다고 하는 소리와 방문이 닫히는 소리를 듣는다.

다시 한 번, 빌라넬은 기다린다. 새벽 1시가 넘은 시각, 마침내 경호팀이 시끌벅적하게 방을 나간다. 그나저나 케드린은 어느 정도로 취했을까? 콘웨이 홀에서 만난 천진난만한 젊은 여자를 기억할까? 빌라넬은 호텔에 전화를 건 다음 521호를 누른다. 혀 꼬부라진 목소리가 전화를 받는다.

"Da(네)?"

빌라넬은 영어로 대답한다.

"케드린 선생님이신가요? 빅토르? 저 줄리아예요, 아까 연설회에서 만났던. 나중에 전화하라고 하셨잖아요."

침묵.

"어딘데?"

"여기요. 말씀하신 호텔."

"알았어. 내가 객실 번호 알려줬지, 그렇지?"

"알려주셨어요. 올라갈게요."

빌라넬은 파카를 입는다. 작은 여행 가방은 이제 투명한 증거 보관용 비닐봉지를 빼면 텅 비어 있다. 봉지를 연 빌라넬은 그 내용물을 가방에 털어넣은 다음 가방을 옷장 속에 보관한다. 증거 보관용 비닐봉지는 파카 안주머니에 넣는다. 마지막으로 방을 둘러본 후, 빌라넬은 권총 몸체를 숨길 수 있도록 CZ 75의 소음기 부분을 잡고 방을 나선다.

521호 앞에서, 빌라넬은 가볍게 문을 두드린다. 잠시 정적이 흐르더니 문이 빼꼼 열린다. 케드린의 얼굴은 붉게 상기되어 있고 머리는 마구 헝클어져 있으며 셔츠는 허리까지 단추가 풀려 있다. 그가 눈을 가늘게 뜨고 빌라넬을 살핀다.

"들어가도 될까요?" 빌라넬이 고개를 갸우뚱한 채 그를 올려다보며 묻는다.

케드린이 반쯤 짓궂게 꾸벅 허리를 숙여 인사를 하더니, 팔로 애매한 곡선을 그리며 빌라넬을 안으로 안내한다. 실내는 빌라넬의 방과 비슷하지만 더 크다. 흉하게 금도금 한 샹들리에가 천장에 매달려 있다.

"외투는 벗지." 케드린이 침대에 털썩 앉으며 말한다. "같이 마실 것 좀 가지고 와봐."

빌라넬은 파카를 스르륵 벗어 암체어에 툭 던져놓는다. 파카 소매 안에는 CZ 57이 숨겨져 있다. 사이드 테이블에는 스타라야 모스크바 보드카 빈 병과 쓰고 난 잔 네 개가 놓여 있다. 빌라넬은 냉장고를 확인한다. 냉동칸에 플라스틱 병에 든 면세 스톨리치나야 보드카가 반쯤 남아 있다. 빌라넬은 병뚜껑을 열고 유리잔 두 개에 보드카를 넉넉히 따른 후 케드린의 눈을 응시하며 한 잔을 건넨다.

"건배. 건배를 해야지. 사랑을 위하여. 아름다움을 위하여!"

케드린이 게슴츠레한 눈으로 시선을 빌라넬의 가슴 쪽으로 향한 채 말한다.

빌라넬이 미소를 짓는다. "저는 유린당한 우리 조국을 위해 마시겠어요, 불행을 위해서도."

빌라넬을 한동안 응시하던 케드린은 놀라기도 하고 침울하기도 한 표정을 짓더니 안나 아흐마토바의 시를 읊는다. "나는 마신다네, 우리가 함께 나눌 고독을 위해." 보드카를 털어넣더니 다시 시를 읊기 시작한다. "나는 마신다네……."

나뭇가지가 뚝 부러지는 소리가 나더니 케드린이 죽었다. 총상 사입구와 왼쪽 콧구멍 옆에서 잠시 피가 뿜어 나온다.

"나는 마신다네 / 당신을 위해."

빌라넬은 이불을 잡아당겨 케드린을 덮으며 나직하게 2행 연구 聯句를 완성한다. 빌라넬은 서둘러 파카를 입고 문 쪽으로 향한다. 방을 나가려던 순간 케드린의 수하와 딱 마주친다. 떡 벌어진 어깨에 무서운 눈매를 하고 싸구려 향수 냄새를 풍기는 남자다.

"쉿!" 빌라넬이 손가락에 입에 댄다. "빅토르는 자고 있어요."

남자의 해골바가지 같은 얼굴에서 두 눈이 가늘어진다. 어떤 본능이 그에게 뭔가 잘못됐다고 알려준 모양이다. 남자는 빌라넬 너머를 보려고 하지만, 오늘 아침 운전사한테서 빼앗은 글록19이 손이 아니라 어깨에 맨 권총집에 있다는 사실을 깨달았을 때는 이미 늦었다. 빌라넬이 그의 양미간에 두 발을 먹였기 때문이다. 남자가 털썩 무릎을 꿇는 순간 빌라넬은 남자의 항공 점퍼 앞자락을 붙잡아 방문 안으로 잽싸게 밀어넣는다. 남자가 뒤로 쓰러지며 1톤짜리 폐기 소고기처럼 호텔 상호가 새겨진 카펫에 쿵 하고 부딪친다.

시신을 안 보이는 곳으로 끌어다놓을까 하고 생각하지만 시간을 너무 잡아먹을 것 같다. 그때 방 안 전화기가 울린다. 당장 탈출해야 한다. 계단 쪽으로 향하던 빌라넬은 해골바가지의 동료와 말총머리를 지나쳐 가면서 두 사람이 케드린의 방으로 달려가는 소리를 듣는다. 한 명이 방 안쪽을 들여다보더니 곧 두 사람이 복도를 쿵쿵거리며 빌라넬을 쫓기 시작한다.

빌라넬은 계단을 뛰어올라 6층까지 간 다음 계속 위로 향한다. 순식간에 옥상 문을 열고 추위 속으로 뛰어든다. 지붕은 온통 순백이다. 계단통 문의 빗장을 지를 때 주변에 눈보라가 소용돌이치기 시작한다. 가시거리가 불과 몇 미터밖에 되지 않는다. 빌라넬이 15초쯤 앞선 듯하다.

닫았던 문짝이 갈라지더니 자물쇠가 밖으로 날아간다. 양쪽 문짝을 하나씩 박살낸 두 남자가 문짝이 매서운 바람에 흔들리든 말든 개의치 않고 맹렬한 기세로 튀어 나온다. 지붕에는 아무도 없다. 계단통에서 난간까지 이어진 발자국. 난간 너머는 소용돌이치는 암흑이다.

덫이 아닐까 의심한 두 남자는 높은 굴뚝 뒤에서 몸을 홱 숙인다. 잠시 후 더 젊은 쪽이 아주 천천히 눈 덮인 지붕을 가로질러 난간까지 포복을 한 후, 난간 너머를 넘겨다보고서 조심스럽게 말총머리를 손짓으로 부른다. 바로 그 순간, 두 사람에게 등을 돌린 채 찬바람 속에서 파카로 몸을 휘감은 인물이 눈에 들어온다. 여자는 굴뚝을 쳐다보고 있는 것 같다.

두 남자가 동시에 무기를 발사한다. 소음기를 통해 발사된 일곱 발은 파카의 모자 부분을 너덜너덜하게 찢어놓는다. 가냘픈 형상이 쓰러지지 않자 두 사람은 얼어붙는다. 섬뜩한 깨달음 직후, 두 사람의 머리가 거의 동시에 움찔한다. 빌라넬이 두 사람 뒤에 있던 비상 사다리에서 두 발을 발사한 탓이다.

연인들처럼, 두 남자는 서로의 품에 안긴다. 비상 사다리에서 내려와 파이프에 묶어놓았던 파카 소매를 풀면서 빌라넬은 두 사람이 죽는 모습을 지켜본다. 언제나처럼 흥분되는 광경이다. 블랙로즈 탄환이 소뇌 속에서 확 퍼지면서 기억과 본능과 감정을 할퀴고 지나가기 때문에 뇌 기능이 남아 있을 리 없는데도 어찌된 일인지 불꽃 같은 것이 사라지지 않고 남아 있다. 그러다 결국 꺼졌지만.

건물 옥상 위 자기만의 눈 감옥에 갇힌 빌라넬은 그토록 갈망하던 힘이 솟구치는 것을 느낀다. 천하무적이 된 것 같은 느낌. 섹스도 일부분 채워주기는 하지만 성공적인 살인만이 부여해줄 수 있는 그 느낌. 자신이 소용돌이 같은 사건의 중심부에 홀로 서 있다는 인식. 죽은 남자들을 발치에 둔 채, 주위를 둘러보면서 빌라넬은 도시가 결국 본래 색깔로 돌아온 것을 안다. 검은색, 흰색, 그리고 붉은색. 암흑, 눈, 그리고 피. 어쩌면 세상을 그런 식으로 이해하는 건 러시아 사람 한 명이면 족한지도 모를 일이다.

그 주 토요일은 틀림없이 이브 폴라스트리의 인생을 통틀어 최악의 날이다. 자신의 소관인 남자가 넷이나 총에 맞아 죽었는데, 특급 암살범은 런던을 활보 중이다. 이브의 MI5 상관들은 불같이 화를 냈고, 크렘린궁도 다를 바 없었다. COBRA[영국 정부의 비상대책회의실Cabinet Office Briefing Rooms]가 소집되었고 (말할 것도 없이) 이브의 템스 하우스 경력은 끝장이 났다.

빅토르 케드린이 자기 호텔방에서 총에 맞은 사체로 발견되었다는 전화를 받던 당시, 이브는 아직 침대에 있었다. 처음에는 기절할 것 같았다. 그러다 휘청거리며 욕실로 향했는데 니코의 자전거 때문에 복도가 막히는 바람에 자신의 맨발에 토하고 말았다. 니코가 다가왔을 즈음, 이브는 잠옷 바람으로 사색이 되어 벌벌 떨면서 바닥에 쭈그리고 앉아 있었다. 니코가 이브와 함께 주방에 앉아 있는데 사이먼에게 전화가 온다. 이브는 사이먼과 버논 호텔에서 만나기로 한다. 이브는 겨우겨우 옷을 입고 약속 장소까지 차를 몰아간다.

레드 라이언 스트리트에는 군중이 꽤 모여 있지만 범죄 현장 진입 금지선과 순경 두 명이 접근을 막고 있다. 현장의 책임 수사관은 게리 허스트 경감이다. 이브와 아는 사이라서 호시탐탐 염탐을 노리고 있는 카메라 렌즈를 피해 신속하게 호텔로 들여보내준다. 프런트 데스크에 들어서자 경감이 이브에게 긴 의자를 가리키더니 보온병에서 달착지근한 차를 한잔 따라주고는 마시는 모습을 지켜본다.

"좀 괜찮아졌어요?"

"네. 고마워요, 게리. 세상에, 이게 무슨 난리판이래요."

"난리판 치곤 화려하더군요. 나중에 설명해주겠지만."

"뭐가 나왔는데요?"

"사망자 넷. 근거리 총격이고 전원 머리에 총상, 100퍼센트 전문가 솜씨입니다. 첫 번째 피살자는 빅토르 케드린, 러시아인, 대학 교수이고 자기 방에서 사체로 발견. 케드린과 함께 발견된 두 번째 피살자는 20대 후반으로 청부 폭력배로 보여요. 세 번째와 네 번째 피살자는 옥상에서 발견. 세 번째가 비탈리 추바로프인데 케드린의 정치적 동료라지만 조직 범죄 일원이 거의 확실한 것으로 추정. 네 번째도 폭력배입니다. 케드린만 빼고 전원 글록19 소지. 지붕 위 둘은 일곱 발을 발사했고요."

"글록은 여기서 구했겠네요."

경감이 어깨를 으쓱한다. "식은 죽 먹기죠."

"문제를 예상했다는 거네요"

"그럴지도요. 어쩌면 그냥 기분 좋으라고 가지고 다녔을지도 모르죠. 착장하고 올라가 보실래요? 템스 하우스에서 나온 다른 분이 거기서 기다리고 있을 겁니다."

"사이먼이요?"

"맞아요."

"가죠. 어디서 입으면 되나요?"

"저쪽 임시 수사본부로 가세요." 경감이 임시 수사본부를 가리킨다. "잠시 뒤에 나도 올라갈 겁니다."

임시 수사본부에서 이브는 흰색 타이벡 보호복, 마스크, 장갑, 목 짧은 부츠를 받는다. 착장을 완료하자 두려움이 온몸을 휩쓴다. 총격 사건 피해자 사진은 볼 만큼 봤지만 실제로 사체를 본 적은 없었다.

그럼에도 이브는 잘 이겨낸다. 사이먼이 옆에서 사무적이고 침착한 얼굴로 서 있어준 덕분에 세부 사항도 기억할 수 있었다. 총상 사입구 가장자리가 희끄무레한 빛을 띠며 들려 있고, 검붉어진 혈흔이 가늘고 길게 나 있으며, 먼 곳을 보는 듯한 표정이다. 이제는 볼 수 없는 눈을 천장 쪽으로 향한 채 케드린은 얼굴을 살짝 찌푸리고 있다. 마치 뭔가 기억하려고 애를 쓰는 것처럼 보인다.

"선배는 최선을 다했어요." 사이먼이 말한다.

이브가 고개를 가로젓는다. "끝까지 우겼어야 했어. 애초에 결정을 제대로 내렸어야 했는데."

사이먼이 어깨를 으쓱한다. "우려한다는 의견은 표명했잖아요. 그랬다가 기각당한 거고."

이브가 뭔가 대답하려는 찰나 허스트 경감이 이름을 부르며 손짓으로 계단 꼭대기로 오라고 부른다.

"알고 싶어 할 것 같아서요. 줄리아 패닝, 26세. 이른 새벽에 호텔에서 나갔어요. 침대에 잠을 잔 흔적은 없지만 4층 객실에서 텅 빈 소형 여행 가방 발견. 지금 감식반이 그쪽에 가 있어요."

"프런트 데스크에서는 뭐래요?" 이브가 묻는다.

"뛰어난 미녀였답니다. 지금 CCTV 영상을 조사 중이에요."

불길한 확신이 차오른다. 이브는 타이벡 보호복 안에 있는 휴대전화를 더듬더듬 찾는다. 연설회에서 찍은 여자 사진을 연다.

"혹시 이 여자 아니에요?"

경감이 사진을 노려본다.

"이거 어디서 났어요?"

이브가 경감에게 연설회 얘기를 하고 있는데 경감의 휴대전화가 울린다. 그러자 경감이 한 손을 추켜들고 전화를 받더니 통화 내내 아무 말 없이 얼굴을 잔뜩 찌푸린다.

"알았어." 경감이 전화를 끊는다.

"어제 호텔에 체크인할 때 여자가 보여준 신용카드는 일주일 전 공항에서 진짜 줄리아 패닝이 도난당한 카드로 밝혀졌어요. 그래도 지문도 있고 운 좋으면 소형 여행 가방에서 DNA도 나올 수도 있고, 또 CCTV 영상 사진도 좀 구할 수 있을 겁니다. 좀 더 있을 수 있어요?"

"얼마든지요." 이브는 사이먼을 힐끗 바라본다. "아무래도 쇼핑은 다음에 해야겠다."

그날 오후 이브는 템스 하우스에서 열린 회의에 참석한다. 케드린의 경호 관련 결정과 그 후 마음이 바뀐 경위를 두고 철저한 심문이 이루어졌고, 경찰 조사와 관련한 보고를 한 후 최종적으로 귀향 휴가 열흘 처분을 받았다. 업무 복귀 후 강등이나 전직轉職은 기정사실이다.

집에 와서도 이브는 안절부절못한다. 아파트에서 할 일은 얼마든지 있지만(정리하기, 수납하기, 청소하기, 정돈하기) 그중 어떤 일도 정신 차리고 붙잡을 수가 없다. 대신 헴스테드 히스로 길고 정처 없는 산책을 나가 눈밭 위를 걸으며 하염없이 휴대전화를 확인한다. 니코에게는 상황을 대략적으로만 알려주었다. 그가 더 자세히 말해 달라고 강요하지는 않았지만 자신이 도와줄 수 없어서 상처 받고 좌절했다는 것을 이브는 알고 있다. 정보계통 일의 특성상 과묵할 수밖에 없고 그런 부분이 결혼생활에 묘한 긴장을 유발한다는 사실은 이브도 늘 알고 있었다. 이브가 충격을 받은 것은 그런 부분이 이렇게까지 결혼생활을 심하게 좀먹는지는 몰랐기 때문이다. 이브의 침묵은 자신과 니코가 쌓은 신뢰의 기반을 야금야금 갉아

먹고 있다.

결혼 초기에 두 사람이 도달한 합의점은, 근무하는 동안 이브는 템스 하우스와 보안부 사람이고, 퇴근 후에는 니코에게로 돌아가는 걸로 하자는 것이었다. 두 사람이 함께 나눈 것(저녁과 밤 시간에 맺는 관계와 친밀감)은 다른 것과 비교할 수 없을 정도로 훨씬 더 중요하기 때문이었다.

그러나 케드린 살인 사건은 이브의 생활 전반에 독소처럼 퍼지고 있다. 밤에 이브는 침대에서 니코 옆자리에 쏙 들어가 그날 생긴 균열을 섹스로 치유하는 대신, 인터넷을 뒤지며 살인 사건과 관련하여 새로 들어온 소식은 없는지 눈에 불을 켜고 찾다가 밤을 지새운다.

일요일 신문들은 자기 식대로 사건을 해석한다.《옵서버》는 모사드 연루설을 넌지시 암시했고,《선데이 타임스》는 파시스트 행각이 점차 도를 넘어 대통령에게 망신을 주고 있기 때문에 크렘린궁의 사주로 케드린이 제거되었을 거라고 추정했다. 그러나 경찰은 가장 기초적인 것 외에는 공개하지 않았다, 물론 여성 용의자에 관한 사항도. 그러다 수요일 아침, 이브의 토스트가 막 타려는 찰나(니코가 대개 아침을 준비했는데, 니코는 이미 출근하고 없었다) 허스트 경감에게서 전화가 왔다.

여행 가방에서 찾아낸 모발 샘플의 DNA 분석 결과, 과학수사연구소가 서두른 덕분에 영국 데이터베이스에서 일치하는 DNA를 찾았다. 히스로에서 체포가 이루어졌다. 이브가 패딩턴 그린 경찰서로 가서 용의자 확인을 도와줄 수 있냐는 것이다.

이브는 도울 수 있다고 했다. 수화기를 내려놓는데 화재경보가 울리기 시작한다. 이브는 탄 토스트를 샐러드용 부젓가락으로 집어 싱크대에 던져버린 후, 주방 창문을 열고 빗자루 손잡이로 경보기를 건드려보지만 허사다.

'이런 집안일은 정말 내 체질이 아니구나.' 이브는 절망한다.

어쩌면 임신이 아닌 게 오히려 다행일지도 모른다. 가능성이 큰 것도 아니지만 돌아가는 꼴을 보아하니 그런 생각이 든다.

패딩턴 그린 경찰서는 험악하고 실용적인 건물로, 불안하고 퀴퀴한 냄새가 난다. 지하에 경비가 삼엄한 유치장이 있는데 테러범죄 용의자들은 그곳에 수감된다. 접견실에는 회색 페인트가 칠해져 있고 형광등이 달려 있다. 그리고 편면 유리가 한쪽 벽의 대부분을 차지하고 있다. 이브와 허스트가 그 유리 아래에 앉고 수감자는 맞은편에 앉는다. 케드린의 강연회에서 보았던 여자다.

이브는 그 여자를 보면 극도의 승리감을 느낄 거라고 기대했다. 그런데 콘웨이 홀에서처럼, 이브는 그의 아름다움에 도취된다. 나이는 아마도 20대 중반일 것이고, 광대뼈가 돋보이는 달걀형 얼굴을 까맣고 윤기 흐르는 단발머리가 감싸고 있다. 이번에는 블랙진에 회색 티셔츠만 입고 있는데도 가느다란 팔뚝과 아담한 가슴 윤곽이 돋보인다. 여자는 피곤하고, 적잖이 당황한 것 같지만 그럼에도 불구하고 우아함을 조금도 잃지 않는다. 이브는 갑자기 자신이 입고 있는 후드티와 부스스한 머리가 의식된다. 무엇을 내주면 저렇게 생길 수 있을까? 이브는 궁금하다. 뇌?

허스트가 자신과 '내무성에서 나온 동료'를 소개하고 음성 녹음기를 켠 다음 용의자에게 정식으로 진술에 대한 주의를 주었지만, 용의자는 변호인을 선임하지 않겠다고 한다. 여자를 살펴보다가 이브는 불현듯 뭔가 잘못되었다는 확신이 든다. 이 여자는 살인을 할 수 없다는 확신. 경찰 사건이 곧 실패로 끝날 거라는 확신.

"성함을 말씀해주세요." 허스트가 여자에게 말한다.

여자기 몸을 녹음기 쪽으로 내민다.

"제 이름은 루시 드레이크예요."

"직업은?"

여자가 이브에게 시선을 던진다. 이런 형광등 불빛 아래에서조차 여자의 눈은 선명한 에메랄드빛이다.

"배우예요. 배우 겸 모델."

"지난 금요일 밤 레드 라이언 스트리트 소재 버논 호텔에서 무엇을 했습니까?"

루시 드레이크가 생각에 잠긴 표정으로 테이블 위, 자신 앞에 포개놓은 손을 응시한다.

"처음부터 시작해도 될까요?"

이브는 자신도 그렇고 경찰도 그렇고 얼마나 대책 없이 허를 찔렸는지 생각하면 사기가 확 떨어지지만, 그토록 교묘한 속임수는 존경하지 않을 수가 없다.

루시의 설명에 따르면, 모든 것은 에이전트에게 받은 전화 한 통에서 시작되었다. 그 고객은 자신이 한 프로덕션 회사의 소유주인데 인간 행동의 다양한 양상을 다루는 텔레비전 시리즈를 제작 중이라고 주장했다. 그 시리즈와 관련하여, 회사는 일련의 사회학 실험을 맡아줄 자신감 넘치고 매력적인 젊은 여성 배우가 필요하다고 했다. 촬영은 런던과 로스앤젤레스에서 닷새에 걸쳐 진행될 것이며 잘해내는 지원자는 하루에 4천 파운드를 받게 되어 있었다.

"모든 게 좀 애매하긴 했어요. 하지만 보수와 그 프로그램으로 얻을 인지도를 생각하니까 크게 걱정되지는 않더라고요. 그래서 그날 오후 제가 살고 있는 퀸즈 파크에서 지하철을 타고 그 회사가 면접을 본다고 했던 세인트 마틴즈 레인 호텔로 갔죠. 감독하고, 피터 뭐라고 했는데 동유럽 쪽 이름이었던 것 같아요, 카메라맨이 있었어요. 카메라맨이 모두를 빠짐없이 촬영했고요, 저 말고 다른 여자들도 있었는데 우린 한 명씩 호명되었어요.

제 차례가 왔을 때, 피터가 저더러 자기랑 같이 몇몇 장면을 역할극으로 해보라고 하더군요. 하나는 호텔에 체크인을 할 때 프런트 데스크에 있던 남자가 저한테 반하게 해야 하는 거였고, 또 하나는 연설 후에 연사한테 접근해서 유혹하는 거였어요. 두 시나리오 모두 요부처럼 굴되 매춘부 같은 인상을 주어서는 안 된다고 했어요. 아무튼 전 최선을 다했고, 끝나고 나니까 감독님이 요 아래 쿠바식 찻집에서 기다리면서 뭐든 주문하라고 하시더라고요.

그래서 기다리고 있자니까 40분 후에 감독님이 내려와서 축하한다고, 지원자 모두 봤는데 저로 낙점했다고 하셨어요."

그 후 이틀에 걸쳐 '피터'는 루시가 해야 할 일들을 모두 검토했다. 의상 제작을 위해 루시의 치수를 쟀고, 이 '의상'은 변경이나 대체 없이 주어진 그대로여야 한다는 말을 들었다. 금요일 오후 루시는 줄리아 패닌이라는 이름으로 버논 호텔에 체크인을 하고 소형 여행 가방을 방으로 가지고 갔다. 루시가 사용할 신용카드도 가방도 피터가 준다고 했다. 가방은 무슨 일이 있어도 열어봐서는 안 된다고 했다.

가방을 방에 두고 루시는 레드 라이언 광장 길모퉁이를 돌면 있는 콘웨이 홀까지 걸어가서 빅토르 케드린의 연설회 저녁 8시 티켓을 사기로 되어 있었다. 연설 후, 루시는 케드린에게 사적으로 접근해서 그를 잘 구워삶아 그날 밤 그의 호텔방에서 만날 약속을 잡아야 했다. 그 일을 마치면 광장 길모퉁이에서 피터를 만나 자신의 호텔방 카드키를 반납하고 택시를 타고 퀸즈 파크에 있는 집으로 귀가하는 일정이었다.

다음 날 아침, 루시는 피터가 일찍 차를 몰고 와서 자신을 데리고 히스로 공항으로 태워줄 테니 로스앤젤레스행 비행기에 탑승하라는 말을 들었다. 거기서 만나 호텔에 묵고 있으면 두 번째 촬영을 위한 지시 사항을 전달해주겠다는 것이다.

"사건 경위가 그렇다는 건가요?" 허스트가 묻는다.

"네. 피터가 아침 6시에 일등석 비행기 티켓을 가지고 왔고 9시에 전 비행기에 타고 있었어요. 공항에 나온 운전기사 차를 타고 샤토 마몽으로 갔더니 촬영이 취소됐다고 했지만 호텔에는 얼마든지 더 머물러도 된다고 하더군요. 그래서 그 김에 배우 에이전트들을 좀 만나고 어제 정오에 히스로 귀국 비행편을 잡았어요. 그런데 거기서……. 체포를 당한 거예요. 살인죄로. 좀 놀랐어요."

"정말인가요?" 허스트가 묻는다.

"네, 정말이에요." 루시가 코를 찡긋하더니 접견실을 둘러본다.

"저기요, 지금 여기서 희한하게도 탄 토스트 냄새가 나네요."

한 시간 뒤, 이브와 허스트는 경찰서 뒤편 계단에 서서 BMW 암행 순찰차 한 대가 빠져나가 퀸즈 파크로 향하는 모습을 지켜본다. 허스트는 담배를 피우고 있다. BMW가 지나갈 때, 이브는 콘웨이 홀에서 사진에 담았던 완벽한 옆모습을 마지막으로 보았다.

"이 피터란 작자에 대해서 써먹을 만한 진술을 얻을 수 있기나 한 걸까요?" 이브가 묻는다.

"아니라고 봅니다. 루시 양이 몇 시간 자고 나면 포토핏[범인 몽타주를 만들 때 영국 경찰이 사용하는 프로그램]으로 몽타주 작성을 도와달라고 다시 불러들이긴 하겠지만 난 별로 기대 안 해요. 너무 치밀하게 계획된 범죄였어요."

"당신 생각엔 정말로 루시가 이 일과 무관한 것 같아요?"

"그런 것 같아요. 당연히 진술 하나하나 확인은 해보겠지만 내 짐작에 루시한테 죄가 있다면 순진했다는 것밖엔 없을 겁니다."

이브도 고개를 끄덕인다.

"그 여자 이번 일이 진짜이길 간절히 원했을 거예요. 성공적인 오디션에 텔레비전에 진출할 결정적인 기회였으니…….."

"그러게 말입니다."

허스트가 젖은 콘크리트 계단에 담배꽁초를 발로 비벼 끈다.

"피터란 놈 그 여자를 아주 제대로 농락했어요, 우리도 그렇고."

이브가 얼굴을 찌푸린다.

"그런데 말이에요, 루시가 그 가방을 한 번도 열어보지 않았다면 루시의 머리카락 두 올은 어떻게 그 여행 가방에 들어간 걸까요?"

"내 생각엔 가짜 오디션 도중에 루시의 머리카락을 입수한 건 피터 아니면 일당 중 한 명이었을 것 같아요. 그러고는 우리의 저격범이 루시가 있던 호텔 방에 가서 그 가방에 머리카락을 흘려놓았겠죠. 여기서 묻고 싶은 게 있습니다. 어째서 로스앤젤레스였을까요? 루시 역할은 이미 끝났는데 뭐 하러 루시를 굳이 비행기에 태워 지구 반대편으로 보냈을까요?"

"그거야 쉽죠. 살인 사건 소식이 터질 때쯤, 루시가 문제의 소지가 되지 않게 확실하게 조치를 취해 놓은 거예요. 루시가 온라인으로 기사를 읽거나 라디오에서 듣고는 곧장 경찰한테 가서 알고 있는 걸 털어놓는 위험을 감수할 순 없잖아요. 그래서 토요일 아침 정확히 살인이 발각될 시점에 루시를 비행기에 태워 장장 열한 시간을 날아가게 한 거예요. 루시를 연락두절 상태로 만들어줄 뿐만 아니라 수사에 혼선을 줌으로써 진짜 살인범과 일당의 살인 흔적을 덮고 사라질 시간도 충분히 벌 수 있잖아요."

허스트가 고개를 끄덕인다. "일단 루시가 호화스러운 선셋 대로 호텔에만 가면……."

"딱 일이 벌어질 동안만 호텔에 있는 거죠. 혹 케드린 관련 기사를 읽거나 보더라도 다 지구 반대편에서 벌어지는 남의 일이잖아요. 한편으로는 할리우드 에이전트들도 봐야 할 테고요. 루시한테는 그게 최우선이었을 거예요."

"그러다 자기들이 준비가 되고 DNA 결과도 나오면, 우리한테 루시를 갖다 바칠 수 있고요."

허스트가 고개를 가로젓는다.

"뻔뻔한 거 하나는 알아줘야겠군요."

"그러게 말이에요. 뻔뻔하든 아니든 그 여자는 우리 담당 구역에서 외국인 넷을 총으로 쏘아 죽였어요. 들어가서 그 CCTV 영상이나 볼까요?"

"그러십시다."

영상은 음성 없이 반복되도록 편집되어 있다. 루시 드레이크가 파카 차림으로 작은 여행 가방을 들고 호텔 로비에 들어와 체크인을 한다. 루시의 몸짓이 암시하는 바는 오해의 소지 없이 명확하다. 4층에서 엘리베이터를 내려 자기 방인 416호까지 걸어가는 루시. 여행 가방 없이 호텔을 나서면서 파카 모자를 들어 올린 루시.

"좋아요, 멈춰봐요. 이게 루시의 마지막이에요, 맞죠? 이제부터 파카 입은 여자는 우리가 찾는 살인범이고요."

"그렇죠." 허스트가 동의한다.

허스트가 그 장면을 16배 느리게 재생한다. 모자 쓴 인물은 마치 갯벌을 헤치며 나아가고 있기라도 한 것처럼 최대한 천천히 호텔에 들어가서 프런트 데스크 방향으로 흐릿한 손을 들어올린다. 호텔 복도를 지나갈 때는 내내 얼굴이 보이지 않는다.

"저 도청장치를 케드런 방에 심는 것 좀 봐요. 자기가 찍히고 있다는 걸 알면서 신경도 안 쓰네요. 우리가 못 알아볼 거란 걸 아는 거죠. 감탄이 절로 나오는군요, 이브, 실력이 너무 좋아요."

허스트가 말한다.

"저 도청장치나 어디 다른 데서 지문 못 얻었어요?" 이브가 묻는다.

"자세히 봐요. 수술용 장갑을 끼고 있잖아요."

"빌어먹을." 이브가 한숨을 쉰다.

허스트가 놀란 표정을 짓는다.

"저 여자는 빌어먹을 살인 도사이고, 저 여자 때문에 나는 일자리를 잃었다고요. 죽이든 살리든 꼭 잡고 싶어요."

"행운을 빌게요." 허스트가 말한다.

클레베 대로에 있는 아파트에서 길 메르시에와 부인 앤로르는 손님 접대 중이다. 만찬 손님 중에는 대외무역부 차관, 프랑스의 대형 헤지펀드사 이사, 파리에서 가장 높은 평가를 받고 있는 미술품 경매전문회사의 전무가 끼어 있다. 손님의 수준을 고려하여

길은 모든 것이 완벽하게 준비되도록 여러 모로 신경을 많이 썼다. 음식은 샹젤리제에 있는 푸케[샹젤리제 중심부에 위치한 고급 레스토랑 겸 카페로 오랫동안 파리 상류층의 사교장이었으며 지금도 프랑스의 유명 인사들이 찾는다]에서 주문했고, 와인(2005년산 퓔리니 몽라쉐, 1998년산 오브리옹)은 길이 신중하게 선별해 꾸민 개인 셀러에서 가지고 왔으며, 정밀하게 조도를 낮춘 조명은 오르물루 시계 수집품과 부댕[프랑스의 풍경화가로 주로 바다와 관련된 작품을 많이 그렸다]의 트루빌 해변 유화 두 점을 제대로 감상할 수 있게 해주었다. 경매전문회사 전무가 위작인 것을 알아보고 젊은 남자 파트너에게 그 사실을 귓속말로 알려주었다.

남자들의 대화 주제는 평범하기 그지없었다. 이민자, 국가 재정에 대한 사회주의자의 순진무구함, 발디제르와 일드레에 있는 별장 가격을 끌어올려 놓은 러시아 갑부, 곧 다가올 오페라 시즌. 남자들의 부인과 경매전문회사 전무의 남자 파트너는 그동안 피비파일로[파리에서 태어난 영국인 패션 디자이너]의 새로운 컬렉션, 프라이마크[영국의 초저가 패스트 패션 브랜드] 파자마, 라이언 고슬링의 최신 영화, 헤지펀드 이사의 부인이 준비 중인 자선 파티 얘기를 했다.

머릿수를 맞추려고 앤로르가 초대해서 왔지만 빌라넬은 따분해서 죽을 지경이다. 대외무역부 차관은 테이블 밑에서 무릎으로 빌라넬의 무릎을 자꾸만 쿡쿡 찌르더니 단타 매매를 한다니까 일 얘기를 이것저것 물어서 대충 얼버무리는 중이다.

"그래 런던은 어떠셨나요?" 차관이 묻는다.

"저도 11월에 다녀왔지요. 많이 바쁘셨나요?"

"네, 일이 늘 살인적이라서요. 하지만 참 아름다웠어요. 눈 내린 하이드 파크도 그렇고. 크리스마스 전구와 아기자기한 쇼윈도도 그렇고."

"그래도 저녁에는?" 차관이 질문을 끝맺지 않고 열어둔다.

"저녁 땐, 책 좀 읽다가 일찍 잤어요."

"혼자서요? 프라이마크 파자마 차림으로?"

이번에 그의 무릎을 찾은 것은 차관의 손이다.

"그러니까요. 유감스럽게도 제가 좀 재미없는 여자라서요. 일이랑 결혼했죠, 뭐. 그나저나 실례가 안 된다면, 부인의 스타일리스트가 누군지 여쭤도 될까요? 저렇게 층을 낸 헤어스타일이 정말 잘 어울려서요."

차관의 미소가 점점 엷어지더니 어느새 무릎에 있던 손도 사라진다. 시간이 째깍째깍 흘렀고, 잔과 접시가 채워지고 또 채워지는 동안, 엘리제궁에 관한 루머와 50년산 프랑스 브랜디 아르마냐크가 돌았다. 마침내 분위기가 서서히 잦아들면서 손님들이 외투를 돌려받는다.

"어우 자기야, 우리도 나가자." 앤로르가 빌라넬의 팔을 꼭 붙잡으며 조른다.

"진심이야?"

와인병을 코르크 마개로 막으며 출장 요리사에게 이것저것 지시하고 있는 길을 보며 빌라넬이 작은 소리로 묻는다.

"진심이지." 앤로르가 소리 죽여 말한다.

"지금 당장 이 아파트에서 안 나가면 악 하고 소리를 지를 것 같아. 그리고 자기를 봐, 이렇게 차려입었는데. 내 눈엔 신나는 일이 필요한 여자가 보이는데……."

5분 뒤, 두 사람은 빌라넬의 은색 아우디 로드스터를 타고 에투알 개선문을 빙빙 돈다. 차갑고 청명한 밤이다. 작은 눈송이가 공중에서 은빛으로 반짝인다. 차의 지붕을 열자 엘로이즈 레티시에[프랑스 낭트 출신의 싱어송라이터이자 댄서]의 음악이 쾅쾅 울려 퍼진다.

"우리 어디 가는 건데?"

빌라넬이 큰 소리로 묻는다. 두 사람이 샹젤리제 거리 방향으로 방향을 획 틀자, 얼음장같이 찬 겨울바람에 빌라넬의 머리카락이 마구 나부낀다.

"아무 데나." 앤로르가 소리 내지 않고 입 모양으로만 말한다. "그냥 계속 가기나 해."

빌라넬이 속도를 낸다. 두 사람은 함성을 지르고 깔깔 웃으며 화려하게 빛나는 파리의 어둠 속으로 질주한다.

강제 휴가가 끝나기 이틀 전, 이브의 이름이 쓰인 봉투 하나가 아파트 우편함에 들어왔다. 편지지 맨 윗부분에는 팰맬가 소재 트래블러스 클럽이라는 문구가 인쇄되어 있다. 서명 없이 비스듬한 이탤릭체 손글씨로 작성한 편지는 간단명료하다.

BQ 광학 주식회사 사무실로 와주십시오. 내일(일요일) 오전 10시 30분, 구지 스트리트 지하철역 위 2층입니다. 이 편지를 지참해주시고, 아무에게도 알리지 말아주십시오.

이브는 내용을 여러 번 읽고 또 읽는다. 트래블러스 클럽 편지지라는 것은 편지를 보낸 사람이 보안부나 외무부 관련자라는 의미고, 손으로 써서 직접 배달되었다는 사실은 현명하게도 이메일을 완전히 불신한다는 의미다. 물론 장난 편지일 수도 있지만 누가 귀찮게 이렇게까지 하겠는가?

다음 날 9시 30분에 이브는 팸플릿이 잔뜩 쌓인 식탁에 앉아 있는 니코를 두고 집을 나선다. 니코는 다락방을 소형 수경재배 농장으로 개조할 경우 이득과 손실을 따져보는 중이다. 농장 유지는 저에너지 LED 조명으로 하고 배추와 브로콜리를 재배할 예정이란다.

BQ 광학 주식회사 사무실은 토트넘 코트 로드에 있다. 구지 스트리트 지하철역에서 나오면서 위치를 봐둔 후 이브는 길 건너 맞은편 힐즈 가구점 앞에서 5분간 사무실을 지켜본다. 지하철역과 1층 사무실들 외벽에는 광택 나는 갈색 타일이 붙어 있고 위로는 허름한 주거용 건물이다. 2층 사무실들에는 인적이 없는 듯하다.

하지만 이브가 입구 한쪽에 붙어 있는 초인종을 누르자 즉시 윙 하는 소리가 나면서 문이 열린다. 계단을 올라 1층에 가면 채용 대행사 본사가 나오고, 거기서부터는 훨씬 비좁은 오르막 계단이 나온다. BQ 광학 주식회사 사무실로 들어가는 문은 살짝 열려 있다. 바보처럼 느껴지지만 이브는 문을 밀어 연 다음 바로 뒤로 물러선다. 잠시 후 외투를 입은 장신 하나가 흐릿한 조명 속으로 걸어 들어온다.

"폴라스트리 양? 와줘서 고마워요."

"폴라스트리 부인입니다만, 성함이?"

"리처드 에드워즈라고 해요, 폴라스트리 부인. 실수해서 미안합니다."

이브는 누군지 알아보고 깜짝 놀란다. MI6[영국 해외정보국] 전 모스크바 지국장이자 현 러시아 총국장으로 정보 계통의 최고위 인사다.

"아, 첩보 작전 같은 편지 말인데, 그것도 사과할게요."

이브는 고개를 가로 저으면서도 어안이 벙벙하다.

"이리 와 앉아요."

이브도 들어간다. 사무실은 난방도 안 되고 먼지투성이다. 창문은 오랫동안 겹겹이 낀 때 때문에 불투명하다. 가구라고는 구식 철제 책상 하나와 군데군데 녹이 슨 접이식 의자 두 개가 전부다. 책상 위에는 코스타[영국에서 가장 인기 있는 커피 체인] 종이컵에 든 커피 두 잔이 놓여 있다.

"우유만 타고 설탕은 안 드시지요."

"네, 감사합니다. 딱 맞히셨네요." 이브가 커피를 한 모금 홀짝인다.

"템스 하우스에서 당신의 상황이 어떤지 알게 되었습니다, 폴라스트리 부인."

"그냥 이브라고 불러주세요."

고개를 끄덕이는 그의 눈빛은 불투명한 유리를 통해 들어오는 희미한 빛 속에서 근엄해 보인다.

"단도직입적으로 말할게요. 당신은 빅토르 케드린이 미상의 여성에게 살해당한 것을 막지 못해서 책임을 지게 됐습니다. 처음에는 런던 경찰청에 빅토르 케드린 경호를 요청하지 않아도 된다고 판단했다가 마음을 바꿨는데, 그 결정이 반려되었어요. 맞나요?"

이브가 고개를 끄덕인다. "대체로 맞습니다."

"내 정보에 따르면, 당신이 믿어줘야 하겠지만, 그 결정이 반려된 건 행정 문제 때문도 아니고 부서 예산 문제 때문도 아니었어요. 템스 하우스, 특히 복스홀 크로스[MI6 본부 건물이 위치한 곳] 내 어떤 부류가 케드린 경호를 하지 않기로 결정했다고 해요."

이브가 그를 빤히 응시한다.

"그러니까 지금 보안부 내부자가 케드린 살해 공모를 도왔다는 말씀을 하고 계신 건가요?"

"그런 셈이죠."

"도대체 왜요?"

"짧게 답하자면 나도 모른다고 해야겠지요. 하지만 분명히 압력 행사가 있었어요. 이념 문제인지, 비리 문제인지, 러시아인 말대로 콤프로마트[러시아의 정치 전술로서, 협박용으로 정적에 대한 약점 자료를 수집하는 공작] 문제인지 말할 순 없지만 케드린이 입을 다물기를 바라던 개인과 조직은 널렸으니까요. 케드린은 새로운 파시스트 초국가에 대한 청사진을 제시했는데, 그 청사진은 자본주의 체제인 서구권 대한 적대감이 무지막지했습니다. 내일 당장 가능한 일은 아니었 겠지만, 조금만 하류를 내려다봐도 전망이 암담하지요."

"그러니까 그 내부의 적들이 친서방, 친민주주의 집단 소속일지 모른다고 생각하시는군요?"

"꼭 그런 건 아니에요. 자기네들 방식대로 일을 처리하기로 마음먹은 다른 극우 세력일 수도 있으니까요."

에드워즈가 토트넘 코트 로드를 오가는 자동차들을 응시한다.

"지난주에 러시아 외무부 장관하고 연락이 닿았는데……. 예전 스파이 시절 연줄을 통했다고 해둡시다. 케드린이 영국 땅에서 살해당한 만큼 우리가 반드시 살인범을 찾아내고야 말겠다고 약속을 했지요. 장관도 수긍은 했지만 우리가 범인을 찾는 동안 양국의 외교 관계는 적대적일 거라는 뜻을 분명히 밝혔습니다."

에드워즈가 뒤돌아 이브를 본다.

"이브, 난 당신이 내일 아침 템스 하우스에 가서 사직서를 냈으면 합니다. 물론 수리되겠지요. 그 다음, 내 밑에서 일하는 겁니다. 복스홀 크로스가 아니라 여기 이 사무실에서요. 비밀정보부 간부급 연봉과 보좌관, 기술과 통신에서 전폭적인 지원을 받게 될 겁니다. 당신의 임무는 빅토르 케드린 살인범을 찾아내는 것이니, 필요한 수단을 모조리 동원해서 추진하도록 하세요. 이 일은 팀원하고만 상의해야 하고, 나한테만 회신해야 합니다. 추가 인력, 그러니까 감시팀, 무장 요원 지원 등이 필요하면 뭐가 됐든 나를 통해야 합니다, 오로지 나만. 사실상 적진에 있는 것처럼 작전을 펼쳐야 할 거예요. 이를테면 모스크바 땅이랄까."

이런저런 생각이 사방팔방으로 정신없이 튄다.

"그런데 왜 저였죠? 분명……" 이브가 묻는다.

"살벌하게 들리겠지만, 당신이 유일하게 첩자가 아니라고 확신할 수 있는 사람이기 때문이에요. 부패가 어느 선까지 진행됐는지는 나도 몰라요. 하지만 당신 기록을 꽤 꼼꼼하게 살핀 결과, 당신이 이 일의 적임자라는 게 내 판단이에요."

"감사합니다."

"고마워할 것 없어요. 앞으로 험난한 여정이 될 테니. 지난 몇 년간 국제적 암살범으로 활약하면서 세간의 이목을 끈 여자가 한 명 있다는 소리가 들리고 있는데, 이 암살범이 누구든 간에, 아주 깊숙이 침투했고 굉장히 철저한 비호를 받고 있어요. 이 일을 맡을 거라면, 당신도 똑같이 해야 합니다. 깊이 침투하세요."

에드워즈가 휑하고 썰렁한 방을 둘러본다.

"아주 기나긴 겨울이 될 겁니다."

이브는 그 자리에 그대로 서 있다. 현기증이 나면서 시간이 느려지는 것 같다. 긴장 어린 침묵이 흐른다.

"하겠습니다. 그 여자를 추적하겠어요, 무슨 일이 있어도."

리처드 에드워즈가 고개를 끄덕이며 손을 내민다. 이브는 이제 모든 게 달라질 거란 걸 예견한다.

3

뚱보 판다가 다퉁로에 있는 빗줄기가 줄줄 흘러내리는 건물을 나선 것은 저녁 7시가 다 되었을 때다. 상하이의 6월은 숨 막힐 정도로 습도가 높고 시도 때도 없이 폭우가 쏟아지는 시기다. 도로와 인도가 빗물에 반짝이고 승용차와 트럭이 배기관에서 쉭쉭 소리를 내고, 젖은 아스팔트에서 열기가 물결처럼 높이 오른다. 뚱보 판다는 젊지도 탄탄하지도 않은 남자로 조금 있으면 셔츠가 땀에 젖어 등짝에 찰싹 달라붙을 것이다.

그럼에도 좋은 하루였다. 뚱보 판다가 화이트 드래곤 팀과 함께 '탈라친 에어로스페이스'라는 벨라루스 소재 회사에 대한 해킹 공격 개시에 성공한 날이기 때문이다. 이제 그 회사의 데이터를 쏙쏙 빼내고, 암호와 프로젝트 파일을 훔치고, 가장 민감한 정보를 가지고 마음껏 놀려먹는 즐거운 일이 시작된 것이다.

창립 이후 8년 동안, 화이트 드래곤 팀은 해외의 주요 회사 150

곳을 공격했다. 처음에는 미국에서 타깃을 골랐지만 요즘에는 러시아와 벨라루스에서 고른다. 피해자들이 대개 그렇듯, 탈라친도 형식적인 저항 외에는 반응이 없었다. 일주일 전, 말단 직원 하나가 회사의 보안 책임자를 사칭한 사람으로부터 메일을 하나 받았다. 메일에서는 새로운 방화벽 관련 정보라며 링크를 클릭하라고 했다. 사실 그 링크에는 불법 피싱 프로그램이 포함되어 있는데, 이 프로그램은 뚱보 판다가 고안한 원격 접속 툴로 탈라친의 운영 파일을 마음대로 쓸 수 있게 해준다.

　이번 파일은 기밀 전투기 설계도와 관련이 있으므로, 베이징에 있는 뚱보 판다의 상관들이 특히 관심을 가질 것이다. 화이트 드래곤 그룹은, 일각에서 추정하고 있듯, 단순히 해커들과 무정부주의자들이 모여 막무가내로 파괴를 일삼는 집단이 아니다. 화이트 드래곤 그룹은 외국 기업, 군사정보부, 인프라스트럭처에 대한 표적 공격을 전담하고 있는 인민해방군의 최정예 사이버전쟁 부대다. 다퉁로에 자리 잡은 특징 없는 건물에는 고성능 컴퓨터 서버와 고속 광케이블이 죽 늘어서 있는데, 전부 정밀 공조 시스템으로 열을 식힌다. 팀장인 뚱보 판다는 장 레이 중령이며 이 집단의 명칭을 골라준 것도 뚱보 판다였다. 중국의 상징적 의미에 따르면 월백룡月白龍은 무서운 초능력을 가지고 있다. 그것은 죽음의 전조, 즉 경고를 뜻한다.

　퇴근 중인 근로자 무리와 끈적끈적한 열기를 무시하면서 뚱보 판다는 푸둥 신구의 저녁 어스름을 느긋하게 걸어 지나간다, 트로

피 같은 주변 고층 건물들에 감탄하면서. 우뚝 솟은 유리 기둥 같은 상하이 타워며, 드높이 솟은 비취색 유리 조각 같은 세계금융센터, 거대한 탑처럼 생긴 진마오 타워까지. 이 마천루를 거리에서 보면 조금 실망스럽다. 거지들이 먹을 게 없나 쓰레기통을 샅샅이 뒤지는 광경 때문이리라. 하지만 뚱보 판다가 알 바 아니다.

그는 여러 모로 똑똑하고 두뇌도 명석한 사람이다. 치명적인 사이버 전사인 것도 분명하다. 하지만 성공에 눈이 멀어 가장 기본적인 전략적 오류를 범하고 말았다. 적을 과소평가한 것이다. 그가 팀과 함께 외국 기업의 지적 재산을 샅샅이 뒤져내 테라바이트에 달하는 비밀 데이터를 베이징으로 빼돌리는 동안, 전 세계 정보기관과 민간 보안 기업도 놀고만 있지는 않았다. 그들의 분석가들도 자체 데이터를 축적해왔다. 인터넷 프로토콜 주소를 확인하고 화이트 드래곤 팀의 맬웨어[악성 소프트웨어] 프로그램 코드를 역분석하고 그들의 활동을 하나하나 추적했다.

그들이 획득한 정보, 뚱보 판다와 팀의 정체는 정보 라인을 타고 돌았다. 그럼에도 그 어떤 서방 정권이나 러시아 정부도 국가가 주도한 데이터 도둑질이라며 인민해방군을 대놓고 비난하지 않았다. 베이징과 대립 구도를 형성할지도 모를 위험을 무릅쓰기에는 외교적 후유증이 어마어마할 것이기 때문이다. 하지만 그런 민감한 부분에 별로 신경 쓰지 않는 쪽도 있다. 화이트 드래곤의 약탈로 피해자들은 수년간 수십억 달러를 손해 보았기에, 일단의 개인들이, 개인이라 해도 다 합치면 어떤 정부보다도 힘이 센 이들인데, 이제 행동에 나서야 할 때라는 결정을 내린 것이다.

2주 전 매사추세츠주 다트머스 해안가 사유지에서 열린 12사도 회의에서는 장 레이 중령이 표결 대상이었다. 벨벳 주머니 속 물고기는 모두 빨간색이었다.

빌라넬은 일주일 전 상하이에 도착했다.

뚱보 판다는 푸둥의 인파와 경유차가 내뿜는 매연을 뚫고 동창로 여객터미널을 향해 나아간다. 그 또한 감시 대응 기법 훈련을 받았지만 그런 기법을 열의를 가지고 실행해본 지는 오래되었다. 게다가 지금은 자기 구역이고 적들은 노출된 비밀번호 뒤에서 깜빡이는 사용자 이름에 지나지 않는 데다 저 멀리 다른 대륙에 있기도 하다. 자신의 행동이 치명적인 결과를 초래할 수 있다는 진지한 생각은 그의 머릿속에 전혀 떠오르지 않았다.

아마도 그 이유 때문에 뚱보 판다는 여객선에 오를 때 자신의 바로 몇 미터 뒤에 있던 정장 차림의 젊은 남자를 전혀 알아차리지 못했는지도 모른다. 사실 그 남자는 사무실에서부터 줄곧 그를 따라왔고 자신의 휴대전화에 대고 짧게 무슨 말인가를 건넨 후 동창로에서 분주한 군중 속으로 사라졌다. 아니 어쩌면 장 레이 중령의 정신이 다른 데 팔려 있었던 것인지도 모른다. 이 사이버 스파이계의 일인자께서는 동료들도 전혀 모르는 혼자만의 비밀이 있기 때문이다. 여객선이 더러운 황푸강 물살을 헤치며 천천히 나아갈 때 장 레이 중령은 짜릿하고 음흉한 기대감으로 충만해졌다.

장 레이 중령은 불야성 같은 와이탄 금융가의 전경을 보다 말다 하고 있다. 1킬로미터 넘게 이어지는 와이탄 강변대로에는 상하이 구시가지의 역사 유적이 늘어서 있다. 중령의 시선이 멍하니 예전 은행과 무역 회사 쪽을 향한다. 식민국이 세운 이런 건축물들은 이제 고급 호텔, 레스토랑과 클럽, 돈 많은 관광객과 금융 엘리트의 놀이터가 되었다. 중령이 가려는 곳은 이런 황금빛 건물 너머에 있다.

사우스 번드 터미널에서 여객선을 내리면서 뚱보 판다는 주위를 대충 훑어보지만 이번에도 자신의 움직임을 보고 중인 정보원의 존재를 알아차리지 못한다. 이번 정보원은 호텔 유니폼 차림의 젊은 여자다. 15분 뒤, 뚱보 판다는 강변 거리를 뒤로 하고 구시가지의 비좁고 얼기설기 뒤얽힌 골목길을 황급히 지나간다. 쇼핑객과 관광객이 바글거리고 전동자전거가 내뿜는 배기가스 냄새와 기름진 길거리 음식 냄새가 코를 찌르는 이 지역은 장관을 이루는 강변 거리와는 영 딴판이다. 갑갑한 골목길에는 빨래와 전깃줄 고리가 걸려 있고, 여자들이 쪼그려 앉아 있는 좌판에는 비에 젖은 농산물이 높이 쌓여 있으며, 대나무 장대로 만든 차양 뒤 작은 상점들은 가짜 골동품과 여자들 누드 사진이 실린 복고풍 달력을 팔고 있다. 뚱보 판다가 모퉁이를 돌자 스쿠터에 타고 있던 포주가 손짓으로 어둑어둑한 실내를 가리킨다. 그곳에는 젊은 매춘부들이 손님을 기다리며 속닥거리고 있다.

갑자기 발걸음이 급해지고 심장이 두근거리기 시작한 뚱보 판다는 이런 유혹의 거리를 부리나케 지나친다. 그의 목적지는 당펭로 모퉁이에 있는 3층짜리 건물이다. 입구에 있는 번호키에 네 자리 암호를 입력하자 문이 열리고 접수처 뒤에 앉아 있는 중년 여성이 보인다. 묘하게 경직된 미소를 보니 상악 안면 수술을 받은 모양이다.

"룽 선생님." 여자가 컴퓨터를 뒤적이더니 환한 미소를 지으며 말한다. "곧장 올라가시면 됩니다."

룽이 본명이 아니라는 걸 여자가 알고 있다는 걸 룽도 알고 있지만 당펭로, 이곳에는 어떤 에티켓 같은 것이 존재한다.

1층은 다소 전통적인 성적 쾌락을 제공하는 곳이다. 계단을 오르자 살짝 열린 문틈으로 핑크빛 조명과 짧은 잠옷을 입은 여자가 언뜻 보인다.

2층은 전체적으로 좀 더 전문적인 곳이다. 녹색과 흰색이 섞인 제복 치마를 산뜻하게 차려입은 젊은 여자가 웃음기 없는 얼굴로 뚱보 판다를 맞이한다. 여자는 빳빳하게 풀을 먹인 모자를 업스타일 머리에 핀으로 고정해서 쓰고 수술용 장갑을 끼고 있으며 투명 비닐 앞치마를 두르고 있다. 여자가 움직일 때마다 비닐 앞치마가 바스락거린다. 여자에게서 코를 찌르는 소독약 냄새가 난다. 가슴에 달고 있는 이름표에는 '간호사 우'라고 적혀 있다.

"늦었잖아요." 여자가 싸늘하게 말한다.

"죄송합니다." 뚱보 판다가 속삭인다. 그는 이미 너무 흥분한 나머지 온몸을 벌벌 떨고 있다.

간호사 우가 얼굴을 찌푸리며 뚱보 판다를 이동식 병원 침대, 모니터 두어 개, 인공호흡기가 눈에 띄는 방으로 안내한다. 천장 조명 아래에는 가지런히 놓인 메스, 견인기, 그 밖의 수술 기구가 알루미늄 트레이 위에서 희미한 빛을 발하고 있다.

"옷 벗고 누우세요."

여자가 핑크색 환자복을 가리키며 명령한다. 환자복은 뚱보 판다의 살찐 엉덩이를 겨우 덮을 정도의 길이여서, 그가 이동식 침대에 자리를 잡자 사타구니가 드러난다. 이제 짜릿하게도 자신은 완전한 무방비 상태라는 느낌이 온다.

간호사 우는 팔부터 시작해서 범포와 찍찍이로 만든 구속용 줄을 아주 세게 잡아당겨 뚱보 판다의 흉부, 허벅지, 발목을 단단히 고정한다. 이제 뚱보 판다는 몸을 전혀 움직일 수 없는 신세다. 마지막으로 줄을 조인 부분은 목이다. 줄이 단단히 고정된 상태에서 간호사 우는 뚱보 판다의 코와 입 위로 고무 산소마스크를 씌운다. 뚱보 판다의 호흡 소리는 이제 얇고 긴박해졌다.

"다 환자분한테 이로우라고 하는 일인 것 잘 알고 계시겠지요." 간호사 우가 설명한다. "요청하신 절차 중에는 몸 속 깊숙이 침투해야 하는 것도 있고, 꽤 아플 수 있어요."

뚱보 판다는 산소마스크 안에서 들릴락 말락 가까스로 신음소리를 낸다. 공포에 질린 눈동자가 이리저리 바삐 움직인다. 순식간에, 뚱보 판다의 눈앞에서, 간호사 우의 앞치마가 앞으로 떨어지고 짧은 잠옷 자락이 갈라지면서 실용적인, 아마도 군 배급품일 것 같은 팬티 속으로 탄탄한 가랑이가 드러난다.

"자!" 간호사 우가 이렇게 외침과 동시에 뚱보 판다는 찰싹 하는 라텍스 장갑 소리를 듣는다. "방광이 꽉 차서 비워야겠어요. 면도 후 도뇨관을 삽입할 겁니다."

잠시 후 수돗물 소리가 들리더니 간호사 우가 생식기 부근에 거품을 바르고 수술 준비용 면도기로 박박 긁어내기 시작하자 혈액의 온기가 느껴진다. 곧이어 그의 생식기가 뻣뻣이 서더니 꼭 두각시 인형처럼 씰룩거린다. 면도기를 내려놓은 후, 간호사 우는 수술용 세 겹 마스크 위로 유일하게 보이는 이목구비인 신중한 두 눈으로 트레이에서 지혈 겸자를 찾는다. 간호사 우는 지혈 겸자를 뚱보 판다 눈앞에 잠깐 보이더니 겸자의 날카로운 톱니로 음낭 시작 부분을 꽉 쥔다. 극심한 고통 때문에 눈물이 줄줄 흐르는 와중에 뚱보 판다는 간호사 우한테 홀딱 반해서는 그를 우러러본다. 이번에도 순전히 실수인 양, 간호사 우가 슬쩍 보여준 부드러운 외음부를 뚱보 판다는 흘깃 쳐다본다. 금속이 쨍강 울리는 소리가 나더니 겸자를 들어 올리는 느낌이 났고 잠시 후 고간이 마치 둘로 찢기는 것 같이 화끈한 통증이 느껴진다.

"당신 때문에 이런 짓까지 해야 하잖아요." 간호사 우가 붉은색 날이 달린 메스를 손에 쥔 채, 화가 나 죽겠다는 목소리로 투덜거린다. "이제 거길 꿰맬 거예요."

간호사 우는 살균 포장을 찢어 열고 단섬유 봉합사를 꺼내 작업을 시작한다. 바늘이 처음 들어간 순간 뚱보 판다가 헉 소리를 냈고, 간호사 우가 봉합 매듭을 세게 홱 비틀자 뚱보 판다가 희열을 억누를 수 없다는 듯 온몸을 부르르 떤다. 성급하게 구는 모습에 얼굴을 찌푸린 간호사 우가 얼음이 가득 찬 농반[강낭콩 모양의 스테인레스 용기]에서 크롬 도금한 탐침을 가져다가 그걸 억지로 뚱보 판다의 직장에 넣는다. 뚱보 판다의 눈이 꼭 감긴다. 공포와 희열이 시커먼 물살이 되어 소용돌이치는 지점에 이르렀다.

그때 갑자기 소리도 없이 간호사 우가 사라진다. 얼마 안 되는 시야를 훑느라 게슴츠레한 눈동자를 이리저리 굴리던 뚱보 판다의 눈에 다른 인물이 들어온다. 간호사 우처럼 그 여자도 수술복과 모자를 착용하고 마스크와 장갑을 끼고 있다. 하지만 뚱보 판다를 응시하고 있는 눈은 간호사 우처럼 황갈색이 아니다. 러시아의 한겨울처럼 차디찬 회색이다.

뚱보 판다는 흐리멍덩한 눈으로 새로운 여자를 보고는 놀란다. 그도 전혀 예상하지 못했던 깜짝 시나리오다.

"유감스럽게도 상황이 굉장히 심각해졌습니다." 여자가 영어로 말한다. "그래서 제가 불려온 거예요."

두려운 한편 기대감에 가득 찬 뚱보 판다의 눈이 초롱초롱 빛난다. 외국 여자 의사로군. 클리닉이 일취월장했어.

표정을 보니 남자가 자신이 한 말을 알아들었다는 걸 알 수 있다. 거의 10년을 해외 기업들의 기밀 파일을 읽으면서 보낸 남자가 영어를 못 할지 모른다는 의심을 하는 건 아니다. 빌라넬은 발치에 놓인 가방에서 20센티미터밖에 되지 않는 알루미늄 실린더를 꺼낸다. 산소통에서 뚱보 판다의 고무 마스크로 공급되는 산소를 차단한 후, 가지고 온 실린더를 고무 마스크에 부착한다.

순수 일산화탄소는 무색무취다. 몸 속 헤모글로빈은 일산화탄소와 산소를 구별하지 못한다. 처음 차가운 가스가 콧속으로 몰려드는 순간, 뚱보 판다는 실낱같은 현실이 점차 멀어져가는 느낌을 받을 것이다. 그리고 20초 후면 호흡이 멈출 것이다.

남자가 죽었는지 확인한 후, 빌라넬은 고무 마스크를 산소탱크에 다시 연결한다. 장 레이 중령 정도로 전문 기술이 뛰어난 인물이라면 굉장히 꼼꼼한 부검을 받게 될 테고, 진짜 사망 원인도 금세 밝혀질 테지만, 혼돈의 씨앗 몇 개를 뿌린다고 해서 해가 될 것은 없다.

빌라넬은 무릎을 꿇고 엎어져 있는 간호사 우의 모습을 살핀다. 라텍스 장갑을 낀 손으로 간호사 우의 입을 꽉 막고 피하 주사바늘을 목에 푹 찌른 후 신중을 기해 용량을 정한 에토르핀을 주입한다. 이 젊은 상하이 여자는 힘겨운 듯 가냘픈 고양이 소리를 내다가 뒤로 픽 쓰러지더니 빌라넬의 품에 안긴다. 몇 분 후, 여자는 여전히 놀란 표정이지만 호흡은 안정되었다. 30분 후면 의식이 다시 돌아올 것이다.

예술적인 마무리를 위해 빌라넬은 간호사 우의 팬티를 벗겨 뚱보 판다의 머리에 씌워놓는다. 그러고 나서 그날 오후 현찰로 산 싸구려 휴대전화를 꺼내 다각도에서 남자의 사진을 찍는다. 물론 잘 나온 사진은 하나도 없다. 마지막 클릭으로 그 사진들을 미리 작성해놓은 설명과 함께 이메일로 중국에서 가장 영향력 있는 블로거들과 반체제 인사들 대여섯 명에게 보낸다. 이 정도 기사감이면 베이징 당국도 유야무야 덮을 수 없을 것이다.

전 세계 홍등가에 불문율이 있다면, 그건 도착한 손님이 나가는 손님과 마주쳐서는 안 된다는 것이다. 당펭 업소의 뒤 계단은 출구로 이어지는데, 수술복을 갈아입은 빌라넬이 지금 이용하려는 경로가 바로 거기다. 바깥 거리는 눅눅하고 여전히 관광객과 놀러 나온 가족들로 넘친다. 야구 모자를 쓰고 작은 배낭을 멘 젊은 서양 여자를 눈여겨보는 이는 아무도 없다. 재차삼차 물어보면(앞으로 며칠, 몇 주간 구 시가지의 좁은 길과 골목에서 엄중한 탐문 수사가 이루어질 예정이다) 한두 명은 여자의 모자에 뉴욕 양키스 로고가 있었다는 점과 여자의 짙은 금발 머리가 묶여 있었다는 점을 떠올릴 것이다. 그리고 이런 빈약한 증언으로 용의자가 미국인이라는 루머가 생겨날 것이다. 정보기관과 경찰한테는 절망적이겠지만, 여자의 얼굴을 기억하는 사람은 아무도 없을 것이다.

걸어서 10분 정도면 휴대전화와 배터리, 유심칩을 각기 다른 레스토랑 쓰레기통에 버려도 괜찮을 만한 거리다. 수술복, 수술장갑, 마스크, 모자는 알루미늄 일산화탄소 실린더와 함께 돌덩이가 든 망사 장바구니에 담겨 탁한 황푸강 바닥으로 가라앉는다.

몇 시간 후, 빌라넬은 상하이의 프랑스 조계지에 있는 고급 아파트 10층에서 욕조에 몸을 담그고 있다. 방금 저지른 살인을 되새기면서. 목욕물에서는 마다가스카르 재스민 향이 나고, 비취색 욕실 벽에 걸린 실크 커튼은 희미한 바람에 불룩해진다.

일을 마치고 나면 늘 그렇듯, 빌라넬의 감정은 널을 뛴다. 성공적으로 일을 마쳐서 뿌듯하다. 꼼꼼한 사전조사, 기발한 계획, 깔끔하고 조용한 살인. 그 누가 뚱보 판다를 그런 스타일로, 그토록 정갈하고 수월하게 해치울 수 있었겠는가? 그의 마지막 순간을 재생해본다. 두 사람의 눈이 마주친 순간 떠오른 그의 놀란 표정. 그러다 무의식 깊이 빠져들던 순간, 의아해하면서 받아들이던 모습.

자신이 맡은 역할이 중요했다는 점도 만족감을 준다. 빙글빙글 돌아가는 세상의 고요한 중심에 서서 자기 자신이 운명의 매개체라는 사실을 깨닫는다는 것은 굉장히 신나는 일이다. 자신이 저주를 받은 것이 아니라 가공할 힘이라는 축복을 받았다고 생각하면 옥사나 보론초바로 지내면서 겪은 야만적인 굴욕도 다 보상이 된다.

그런 굴욕 중 빌라넬이 지금까지도 가장 뼈아프게 느끼는 것은 프랑스어 교사인 안나 이바노브나 레오노바에게 거절당한 것이다. 20대 후반의 독신 여성이었던 안나는 자기 학생이 보인 때 이른 언어적 재능에 적잖이 감동한 나머지, 옥사나의 무례함과 상스러움은 외면한 채, 페름이라는 잿빛 감옥 너머 세상에 눈을 뜨게 해주기로 단단히 마음을 먹었다. 그래서 안나의 아담한 아파트에서 진행된 주말 교습 시간에 여성 작가 콜레트와 프랑수아즈 사강을 논하곤 했다. 그중에서도 특히 기억에 남는 일은 차이콥스키 극장으로 오페라 〈마농 레스코〉 공연을 보러 간 일이었다.

옥사나는 관심을 받는다는 것이 마냥 즐거웠다. 지금까지 자신에게 그 정도로 시간을 할애해준 사람은 아무도 없었다. 나중에서야 깨달았지만, 그때 안나 이바노브나가 옥사나에게 준 것은 헌신적인 무엇, 사랑에 가까운 무엇이었다. 옥사나도 머리로는 그런 감정을 이해했지만 그런 감정을 느끼는 것은 불가능했다. 성적 욕망은 또 다른 문제여서, 선생님에 대한 원초적인 갈망으로 괴로워하면서도 못마땅한 표정 말고는 자신의 감정을 표출할 다른 방법을 못 찾아 뜬눈으로 밤을 지새우기 일쑤였다.

10대 시절의 옥사나가 성 방면으로 초보자여서 그런 것은 아니었다. 남자고 여자고 실험해본 결과 양쪽 다 마음대로 쥐락펴락하기는 식은 죽 먹기였다. 하지만 안나한테는 오감의 영역을 꿈꿨다. 몰로토프 바 뒷골목에서 바이커들이 맥주 냄새를 풍기며 어설프게 더듬었던 일이나 춤 백화점[모스크바의 명품 백화점]에서 도둑질을 하다 들키자 화장실로 끌고 가서는 침묵의 대가라며 옥사나의 다리 사이에 얼굴을 파묻었던 여자 경비원의 거친 혀 놀림 이상의 것을 꿈꿨다.

딱 한 번, 안나와 진도를 더 나가보려고 시도한 적이 있었다. 함께 〈마농 레스코〉를 보러 간 날 저녁이었다. 두 사람은 발코니석 뒷줄에 앉았다. 오페라가 끝나갈 즈음, 옥사나가 머리를 기울여 안나의 어깨에 얹었다. 안나가 팔을 두르며 반응해주었을 때, 옥사나는 기쁜 나머지 숨도 제대로 못 쉴 정도였다.

푸치니의 음악이 두 사람 주위를 휘감았을 때, 옥사나는 손을 뻗어 안나의 가슴을 덮었다. 온화하지만 단호하게, 안나는 옥사나의 손을 치웠고, 잠시 후 옥사나도 단호하게 다시 손을 뻗었다. 마음속으로 수없이 해본 게임이었다.

"그만해." 안나가 침착하게 말했다.

"선생님은 제가 싫어요?" 옥사나가 귀에 대고 속삭였다.

선생님이 한숨을 쉬었다. "옥사나, 물론 널 좋아한단다. 하지만 좋아한다고 해서……"

"좋아한다고 뭐요?" 옥사나는 입을 벌린 채 어둠 속에서 안나의 눈을 찾았다.

"좋아한다고 그런 것까지 좋아하는 건 아니야."

"당신도, 이 바보 같은 오페라도 다 재수 없어."

옥사나는 끓어오르는 분노를 삭이지 못해 씩씩거렸다. 벌떡 일어나 비틀거리며 출구 쪽으로 가서는 계단을 달려 내려가 거리로 나갔다. 밖에 나와보니, 도시는 밤에도 유황처럼 타오르는 불빛 때문에 환했고, 눈보라는 코뮤니티체스카야 거리를 지나는 자동차 헤드라이트 불빛 속에서 소용돌이치고 있었다. 얼어 죽을 만큼 추워서 생각해보니 극장 안에 외투를 두고 오고 말았다.

너무 화가 나서 그런 데 신경 쓸 틈이 없었다. 안나 이바노브나는 왜 나를 원하지 않았을까? 문화니 뭐니 하는 것도 다 좋았지만 옥사나는 안나한테 그 이상의 것을 원했다. 안나의 눈에서도 욕망을 보고 싶었다. 옥사나를 사로잡았던 안나의 (상냥함, 인내심, 빌어먹을 정숙함까지) 모든 것이 차차 엷어지면서 성적으로 굴복하는 모습을 보고 싶었다.

하지만 안나는 이런 변환을 거부했다. 마음속 깊은 곳에서는 옥사나와 똑같은 감정을 느꼈으면서도. 옥사나는 안나도 그렇다는 걸 알고 있었다. 왜냐하면 다른 여자의 심장이 자기 손 밑에서 두근거리는 것을 느꼈기 때문이다. 참을 수 없고 견딜 수 없는 일이었다. 거기, 극장 출입구에서, 한 손을 청바지 앞섶에 쑤셔넣은 채옥사나는 좌절감에 숨을 헐떡거리다가 얼음장 같은 인도로 무너지듯 무릎을 꿇었다.

안나는 차이콥스키 극장에서의 행동을 용서해주었지만, 옥사나는 안나를 절대로 용서하지 않았고, 이제 이 선생님에 대한 옥사나의 감정은 암울과 분노로 방향을 틀었다.

안나가 성폭행을 당했을 때, 사태는 절정에 달했다. 옥사나는 아버지의 전투용 칼을 가지고 로만 니코노프를 숲으로 유인한 다음 자기만의 정의를 실현했다. 니코노프를 살려놓을 계획은 아니었지만 그 점만 빼면 완벽했다.

옥사나는 결코 심문을 받지 않았고, 피해자가 충격과 과다출혈로 사망했으면 더 좋았겠지만 평생 소변줄 신세를 져야 한다니 그것만으로 만족스러웠다. 옥사나는 몸이 댕강 잘려 나간 새를 물고 온 고양이처럼 안나 레오노바의 발치에 그 이야기를 살포시 내려놓았다.

안나의 반응 때문에 옥사나의 세계는 무너져 내렸다. 옥사나가 바란 것은 감사와 감탄과 무한한 공치사였다. 그러나 안나는 싸하고 섬뜩한 침묵 가운데 옥사나를 노려보기만 했다. 그리고 말하기를 옥사나가 들어가게 될 여자 교도소의 참상을 너무나 잘 알고 있었기에, 오로지 그 사실 하나 때문에 그 즉시 경찰에 신고하지 않았다고. 그 뒤로도 안나는 침묵을 지켰지만 다시는 옥사나를 볼 일도 옥사나하고 말을 섞을 일도 없기를 바랐다.

억울한 마음과 생살을 찢긴 듯한 상실감에, 옥사나는 거의 자살 직전까지 갔었다. 아버지의 마카로프 권총을 가지고 가서 안나의 집 주변을 배회하다가 총으로 자살할까 생각했었다. 콤소몰스키 대로에 있는 안나의 작은 아파트에 자신의 뇌와 피 세례를 퍼부을까 생각했었다. 어쩌면 안나와 먼저 섹스부터 한 다음에. 9밀리미터 자동권총은 꽤 설득력 있는 유혹 수단이 되었을 것이다.

하지만 결국 옥사나는 아무 짓도 하지 않았다. 안나를 그토록 간절히 자기 것으로 만들고 싶어 했던 자기 안의 자아가 갑자기 얼어붙어버렸기 때문이다.

상하이 아파트에서 향기 나는 물속에 누워 있으려니 앞서 느꼈던 들뜬 기분이 가라앉으면서 울적해진다. 고개를 창쪽으로 돌려 판유리를 쓱 닦은 후 창틀이라는 액자를 통해 명멸하는 땅거미와 프랑스 조계지를 바라보며 생각에 잠긴 채 윗입술을 깨문다. 창문 앞에는 고급 유리그릇에 하얀 작약이 담겨 있다. 안쪽으로 굽은 꽃잎은 보드랍다.

근신해야 한다는 건 빌라넬도 알고 있다. 그 모든 밤 중에서 하 필 오늘밤 섹스 상대를 찾아 배회한다는 것은 무모하기 짝이 없는 짓이다. 하지만 빌라넬 내면에는 갈망이 존재한다. 시간이 갈수록 갈망의 장악력은 커져만 갈 것이다. 욕조에서 걸어 나오니 수증기 가 온몸을 휘감는다. 빌라넬은 벌거벗은 채 판유리 앞에 서서 자 기 앞에 놓인 무한한 가능성을 따져본다.

빌라넬이 아쿠아리움에 입장한 것은 자정도 지난 시간이다. 이 클럽은 노스 번드에 있던 전前 개인 은행 지하실에 자리 잡고 있 다. 입장은 사적인 소개를 통해서만 가능하다. 빌라넬은 황푸에 있는 페닌슐라 스파에서 만난 일본인 부동산 개발업자에게 아쿠 아리움 얘기를 들었다. 세련되고 남 말하기 좋아하는 나카무라 부 인이 알려주길, 자기는 보통 금요일 밤에 그 클럽에 간다고 했다.

"난 혼자 가요, 남편하고 같이 가기보다."

나카무라 부인이 의미심장하게 곁눈질을 하면서 한 말이었다.

미키 나카무라라는 이름은 문지기에게 익숙한 이름이 분명했 다. 문지기가 빌라넬을 내부 문으로 들여보내주었기 때문이다. 그 문을 통과한 후 구불구불한 나선형 계단을 내려가니 어두침침한 지하 공간이 나온다. 클럽은 사람들로 붐비고 활기 넘치는 대화 소리가 낮게 울려 퍼지는 음악 소리를 덮었다.

잠깐 동안 빌라넬은 주위를 둘러보며 계단 발치에 서 있었다. 가장 눈에 띄는 특징은 바닥부터 천장까지 이어지는 유리벽으로 대략 10미터쯤 되는 듯하다. 움직이는 그림자 하나가 어둠 속에서 파랗게 빛나는 공간을 어둡게 만드는가 싶더니 또 다른 그림자가 나타난다. 자세히 보니 그 공간은 상어 수족관이다. 귀상어와 흉상어가 미끄러지듯 지나가자 수중 조명이 상어 표피에 매끄러운 광택을 더한다.

최면에 걸린 듯 넋을 잃은 채 빌라넬은 수조 쪽으로 다가간다. 클럽에서는 부의 냄새, 인도 재스민 꽃향기, 향료와 명품 향수 냄새를 풍기는 체취가 뒤섞여 후각을 자극한다. 수조 안에서 유유히 떠다니던 배암상어가 시야에 들어오더니 무표정하고 냉담한 시선으로 빌라넬을 응시한다.

"동태눈 같죠."

미키 나카무라가 빌라넬 옆에 나타나 말한다.

"내가 아는 남자들 중에 동태눈인 남자가 얼마나 많은지 몰라요."

"누군들 모르겠어요." 빌라넬이 말한다. "여자들 눈은 뭐 다른가요."

미키가 미소를 짓는다. "와줘서 기뻐요."

미키가 빌라넬의 검정색 실크 치파오 원피스를 손가락으로 훑어 내리며 속삭인다. "이거 비비안탐 거죠? 귀여워요."

빌라넬은 미키의 미소를 그대로 따라지으며 자신도 미키의 옷에 찬사를 보낸다. 동시에 보안 검사의 일환으로 그 클럽 분위기에 어긋나는 물건이나 사람은 없는지 클럽 전체를 훑는다. 눈에 띄기를 극도로 꺼리며 어둠 속에 숨은 사람. 너무 빨리 시선을 돌려버리는 사람. 클럽과 어울리지 않는 얼굴.

빌라넬의 시선이 흰색 홀터넥 상의에 미니스커트를 입은 호리호리한 인물에서 멈춘다. 미키가 빌라넬의 시선을 좇더니 한숨을 쉰다.

"알아요, 알아 무슨 생각하는지. 여기 물 관리는 하긴 하는 건가?"

"예쁜 아가씬데요." 빌라넬이 말한다.

"아가씨요? 뭐 아주 틀린 말은 아니네요. 저 여자 제이니 추잖아요, 앨리스 마오네 성전환자요."

"앨리스 마오가 누군데요?"

"이 클럽 주인이요. 사실 이 건물 주인이기도 하고. 저 여자 성매매 덕분에 상하이에서 제일가는 여성 부자가 됐죠."

"사업 수완이 대단한 모양이네요."

"뭐 그렇게 말할 수도 있겠죠. 분명한 건 잘못 건드리면 큰일 날여자란 거예요. 일단 내가 한잔 살게요. 여기 수박맛 마티니가 끝내주거든요."

"물론 엄청 센 거겠죠."

"진정해요." 미키가 말한다. "재미도 봐야죠."

미키도 작은 아르데코 양식 바에 잔뜩 몰린 사람들 틈에 합류한다. 바 뒤에서는 우아한 분위기의 젊은이가 칵테일을 흔들어 만드는 중이다. 빌라넬은 손을 흔들어대고 있는 젊은 중국 남자 무리에 몸을 맡긴다. 다들 온몸을 명품으로 휘감고 있다.

"당신한테는 저 남자들이 원하는 게 없을 거예요."

바로 옆에서 부드러운 목소리가 말한다.

"하지만 나한테는 당신이 원하는 게 있을지도 몰라요."

빌라넬이 돌아보니 눈꼬리가 위로 올라간 제이니 추의 예쁜 눈이 있다.

"그게 뭔데요?"

"진짜 여자 친구 체험? 입에 키스하고 기분 좋게 빨아주고 박아준 다음 끝나고 요리까지 해주는 거?"

"오늘밤은 좀 그래. 죽이는 하루였거든."

제이니가 자기 몸을 빌라넬에게 바짝 들이댄다.

"나한테 크랩['게' 외에 '사면발니'의 의미도 있다] 있는데." 제이니가 속삭인다.

빌라넬이 눈살을 찌푸린다.

"세상에, 바보 같으니라고! 거기 아래 말고 냉장고에 있다고. 털게 말야, 그거 되게 비싼 거라고."

미키가 철철 넘치기 직전인 마티니 두 잔을 가지고 두 사람 곁에 오더니 빌라넬에게 한 잔을 건네면서 제이니를 노골적으로 못 본 체한다.

"소개해줄 사람이 있어요." 미키가 빌라넬의 팔을 잡고 멀리 끌고 간다.

"털게가 뭐예요?"

"현지 별미죠. 저 말라빠진 창녀와는 다른."

미키가 빌라넬에게 시어서커 정장을 입은 젊은 말레이시아 남자를 소개한다. "여긴 하워드."

미키는 빌라넬의 인정을 받고 싶어 안달인 기색을 노골적으로 내비치며 말한다. "하워드, 이쪽은 아스트리드야."

악수를 나눈 후, 빌라넬은 미리 짜둔 자신의 이력을 자세히 읊는다. 아스트리드 페캉, 27세, 프랑스어로 발행하는 투자 소식지 《빌랑21》의 칼럼니스트. 다른 가짜 이력들도 모두 그랬듯, 이번 이력도 굉장히 신중하게 짜놓았다. 혹시 페캉을 온라인에서 검색하고 싶은 사람이 나타나더라도, 빌라넬이 2년간 《빌랑21》의 객원 기자였고 석유화학계 미래가 전문 분야라는 사실을 발견할 것이다. 그러나 하워드는 굉장히 사소한 부분까지 관심을 보이며 미키를 띄워주느라 정신이 없다.

"후크시아[바늘꽃과의 소관목] 색이네요!"

하워드가 속삭이듯 말하더니 뒤로 물러서 미키의 칵테일 드레스에 감탄한다. "당신한테 더없이 잘 어울리는 색이에요."

사실 빌라넬은 미키에게 그 색이 끔찍이 안 어울린다고 생각한다. 밝은 상아색 피부에 그 색깔 옷을 입으니 미키가 하워드의 엄마로 보일 지경이다. 하지만 하워드는 그래서 미키가 마음에 드는 걸지도 모른다.

"그래서 그쪽은 하는 일이 뭐예요? 패션계?" 빌라넬이 묻는다.

"그런 쪽은 아니고요. 신티엔디[상하이 쇼핑가로, '신천지新天地'란 의미]에서 스파를 하고 있어요."

"거기 천국이나 다름없어요. 암석 정원과 에비앙 얼음 분수도 있고 스님이 차크라[산스크리트어로 바퀴를 뜻하며 인간 신체의 여러 곳에 있는,

정신적 힘의 중심점 가운데 하나)도 바로잡아주고 머리도 해준다니까요." 미키가 알려준다.

"엄청 좋은 데 같네요. 내 차크라는 분명 섹스에 다 몰려 있다고 하겠네요."

"그러면 꼭 오셔야겠네요." 하워드가 미소를 짓는다.

무리하지 않고 빠져나올 수 있는 분위기가 되자마자, 빌라넬은 두 사람이 있는 자리를 뜬다. 한 손에 마티니 잔을 들고 여기저기 돌아다니다 보니 어느 새 자신도 모르게 상어들과 마주하고 있다. 그리고 얼마 후에는 제이니 추와.

"따라와." 제이니가 말한다. 수조가 내뿜는 푸르스름한 빛을 받아 인상이 한결 부드러워 보인다.

"누가 만나고 싶대."

"누가?"

"와봐." 제이니의 가녀린 손이 빌라넬의 손을 잡는다.

벽면이 움푹 들어가 어둑어둑한 공간에 어떤 여자가 혼자 앉아 휴대전화 메시지를 훑어보고 있다. 여자는 유라시아 혼혈이다. 여자가 고개를 들어 익숙하다는 듯 한 손을 놀려 제이니를 내보낼 때, 빌라넬은 여자의 눈이 유리처럼 투명한 녹색인 것을 보았다.

"제이니 말이 맞았군요. 당신 정말 아름다워요. 앉지 않겠어요?" 여자가 말한다.

빌라넬은 승낙의 뜻으로 고개를 까딱해 보인다. 사장 같은 태도를 보고 빌라넬은 이 여자가 앨리스 마오일 거라 짐작한다.

"자, 내 클럽은 마음에 들어요?"

"재밌어요. 심심할 일 없을 것 같더군요."

"그럼요, 심심할 틈 없죠."

유리처럼 투명한 녹색 눈에 흥미로운 기색이 비친다.

"차 좀 마시겠어요? 경험상 마티니는 그 정도면 족하던데."

"그게 좋겠네요. 참, 난 아스트리드라고 해요."

"참 잘 어울리는 이름이네요. 내 이름은 알다시피 앨리스예요. 직업이 뭐예요, 아스트리드?"

"금융 시장을 예측하죠. 투자 소식지 기사를 써요."

앨리스 마오가 얼굴을 찌푸린다.

"지금 하는 일이 그거라고요?"

"네, 그래요." 빌라넬은 눈 한 번 깜빡이지 않는다.

"내가 소싯적에 금융 쪽 사람들 꽤 많이 만나봤거든요. 아스트리드, 그 사람들 중에 당신하고 손톱만큼이라도 비슷한 사람은 하나도 없었어요."

"내가 어떤데요?"

"짧은 만남을 근거로 말해보자면, 당신은 내 과예요."

빌라넬은 앨리스가 내린 멋들어진 평가가 온몸으로 밀려드는 것을 느끼며 미소를 짓는다. 이 여자 외모의 어딘가가, 팽팽한 광대뼈 라인이 점차 부드러운 턱선으로 바뀌는 모습이 빌라넬을 자극한다. 그런 감정이 위험하다는 사실은 알고 있지만 평생 간직해야 할 비밀과 음산한 경계심이 견디기 힘들어질 때가 있다.

앨리스가 휴대전화를 흘깃 본다. 앨리스가 일어서자 짙푸른 원피스가 물속에서 어슴푸레하게 빛나던 상어처럼 잔물결을 일으킨다.

"따라와요."

앨리스는 빌라넬을 문 쪽으로, 그 다음에는 엘리베이터 쪽으로 이끈다. 소음과 음악이 점차 잦아들더니 아찔한 계단이 나온다. 빌라넬이 앨리스를 따라간 곳은 클럽과 마찬가지로 어두침침한 아파트 꼭대기 층이다. 금박을 입힌 병풍이 있고 벽에는 잘 알려져 있지 않은 현대 회화가 걸려 있다. 하지만 방에서 가장 두드러지는 것은 유리창을 통해 내다보이는 탁 트인 전경이다. 저 아래로 도시가 내려다보인다. 마구잡이로 뻗어나간 도시가 내뿜는 불빛은 스모그 장막에 가려 희미해졌다.

"아시아의 창녀. 그게 상하이의 별명이었지. 지금도 틀린 말은 아니고. 이 아파트, 클럽, 건물……. 전부 매춘으로 샀으니까. 차 마시겠어?"

앨리스가 조명을 받은 사이드 테이블을 가리킨다.

"푸젠성 백호은침 차야. 마음에 들 거야."

빌라넬이 옅은 빛깔의 차를 한 모금 홀짝인다. 한바탕 비가 퍼붓고 난 후 산비탈의 향이 혀끝에 와 닿는다.

"내가 당신을 엄청난 부자로 만들어줄 수 있어. 당신과 하룻밤을 보내기 위해 얼마든지 낼 고객을 알고 있거든."

앨리스가 말한다.

빌라넬은 야경을 바라본다. 저 다른 여자의 향기, 머리 냄새가 풍긴다.

"그럼 앨리스, 당신이라면 얼마나 낼 건데? 지금 당장?"

앨리스가 흔들림 없는 미소를 띤 채, 빌라넬을 바라본다.

"5만."

"10만." 빌라넬이 말한다.

앨리스가 생각에 잠긴 듯 고개를 갸우뚱하더니 한 바퀴 돌아 빌라넬 앞에 선다. 녹색 눈과 회색 눈이 마주친다.

"10만이라."

앨리스가 빌라넬의 옷깃에 달린 실크 단추를 푼다.

"엄청 기대되는걸."

빌라넬은 고개를 끄덕이며 그 자리에 가만히 서 있다. 그러자 앨리스가 손으로 빌라넬의 치파오 원피스를 아래로 내린다. 벌거 벗은 빌라넬은 바닥이 기울어지는 것 같은 느낌이다. 앨리스의 이름을 부르려고 해보지만 안나가 튀어나온다. '해줘'라고 속삭이려던 순간 실제로 나온 말은 '죽여줘'다.

나흘 뒤, 이브 폴라스트리와 사이먼 모티머는 냉방 덕에 시원했던 푸둥 공항 입국장에서 나와 30도에 달하는 택시 승강장으로 가는 중이다. 시간은 자정. 배기가스가 덕지덕지 묻은 습한 공기가 파도처럼 두 사람을 집어삼킨다. 이브는 머리가죽이 땀으로 축축하고 H&M에서 산 면 카디건과 니트는 젖은 빨래처럼 어깨를 짓누르고 있다.

아무렇게나 헝클어져 산발이 된 머리와 화장기 없는 얼굴. 이브는 자신이, 지나가다 다시 돌아보게 되는 그런 여자가 아니라는 것을 잘 알고 있다. 한 시간 전 착륙한 이후부터 지금까지 이브에게 눈길을 준 유일한 사람은 여권을 검사한 중국 세관원뿐이다. 아마도 그 세관원은 이브의 눈빛이 차분하면서도 강렬하다는 인상을 받았을 것이다. 이브와 사이먼 둘 다 실제보다 나이가 들어 보이는 편이다. 함께 브리티시 에어웨이즈 항공편에 탑승했던 다른 승객들은, 관심이 조금이라도 있었다면 말이지만, 두 사람이 부부라고 생각했을 것이다.

사이먼이 다정한 눈길로 이브를 바라본다. 이브는 그런 사이먼을 보고 찌르레기나 개똥지빠귀를 떠올린다. 날카로운 눈매와 뾰족한 부리로 잔디밭을 정찰하는 새들. 첩보세계의 살인범 추적자도 동물의 왕국의 포식자 사냥꾼처럼 겉모습은 시시한 경우가 많다.

이브는 자신의 외모가 거북살스럽다.

"엄마, 나도 예뻐질 수 있을까?"

이브는 범죄학과 범죄 심리학을 전공하기 위해 케임브리지로 떠나기 직전 엄마한테 이렇게 물었더랬다.

"넌 아주 똑똑하잖니." 엄마의 대답이었다.

폴란드 태생의 수학 교사인 남편 니코를 만난 후에야 이브는 아름답다는 말을 들을 수 있었다.

"당신 눈은 발트해 같아."

니코가 투명할 정도로 창백한 이브의 볼을 손가락으로 쓸어내리며 한 말이었다.

"녹색 빛이 도는 푸른색이지."

"자기는 순 아부쟁이야."

"섹스하고 싶을 때만 그러지."

"아부쟁이에다 변태잖아."

니코가 어깨를 으쓱한다.

"내가 요리 때문에 당신이랑 결혼한 건 아니잖아."

이브는 벌써부터 니코가 보고 싶다.

녹색 폭스바겐 산타나 택시를 세운 후, 사이먼이 운전기사에게 표준중국어로 호텔 주소를 알려준다.

"중국어도 하는지 몰랐어." 이브가 말한다.

사이먼이 까칠하게 자란 수염을 쓰다듬는다.

"대학 때 1년 배운 정도예요. 저 기사가 대화를 시작하면 말문이 막힐걸요."

"그래서 기사 아저씨가 씨버드 호텔이 어디 있는지 안대?"

"그런 것 같아요. 표정을 보니까 별 생각이 없는 것 같기는 하지만요."

"두고 보자고. 저런 표정을 두고 리처드 에드워즈는 신중하다고 했지."

이브와 사이먼의 중국행은 엄밀히 말해서 비공식이므로 MI6 상하이 지국에서 두 사람을 마중 나올 사람은 없다. 사실 두 사람의 신분 자체가 비공식적이다. 에드워즈가 케드린 살인 사건을 조사하라고 이브를 뽑은 이후, 활동은 철저히 음성적으로 이루어졌고, 이브는 전前 동료 중 그 누구에게도 연락을 하지 않았다. 대신 하루하루, 매주 구지 스트리트 지하철역 위에 있는 비좁고 우중충한 사무실에 나갔다. 거기서 인내심 강한 사이먼과 함께, 이브는 컴퓨터 스크린을 째려보다시피 하면서 기밀 파일을 끝도 없이 스크롤했다. 그렇게 빅토르 케드린을 살해한 여자에 더욱 가까이 접근할 수 있을지 모를 단서를 찾다보면(풍문, 때늦은 생각. 일말의 가능성이라도 품고 있을지 모를 암시) 급기야 머리가 지끈거리고 혹사당한 눈도 뻐근해졌다.

그러고도 아무것도 건지지 못했다. 세간의 이목을 끌었던 정치인 및 범죄자 암살 사건 중 여성이 연루되었을 가능성이 있다는 소문이 도는 암살 건수 몇 개와 여성 저격범이 저지른 것이 거의 확실시되는 사건도 몇 건 안 되지만 찾아냈다. 케드린이 묵었던 런던 호텔의 CCTV 녹화본은 외우고도 남을 정도로 수차례 돌려보았다. 그 영상에 살인범이 드나드는 모습이 나오기 때문이다. 하지만 아무리 화질을 최대로 높여도 지저분하고 흐릿해서 살인범의 얼굴은 전혀 보이지 않는다.

사이버 공간을 샅샅이 뒤지지 않을 때는 현실세계에서 실시한 탐문 내용을 순서대로 따라가보았다. 하지만 어떤 단서든, 처음에는 조짐이 좋아 보였던 것이더라도, 결국 순순히 넘어갈 수 없는 장벽에 부딪쳤다. 증인도, 법의학적 증거도, 쓸 만한 탄도학적 특성도, 자금이나 문서의 흔적도 없다. 어떤 지점에 다다르면 모든 게 그냥 뚝 멎어버린다.

이렇듯 진전이 전혀 없는 상황이지만 이브에게는 자신이 쫓고 있는 여성에 대한 어떤 감 같은 것이 있다. 이브는 그 여성이 케드린과 경호원을 살해하는 데 쓴 러시아제 9밀리미터 할로포인트 탄환의 이름을 따서 그를 이따금 블랙로즈라고 부른다. 이브는 자신의 블랙로즈가 20대 중반에 고도로 지능적이며 혼자 지내는 사람일 거라 생각하고 있다. 또한 대담하고 스트레스가 심한 상황에서도 침착하며, 감정 구획화에 굉장히 노련하다. 정서적 반응과 양심이 없는 소시오패스일 가능성이 높다. 친구가 전혀 없거나 있어도 극소수일 것이며, 그런 관계를 맺더라도 본질적으로 상대를 마음대로 조종하거나 성적인 관계에 지나지 않을 것이다. 살인에 성공할 때마다 아무도 자신을 건드릴 수 없다는 사실을 확인하다 보니, 살인은 여자에게 필수불가결한 행위가 되었을 것이다.

리처드 에드워즈가 지하철역 위층 사무실로 예고도 없이 다녀간 지 하루도 채 안 된 시점이다.

"이 사무실을 청소하는 사람이 있기는 한 겁니까?" 그가 불쾌한 내색을 은근히 내비치며 물었다.

"사이먼이 하고 있습니다. 저도 아주 가끔씩 하고 있고요. 죄송합니다, 청결 수준이 복스홀 크로스 수준에 못 미친다면. 진공청소기 먼지 주머니를 주문해놓기는 했습니다만."

"그거 아주 기다려지는 일이군요. 그건 그렇고……."

에드워즈가 발치에 내려놓았던 서류가방을 열어 낡은 여권 두 개와 항공권, 일정표 다발을 꺼냈다.

"두 사람 중국에 좀 다녀와야겠어요. 오늘 밤에. 누군가 상하이 사이버 전쟁 팀 리더를 해치웠는데 암살범이 여성으로 추정되고 있습니다."

에드워즈가 이브에게 장 레이 중령 사망 관련 정황을 이해시키는 데는 5분도 채 걸리지 않았다.

"두 분이 해야 할 일은 중화인민공화국 국가안전부, MSS 측에 신중하게 접촉해서 이번 장 중령의 살인 사건이 우리 측이 사주한 것도, 방조한 것도, 실행한 것도 아니라는 내 확언을 전달하는 겁니다. 거기에 더해서 중국 측이 필요하다고 할 경우 살인 사건 조사에 조력을 다하세요. 우리 쪽에서 여성 청부살인업자를 의심하고 있다는 사실도 필요하다면 알리세요."

"MSS 쪽에 연락원이 있나요?"

"있습니다. 이름은 진 치앙. 치앙이 모스크바 지국장이었던 시절에 알고 지냈는데 확실한 사람입니다. 그 이후 우린 일종의 은밀한 루트 같은 걸 열어놓고 있지요. 당신이 갈 거라고 말해두었습니다."

"왜 현지 지국 사람이 나오지 않고 저와 대면하는지, 궁금해하지 않을까요? 어쩌면 현지에서 그 사건에 누군가 이미 투입이 되었을지도 모르고요."

"그 친구는 민감한 사안이겠거니 여길 겁니다. 당신이 공식 직함을 달고 들어가지 못하는 이유를 포함해서."

"그래서 MI6 지국하고는 연락하는 건가요, 마는 건가요?"

에드워즈는 가만히 서 있다가 창가로 가더니 때 낀 유리창을 통해 지나가는 차들을 내다보았다.

"안전을 기하려면 우린 이 여자의 범행을 감추려는 음모가 전 세계에 걸쳐 진행되고 있다고 가정해야 합니다. 상하이에서 누군가를 죽이려면 그쪽에도 사람이 있어야 합니다. 우리 쪽 사람일 가능성도 있어요. 그러니 양쪽 다 피해야 해요. 누구든 믿을 형편이 안 됩니다."

"이 MSS 쪽 사람한테는 어느 정도까지 말해도 될까요?"

"진 치앙 말인가요? 우리의 여성 암살범에 관해서는 그 친구한테 모조리 알려준다고 해도 손해 볼 건 없습니다."

에드워즈가 커피를 마지막 한 방울까지 다 마시더니 종이컵을 쓰레기통에 떨어뜨렸다.

"우리도 그 여자를 잡아야 하고, 그 친구도 그 여자를 잡아야 하니까요."

그때 문이 획 열렸다.

"그거 알아요, 구지 스트리트 역은 지옥으로 가는 입구인 게 확실해요."

사이먼이 어깨를 으쓱하고는 메고 있던 컴퓨터 가방을 자기 책상으로 떨쳐내며 말했다.

"방금 엄청 버피[〈버피와 뱀파이어〉라는 미국 드라마의 여주인공]스러운 일이 있었지 뭐예요."

사이먼이 갑자기 얼어붙었다.

"아, 안녕하세요, 리처드."

"잘 지냈는가, 사이먼."

"우리 상하이에 가게 됐어."

사이먼에게 알려주며, 이브는 니코에게는 도대체 이 소식을 어떻게 전해야 할지 머릿속으로 궁리했다.

"이것 좀 봐요."

사이먼이 택시의 창문을 내리자 미적지근한 밤기운이 마구 밀려든다.

"정말 놀랍지 않아요?"

정말 놀랍다. 택시는 난푸 대교에 접어드는 중이다. 양쪽으로는 거대한 사무실 빌딩들이 들어서 있고 무수한 사무실 창문들은 자줏빛으로 멍든 석양을 배경으로 작은 금색 점들처럼 빛나고 있다. 그 순간 이브는 피로가 싹 사라지면서 이 모든 신기한 광경에 아찔한 기분마저 든다. 돈과 이윤의 결정체. 우뚝 솟은 고층 건물들에서 그것이 보이고, 경유차가 내뿜는 매연에서 그것의 냄새가 풍기며, 밤공기에서 그것의 맛이 난다. 갈망. 거액의 판돈과 막대한 수익. 걷잡을 수 없이 커지기만 하는 탐욕.

이것이 바로 두 사람이 다리를 건너면서 받은 인상이다. 다리 아래에서는 아주 작은 전구로 장식한 보트들이 시커먼 강물 위를 떠다니고 있다. 오른쪽에 야간 경관 조명을 밝혀 화려한 곳이 와이탄 강변이다.

"기분이 어때?" 이브가 사이먼에게 묻는다.

몸을 앞으로 내민 사이먼의 무릎에는 담황색 리넨 상의가 개어져 얹혀 있다.

"잘 모르겠어요. 요새 일이 굉장히 이상하게 돌아갔잖아요."

"그 여자가 저기 어디 있는 거야. 우리의 블랙로즈 말이야." 이브가 작은 소리로 말한다.

"그 해커를 죽인 게 그 여잔지 아직 확실히 모르잖아요."

"아냐, 그 여자가 확실해."

"그렇다고 쳐요. 뭐 하러 아직까지 여기 붙어 있겠어요?"

"짐작이 안 가?"

"네, 안 가요. 솔직히 전혀 안 가요."

"나 때문이지, 사이먼. 날 기다리고 있는 거야."

"이제 진짜 미친 사람처럼 보이기 시작하거든요. 시차 적응이 안 된 탓으로 알겠어요."

"두고 보라고."

사이먼이 눈을 감는다.

5분 후, 두 사람은 호텔에 도착한다. 아이보리색 벽에 걸린 장식이라고는 때 지난 달력밖에 없는 썰렁한 호텔 객실에 들어선 뒤에야 이브는 니코를 떠올렸다. 에드워즈가 사무실을 떠난 후 니코와의 통화는 끔찍했다. 그럴듯한 구실을 지어냈다면 훨씬 수월했으련만 이브는 차마 거짓말을 할 수가 없어서 니코에게 그냥 며칠간 어딜 좀 가야 한다고만 말했다.

잠자코 듣고만 있던 니코가 '알았어' 하더니 전화를 끊어버렸다. 니코는 이브가 어디 있는지, 집에 언제 올지 전혀 모르고 있다. 이브는 창밖을 응시했다. 도로가 하나 있고, 그 너머에 어둠 속에서 희미하게 빛을 발하는 물이 있었다. 옹기종기 늘어선 선상가옥들에서 은은한 조명이 새어나오고 있었다.

이브는 니코를 사랑하면서도 깊은 상처를 주고 있다. 이번 일이 특히 괴로운 이유는 니코가 지혜롭고 경험이 많다고 할지라도 이브로서는 자신이 니코의 보호자라고 생각할 수밖에 없기 때문이다. 이브는 니코를 진실로부터, 이브 자신으로부터 지키고 있다. 존재한다는 것을 니코도 분명히 알고 있지만 아는 척하지 않기로 한 이브의 일부로부터. 자신이 쫓고 있는 여자로부터 그리고 그 여자가 존재하는 사악하고 은밀한 세계에 완전히 사로잡혀 있는 이브의 일부로부터.

"그 사람들은 쑤저우강에 있는 씨버드 호텔에 묵고 있다. 어젯밤에 도착했지." 콘스탄틴이 말한다.

빌라넬이 고개를 끄덕인다. 두 사람은 지금 프랑스 조계지에 있는 아파트 10층에 함께 앉아 있다. 둘 사이에 놓인 테이블 위에는 티벳 빙하 광천수 한 병과 유리잔 두 개, 콘스탄틴의 담뱃갑 하나가 놓여 있다.

"그 사람들이 공식 방문한 게 아니란 뜻이지. 씨버드는 상하이 기준에서 싸구려 호텔이니까."

빌라넬은 창백하게 이글거리는 하늘을 내다본다.

"아저씨 생각에는 그 사람들이 왜 온 것 같은데요?"

"그 사람들이 왜 왔는지는 우리 둘 다 알고 있다. 그 이브 폴라스트리라는 여자가 케드린 사망 이후 런던을 들쑤시며 캐묻고 다니고 있어. 그때도 말해주었다시피. 그 여자가 여기 왔다는 건, 단서들을 제대로 연결했기 때문이지."

"즉 그 여자가 똑똑하다는 뜻이겠네요. 아니면 운이 좋거나. 그 여자를 좀 가까이서 봐야겠어요."

"안 된다. 무모한 짓이야. 폴라스트리가 진짜 무슨 단서를 잡은 건 아니라고 생각하지만, 그렇다고 그 여자가 위험하지 않다는 건 아니야. 그 여자는 나한테 맡기고 넌 파리로 돌아가라. 이번 작전은 마무리 지어야겠다. 해커가 죽었으니 넌 사라져야 해."

"그럴 순 없죠."

콘스탄틴의 표정이 굳어진다.

"빌라넬, 이런 식으로 너하고 실랑이하고 싶지 않다. 매번 결정할 때마다 너하고 협상을 벌이고 싶지는 않아."

"알아요. 제가 아저씨의 살인 인형이 되길 바라시겠죠. 태엽 감고, 목표물 지시하고 빵! 빵! 그 다음에 다시 상자에 집어넣고."

빌라넬이 콘스탄틴의 눈을 정면으로 응시한다.

"유감이지만 전 이제 그런 식으로 작동 안 해요."

"알겠다. 그럼 이젠 어떻게 작동한다는 거냐?"

"생각하고 느끼는 인간처럼요."

콘스탄틴이 고개를 돌린다.

"부탁이다, 빌라넬. 나한테 감정 얘기는 하지 마라. 넌 그보단 나은 아이다. 우리도 그보단 나은 존재고."

"우리가 그래요?"

"그렇단다. 우린 세상을 있는 그대로 보지. 오직 한 가지 법칙, 생존 법칙만 존재하는 곳으로. 넌 아무 문제없이 생존하고 있다, 안 그러냐?"

"어쩌면요."

"왜인 것 같니? 무모한 사건 몇 가지만 빼면, 네가 그 법칙을 따랐기 때문이다. 내가 런던에서 뭐라고 했었지?"

빌라넬이 짜증스럽게 고개를 돌린다.

"절대로 100퍼센트 안전하지 않다고요. 절대 그 누구도 완전히 믿어선 안 된다고요."

"잘 알고 있구나. 그것만 명심하면 넌 아무 문제없을 거다. 그걸 잊으면 넌 망하는 거고."

콘스탄틴이 담배를 집으려 손을 뻗는다.

"그걸 잊으면 우리 모두 망하는 거야."

빌라넬이 얼굴을 찌푸리며 발코니로 나가는 유리문까지 걸어가서는 그 문을 당겨 연다. 습한 공기가 방 안을 가득 채운다.

"건강이 걱정되는 게냐?"

콘스탄틴이 코스모스 담배에 불을 붙이며 묻는다.

"나라면 뒤통수에 박힐지 모를 총알을 더 걱정할 거다."

빌라넬이 콘스탄틴을 바라본다. 매캐한 담배 냄새를 맡으니 두 사람이 함께 했던 초창기가 떠오른다. 러시아였다면 콘스탄틴은 분명 하루에 최소 한 갑 이상은 피웠을 것이다.

"그래서 누가 날 쏘기라도 해요? 이브 폴라스트리? 아닐 걸요."

"내 말을 믿어라, 빌라넬. 그 여자 쪽 사람들은 한 치의 망설임도 없이 널 죽일 거다. 폴라스트리가 리처드 에드워즈한테 말 한마디만 하면 MI6에서 E중대를 보낼 거야. 그게 네가 지금 빠져나가야 하는 이유고. 지금 당장. 네가 한족이라면 상하이는 넓은 도시지만, 그렇지 않은 한 이곳은 작은 시골마을이나 다름없다. 어디서든 그 여자와 마주칠 수 있어."

"그럴 일 없어요, 걱정 마세요. 하지만 그 여자한테 접근할 방법이 있다고요. 어쩌면 그 여자가 뭘 알고 있는지 알아낼 수도 있을지 모르고요."

"정말이냐?" 콘스탄틴이 내뱉은 담배연기가 미지근한 바람에 실려 떠내려간다.

"그 방법이란 게 뭔지 나한테 말해주겠니?"

빌라넬이 설명하자 콘스탄틴은 아무 말도 하지 않는다.

"그건 너무 위험해. 변수가 너무 많아. 결국 쓸데없이 이목만 끌게 될 게다." 침묵하던 콘스탄틴이 결국 말한다.

"나한테 그랬었죠, 그런 작전이야말로 내 전문 분야라고." 빌라넬이 뭔가를 헤아려보는 듯한 표정으로 콘스탄틴을 본다.

"두려움, 섹스, 그리고 돈. 이 세 가지면 설득 못할 게 없다고 했잖아요."

"너무 위험하다니까." 콘스탄틴이 이번에도 반대한다.

빌라넬이 고개를 돌린다. "이런 기회는 두 번 다시 오지 않을지도 몰라요. 기회가 왔을 때 잡아야죠."

콘스탄틴이 일어선다. 발코니로 나가서 담배를 다 피우고는 잠시 생각에 잠기는 듯하더니 담배꽁초를 허공으로 날려버린다.

"그 방법을 쓰더라도, 넌 계속 빠져 있거라. 내가 판을 짤 테니. 알겠니?"

방긋 웃는 빌라넬의 얼굴에는 호전적인 기색이 역력하다.

"제기랄." 이브가 전화기를 노려보며 말한다. "시작부터 망했어."

"무슨 일인데요."

이브는 흐트러진 호텔 침대에 앉아 있다. 작은 호텔방은 낡아빠진 대나무 가구와 멀리 보이는 강 전망이 전부다. 펼쳐놓은 여행 가방에서 속옷이 보인다. 이브는 사이먼이 아래층에서 만나자는 말에 동의해주었으면 좋았을걸 하고 생각한다.

"허스트야." 이브가 사이먼에게 전화기를 건넨다. "패닌 신용카드 추적이 끊겼대."

게리 허스트 경감은 빅토르 케드린 사건의 책임 수사관이다. 경감은 미심쩍은 부분이 있어 조사 중이었는데, 그 부분을 추적하다 보면 혹시 케드린 암살을 계획한 자들이 저지른 실수를 밝힐 수 있지 않을까 기대했다. 루시 드레이크가 호텔에 체크인할 때 쓴 카드는 도난 카드였는데, 줄리아 패닌은 경찰에는 카드 분실 신고를 했으면서 은행에는 분실 신고를 하지 않은 것으로 보인다. 그 덕분에 호텔에 카드를 등록할 때 들키지 않을 수 있었던 것이다.

다음과 같은 모순 때문에 허스트는 혼란스러웠다. 패닌은 자신이 해당 은행의 카드 분실 및 도난 센터에 전화를 걸었다고 주장했고 휴대전화 통화기록 조회 결과 그 주장은 사실로 밝혀졌다. 알고보니 해당 은행은 신용카드 고객 지원 센터를 영국 남서부 스윈던에 위탁했고, 허스트가 조사한 결과, 그 회사의 직원 중 한 명이 그 카드의 분실 신고가 접수되었는데도 카드 사용 정지를 하지 않아 카드를 계속 사용할 수 있게 조처해주었던 것이다. 의류, 항공권, 호텔비 등 수천 파운드에 달하는 비용이 2주에 걸쳐 해당 계좌에 청구되었고, 카드 사용 추적은 거기서 막혔다. 따라서 수사도 그 지점에서 멈췄다. 허스트가 보낸 문자는 이랬다.

현재 줄리아 패닌의 전화를 받았을 가능성이 있는 직원 90명 이상을 조사 중. 그러나 관련 기록이 삭제되어 결과를 장담할 수 없음.

"어떤 기적이 일어나서 허스트 경감님이 결과를 얻는다고 해도, 또 허탕만 칠 게 뻔하겠어요." 사이먼이 이브에게 휴대전화를 돌려주며 말한다.

이브가 휴대전화를 가방에 쓱 집어넣는다. "가서 진 치앙이나 만나보자고. 아래층에 택시가 대기 중일 거야."

2009년에 문을 연 페닌슐라 호텔은 70년 만에 와이탄 강변대로에 새로 들어선 건물로 주눅이 들 정도로 웅장하다. 로비 기둥은 아르데코 양식이고 전체적인 색조는 상아색과 광택 없는 금색이다. 널찍이 깔린 카펫이 흡음 효과를 발휘하여 대화 소리가 잘 들리지 않는다. 흰색 제복을 입은 벨보이들이 광대한 프런트 데스크와 소리 없이 조용히 움직이는 엘리베이터 사이를 조심조심 바지런히 오가고 있다.

온라인 카탈로그에는 이브의 민트그린색 원피스가 '시원하고 우아한 오피스룩 기본 아이템'이라고 나와 있었지만 엘리베이터 거울에 비친 모습을 보니 부적절한 복장인 것 같다는 느낌이 든다. 소매가 없는 원피스라서 겨드랑이 털을 밀다가 베는 바람에(아직도 겨드랑이가 꽤 심하게 따끔거린다) 중화인민공화국 국가안전부 MSS 고위 간부와 회의를 주관하면서 오른팔을 절대로 들면 안 될 처지가 된 것이다.

진 치앙은 스위트룸에 혼자 있다. 스위트룸은 운동장처럼 넓고 조명이 은은해서 호화롭게 휴식하기에 좋은 곳이다. 하늘색 커튼이 걸린 창문으로 강 전망과 저 멀리 푸둥의 마천루 전망이 내다보인다.

"폴라스트리 부인, 모티머 군. 뵙게 되어 영광입니다."

"이렇게 나와주셔서 감사합니다."

비단을 씌운 팔걸이의자에 앉으며 이브가 말한다.

"리처드 에드워즈하고는 좋았던 기억이 참 많습니다. 물론 건강하시겠지요?"

몇 분간 덕담이 오고간다. 비둘기색 정장을 입은 진은 말투가 차분하다. 미국 억양이 살짝 섞인 영국 영어를 구사한다. 인간의 행동이 변덕스러워 슬퍼지기라도 한 듯, 간간히 우수에 젖은 모습을 비치기도 한다.

"장 레이 중령 살인 얘기를 해보죠." 이브가 말문을 연다.

"좋습니다." 진 치앙이 깔끔하게 손질된 기다란 손가락을 첨탑처럼 우뚝 세운다.

"저희는 이번 사건이 영국 정부 요원이 사주한 것도, 집행한 것도 아니며, 그 밖에 어떤 식으로든 방조하지도 않았다는 저희 측의 확언을 전달하고자 합니다. 저희 정부는 귀하 쪽 부처와, 특히 자칭 화이트 드래곤이라는 자들의 활동과 관련하여 의견이 다릅니다. 저희는 나름의 근거가 있어 화이트 드래곤이 중국군 소속 부대라고 믿고 있습니다. 그렇다고 해도 저희는 의견 차이를 해소하기 위해 그런 방법을 택하지는 않았을 것입니다."

진이 미소를 짓는다.

"폴라스트리 부인, 뭘 잘못 알고 계신 것 같은데 화이트 드래곤은 중국인민해방군 소속이 아닙니다. 그자들은, 다른 유사 집단과 마찬가지로 독자적으로 행동하면서 이간질을 일삼는 말썽꾼에 지나지 않습니다."

이브가 외교적 수완을 발휘하여 고개를 숙인다. 이건 모든 중국발 사이버 공격에 대한 중국 정부의 공식적 입장이기 때문이다.

"저희가 상하이에 온 이유는 도울 수 있는 일이 있다면 무엇이든 돕기 위해서입니다. 특히 장 중령 살인 사건에 관해서라면 최선을 다해 돕겠습니다."

사이먼이 말한다.

"유감스럽게도 그는 중령이 아니라 민간인이었다니까요."

"아, 물론이지요. 사과드립니다. 하지만 리처드 에드워즈가 여성 암살범에 관한 의혹을 전달한 것으로 알고 있습니다만?"

"그랬지요. 저도 빅토르 케드린 사망 사건의 정황에 대해서는 잘 알고 있습니다."

이브가 의자에서 몸을 앞으로 내밀며 말한다.

"단도직입적으로 말씀드리겠습니다. 저희는 케드린을 죽인 여성이 장 레이도 죽였다고 믿고 있습니다. 또한 그 여자 단독으로 활동하는 것이 아니라 권력과 영향력이 상당한 조직을 위해 활동하고 있다고 믿고 있습니다."

"정말 단도직입적이시군요, 폴라스트리 부인. 장 레이와 빅토르 케드린에게 어떤 공통점이 있었기에 두 사람이 이 조직의 '제거'

대상이 된 것인지 여쭤봐도 될까요?"

"지금 시점에서는 말씀드리기 어렵습니다. 하지만 저희도, 미국 쪽 동료들도 장 레이의 죽음에 관여하지 않았다는 점을 다시 한 번 말씀드리고 싶군요. 물론 케드린의 죽음에도 마찬가지고요."

진이 두 손을 포개 무릎 위에 얹는다.

"그 확언 반드시 받아들여야겠는데요."

이브는 불현듯 겨드랑이에 난 상처를 떠올렸다. 순간적으로 모골이 송연해지면서 혹시라도 비단 의자에 핏자국을 남긴 건 아닌지 걱정이 된다.

"솔직하게 말씀드려도 될까요?" 이브가 묻는다.

"좋지요."

"리처드 에드워즈는, 저희도 마찬가지입니다만, 아직 정체가 드러나지 않은 어떤 은밀한 조직이 이런 살인들을 저지르고 있다고 믿고 있습니다. 그 조직의 목적이나 속셈은 저희도 모릅니다. 그 조직이 누군지, 몇 명이나 되는지도 모르고요. 하지만 그쪽에서 저희 조직에도, 제 전 직장인 MI5에도 사람을 심어놓았을 거라고 의심하고 있어요. 다른 정보기관에도 그랬을 것이 거의 확실하고요."

진이 얼굴을 찌푸린다. "제가 어떻게 도와드릴 수 있다는 건지 잘 모르겠군요."

이브는 이 회의가 자신도 걷잡을 수 없는 방향으로 나아가고 있다고 느낀다.

"현 상태에서 저희의 유일한 방법은 자금을 쫓는 것뿐입니다.

진 선생님, 서방 보안국 사람들 중에 제가 말씀드린 그런 조직을 위해 일하고 있거나 일하고 있을지 모르는 사람을 혹시 알고 계신가요?"

침묵이 이브 주위를 어지럽게 소용돌이친다. 이브는 너무나 부적절한 질문에 사이먼이 충격을 받았다는 것을 감지한다.

진의 얼굴은 여전히 침착하다. "차를 주문하는 게 어떨까요?" 진이 묻는다.

"내 검정색 카디건 못 봤어? 진주 단추 달린 애너벨 리 카디건?" 빌라넬이 묻는다.

대답 대신 들려온 것은 앨리스 마오의 신음 소리다. 앨리스는 조각 같은 얼굴에 기름칠 한 목재처럼 번들거리는 탄탄한 몸을 가진 젊은 남자와 마주한 채 침대에 누워 있다. 두 사람 다 실오라기 하나 걸치지 않았다. 실크 시트 속, 남자의 손은 앨리스의 다리 사이에서 리드미컬하게 움직이고 있다. 오후 2시 반이다.

"내가 분명히 여기 어디다 뒀는데." 빌라넬이 중얼거린다.

앨리스가 짜증을 내며 돌아눕는다. "부탁인데 그냥 침대로 와줄래?"

"쇼핑 가야 돼."

"지금?"

빌라넬이 어깨를 으쓱인다.

"켄을 찾는 사람이 얼마나 많은지 너도 알잖아. 그런 켄이 우리한테 선심을 쓰고 있다고. 시간을 쪼개서 이렇게 우리를 만나주고 있잖아." 앨리스가 말한다.

빌라넬이 켄의 사연을 알게 된 것은 앨리스의 설명을 듣고 나서였다. 그가 홍콩대 재학 시절, 실비아 플라스[미국의 시인이자 단편소설 작가로 젊은 나이에 자살로 생을 마감했다]의 후기 시에 관한 석사 논문을 완성했을 즈음 어떻게 호텔 한증막에서 스카우트 되었는지, 어떻게 중국에서 제일 유명한 포르노 스타, 켄 홍이 되었는지를.

큐 사인이라도 받은 듯, 켄이 시트를 확 들춘다. "숙녀분들, 크고 단단해졌다고요!"

앨리스가 깜짝 놀란다. "세상에, 영화랑 똑같잖아. 심지어 더 커. 자기야, 한번 만져라도 봐."

"미안하지만 진짜로 그 근처에도 갈 마음이 없거든. 난 내 검정 카디건만 있으면 돼. 혹시 쓸 만한 주방용품 살 만한 데 알아?"

"창화로에 있는 푸튀 상가에 한번 가봐요." 켄이 중국에서 가장 유명한 자신의 성기를 흐뭇하게 바라보며 말한다. "난 제빵 도구는 다 거기서 사요. 내가 니겔라[영국의 요리 전문가] 왕팬이거든요."

한 시간 후, 빌라넬은 CCTV의 위치를 눈여겨보면서 푸튀 상가의 수많은 통로 중 한 군데를 거니는 중이다. 여기는 업소를 위한 창고형 매장으로 온갖 주방가전과 그릇을 판매하고 있다. 선반마다 프라이팬, 냄비, 찜통, 전기냄비, 제빵용기, 반짝반짝 윤이 나는 양철제품이 높이 쌓여 있다. 정교한 케이크 스탠드와 기발한 젤리틀도 있고, 한쪽 통로에는 온통 웍만 있다. 새우를 하나씩 단시간에 튀기는 데 쓰는 소형 웍, 소 한 마리가 통째로 들어가도 될 만큼 큰 욕조 크기의 웍.

손님은 얼마 없다. 케밥 꼬치를 두고 조용히 티격태격 말다툼 중인 젊은 커플, 피곤해 보이는 얼굴로 쇼핑카트에 대나무 딤섬 찜기를 싣고 있는 남자, 화채 스푼을 뒤지면서 혼잣말을 하는 늙은 여자.

마지막 통로에서 빌라넬은 찾고 있던 물건을 발견한다. 중식도다. 채썰기와 깍둑썰기에 쓰는 예리한 중식도, 베고 분해하는 데 쓰는 묵직한 발골용 칼. 빌라넬의 눈길은 700그램짜리 강철 칼날에 호피무늬 단풍나무 손잡이를 써서 현지에서 만든 중식도, '추카보초'에 꽂힌다. 그립감이 좋다. 2분 후, 빌라넬은 칵테일 잔 열두 개와 종이우산 세트 두어 개 값을 내고 상점을 나선다. 어떻게된 일인지 추카보초 칼은 CCTV에도 잡히지 않고 빌라넬의 숄더백 바닥에 자리를 잡았다.

"알았어, 인정할게. 긴장돼." 이브가 말한다.

"데이트해본 적은 있는 거 맞죠?"

"이건 데이트가 아니야. 중국정보기관 수장과의 약속이지."

"그렇게 말씀하신다면야. 그 사람 선배 좋아하는 것 같던데요."

"사이먼. 그런 말 도움 하나도 안 되거든. 이 옷이 되게 불편해. 구두도 그렇고. 거의 걸을 수가 없을 지경이라고."

"그래도 귀여워 보여요. 그나저나 언제 만나기로 했어요?"

"10분 뒤에 아래층으로 데리러 오겠대. 자기는 뭐 할 거야?"

"난 강변로 산책이나 할까 했죠."

사이먼이 어깨를 으쓱한다.

"어쩌면 어디 들어가서 칵테일 한잔 할지도 모르고요."

"잘 다녀오고. 난 아래층에 가서 기다리려고."

"즐거운 시간 보내요."

뾰로통한 얼굴로 사이먼에게 따끔한 시선을 던진 이브는 새로 산 릴리안 장 칵테일 드레스와 메리칭[상하이의 고급 신발 브랜드] 하이 힐(경비 청구할 생각을 하니까 간담이 서늘해진다) 때문에 약간 비틀거리면서 나가기 전 마지막으로 거울을 들여다본다. 인정하긴 싫지만 꽤 멋져 보인다. 호텔 미용사는 심지어 이브의 칙칙한 갈색 머리를 프렌치 롤 비슷하게 바꿔놓는 마법을 보여주기까지 했다.

"화장 너무 과하거나 그런 건 아니지?"

"아니에요! 아니니까 빨리 가요."

과장이 아니라 초대를 받아서 정말 깜짝 놀랐다. 페닌슐라 호텔 스위트룸에서의 회의는 이브가 진 치앙에게 부적절한 질문을 한 이후 교착 상태에 빠졌다. 스파이들은 자기들끼리도 본인이 적극적으로 스파이 활동 중이라고 인정하는 걸 극도로 꺼린다. 장 레이 살인 사건을 한 시간 정도 더 논한 후, 이브가 챙겨온 케드린 살인 사건 조사 관련 서류 일체를 건네는 도중, 진이 회의를 중단시키더니 이브와 사이먼을 로비로 배웅했다.

화려한 아르데코 양식에 둘러싸인 로비에서는 똑같은 분위기의 비즈니스맨들이 똑같이 소리를 낮춘 목소리로 대화에 한창이었다. 두 사람이 기둥이 떠받치고 있는 현관 아래에서 악수를 나눌 때, 진이 머뭇머뭇 말을 꺼냈다.

"폴라스트리 부인, 제가 부인께 상하이 구경을 좀 시켜드려도 될까요? 혹시 오늘 저녁에 시간 되십니까?"

"네, 괜찮아요." 이브는 대답을 하면서도 놀라웠다.

"잘 됐군요. 부인께서 묵고 계신 호텔로 8시에 모시러 가겠습니다."

감사 인사를 하려고 입을 여는 이브를 뒤로 하고 진은 이미 소리도 없이 멀어지고 있었다.

진은 저녁 8시 정각에 도착한다. 맵시 있는 검은색 정장을 입고 넥타이 없이 셔츠 위 단추를 풀어놓은 채 스쿠터를 타고 나타난 모습은 이브가 불과 몇 시간 전에 만났던 신중한 고위 정보요원과는 딴판이다.

"폴라스트리 부인, 굉장히…… 눈이 부시군요."

진이 예의 바른 미소를 지으며 산뜻한 제비꽃 여러 송이를 실크 리본으로 묶은 꽃다발을 건넨다.

이브는 마음이 들뜬다. 그러다 지구 반대편에서 지루해 죽으려는 10대한테 중등교육 자격 검정시험 대비 수학을 가르치고 있을 니코를 생각하니 죄책감에 마음이 찔린다. 진에게 감사인사를 한 후, 이브는 이슬 머금은 제비꽃 묶음을 티슈로 감싸고는 가방에 넣는다.

"준비되셨나요?" 진이 이브에게 헬멧을 건네며 묻는다.

"네."

이브는 상하이 여자들이 하듯 두 다리를 한쪽으로 모아 옆으로 곁안장에 앉는다.

두 사람을 태운 스쿠터는 지나가는 자동차 행렬에 들어선 다음 난징둥로로 향한다. 상하이에서 가장 분주한 도로답게 정체가 심하고 배기가스에 숨이 막힐 지경이다. 진은 엉금엉금 기어가는 자동차 사이를 능숙하게 이리저리 누비다가 빨간불에서 멈춰 선다.

발밑에서 부르릉거리는 스쿠터에 타고 있는 이브의 시야에 눈에 띄게 아름다운 사람이 언뜻 비친다. 그 사람은 인도에서 이브 쪽을 향해 걸어오고 있다. 균형 잡힌 날씬한 몸매에 청바지와 진주 단추가 달린 검정색 카디건을 입은 젊은 여자다. 짙은 금발은 선이 고우면서도 날카로운 이목구비 뒤로 매끄럽게 넘겨져 있다. 보일 듯 말 듯 일그러진 육감적인 입술.

이브는 한참 동안 그 여자를 관찰한다. 저 얼굴, 본 적이 있는 얼굴인가, 아니면 그냥 기시감일까? 이브의 시선을 느끼기라도 한 듯, 여자도 이브를 쳐다본다. 여자는 맹금류의 아름다움을 지니고 있지만, 이브는 지금까지 저렇게 인간이 아닌 듯 텅 빈 눈빛은 어디서도 본 적이 없었다. 신호가 바뀌어 스쿠터가 덜컹거리며 앞으로 나아가자 기온이 1~2도가량 떨어진 것 같았다.

5분 뒤, 두 사람은 꼭대기에 층층 구조의 네온 첨탑이 있는 웅장한 아르데코 양식 건물 밖, 교차로에서 멈춰 선다. 오래된 건물의 외관을 따라 알록달록한 조명이 위아래로 빠르게 깜빡거린다. 지붕이 있는 주랑 현관 위로, '파라마운트'라는 글자가 석양빛으로 이글거린다.

"춤추는 거 좋아하십니까?"

"전…… 네. 좋아해요, 사실." 이브가 대답한다.

"파라마운트는 1930년대부터 유명했던 명소입니다. 춤을 추고 싶다, 그러면 여기 오죠. 폭력 조직, 상류층, 아름다운 여자들……."

이브가 미소를 짓는다.

"그 시절이 돌아오길 바라고 계신 것 같네요."

진이 스쿠터 자물쇠를 채운다.

"참 흥미로운 시대였으니까요. 하지만 요즘도 흥미롭긴 마찬가지죠. 가십시다."

진을 따라 세피아 톤 사진들이 걸린 현관 입구를 지나니 작은 승강기가 나온다. 승강기는 그들을 느긋하게 4층으로 데려다준다. 댄스홀은 금도금을 하고 붉은 플러시 천을 댄 뮤직박스처럼 보인다. 무대 위에서는 바닥에 끌리는 이브닝드레스를 입은 중년 가수가 허스키한 목소리로 '바이 바이 블랙버드Bye Bye Black Bird'를 부르는 동안, 열 커플 정도가 신중하게 퀵스텝을 밟으며 캔틸레버 구조[한쪽 끝이 고정되고 다른 끝은 받쳐지지 않은 상태로, 형태만 놓고 보면 다이빙대 같은 구조]의 댄스플로어 여기저기를 돌고 있다.

진은 이브를 부스 안 테이블로 안내하고는 콜라 두 잔을 주문한다.

　"일이 먼저겠지요?" 진이 묻는다.

　"일이 먼저죠." 이브가 달착지근한 콜라를 홀짝이며 동의한다. 한 커플이 말없이 두 사람 옆을 미끄러지듯 지나간다.

　"지금부터 내가 하는 말, 절대로 옮기면 안 되는 겁니다, 아시겠죠?"

　이브는 고개를 가로젓는다.

　"오늘 이 대화는 나눈 적 없는 겁니다. 우린 춤 얘길 했어요. 상하이 구시가지의 밤 문화 얘길 했고요."

　진이 긴 의자에서 이브 쪽으로 더욱 가까이 다가가더니 고개를 이브 쪽으로 기울인다.

　"알다시피 이제는 고인이 된 우리의 친구는 구시가지에 있는 어떤 건물에서 살해당했습니다. 그 친구는 수술성애자였고, 피학성애자였어요. 우린 그걸 알고 있었죠. 그 친구는 6주에 한 번 꼴로 그 집에 가서 성매매 전문가한테 돈을 주고 가상놀이를 했어요. 이런저런 의료시술을 받는 척하는 거였습니다. 그런 데 드나드는 만큼 굉장히 신중을 기해서 동료들은 전혀 모르고 있었죠."

　"하지만 부서가 알아차렸으니 그렇게 신중하지는 못했던 거네요. 결과적으로."

　"결과적으론 그렇죠."

　이브는 진이 장 레이가 국가를 위해 일했다는 점을 사실상 시인하고 있음을 알아차린다.

"그러니까 지금 우리가 노리고 있는 이 조직은 광범위하고 장기적인 감시 작전을 개시할 수 있는 조직이거나……."

이브가 망설인다.

"당신네 부서가 획득한 정보에 접근할 수 있는 조직인 거네요."

진이 얼굴을 찌푸린다. "당연히 전자죠. 후자는 가능성에 지나지 않고."

이브가 천천히 고개를 끄덕인다. "어느 쪽이든, 세력 범위가 어마어마하고 수준 높은 조직이란 거네요."

"그렇죠. 그리고 나도 영국이나 미국이라는 생각은 하지 않았어요. 그 사실이 발각될 경우 경제적 여파가……."

"국가적 재난 수준이겠죠?" 이브가 말한다.

"맞아요. 바로 그겁니다."

"그러면 누구 소행일지 혹시 다른 아이디어 없으신가요?"

"지금 당장은 사실 없지만 러시아 쪽을 빼놓을 순 없죠. 특히 말씀하신 대로, 빅토르 케드린 사망 사건이 동일한 조직 소행이라면 더더욱. 그래서 우리도 그 조직에서 보낸 여자에 대해서 더 알아내려고 백방으로 노력 중입니다. 그 여자가 뒷문 계단으로 들어와서 자칭 간호사 우라는 성매매 여성을 제압한 다음 우리의 친구를 일산화탄소 중독으로 제거한 것까지는 우리도 파악했습니다. 그런데 그 성매매 여성은 가해자가 여성이라는 점 말고는 아무것도 기억을 못하더군요."

"사망 원인이 일산화탄소 중독인 게 확실한가요? 이 간호사라는 사람을 보면 사고였을 리도 없지 않아요? 결국 그 여자는 마취가스든 뭐든 투여할 자격이 없는 가짜였으니까."

"그 여자가 자기 '환자'한테 준 유일한 가스는 순수한 산소밖에 없었다고 해요. 우리가 거기 있던 탱크를 전부 조사해봤습니다. 공교롭게도, 그 여자는 부업으로 성매매를 하고 있지만 푸둥에 있는 개인 병원에서 일한 적이 있는 전문 간호사였더군요. 그러니까 자기가 뭘 투여하고 있는지 잘 알았을 겁니다. 게다가 일산화탄소 중독 증세는 잘못 알아볼 여지가 없기도 하고요."

"선홍색 입술하고 피부요?"

"그렇죠. 병리학자도 확신을 했어요."

"그런데 일산화탄소 탱크나 금속 용기의 흔적이 없었다고요?"

"없었어요, 범인이 가져간 거죠."

"이 전직 간호사가 범인이 여자라고 그렇게 확신하는 이유는 뭐래요?"

"우는 뒤에서 잡힐 때 자기 등에 여자 가슴이 닿는 느낌이 났다고 했습니다. 그리고 입을 막은 손이 힘은 셌지만 남자 손이 아니었다고도 했고요."

"정말 확실하대요?"

"확실하답니다. 거기다 뒷문 계단 비상구 맞은편 당펭로에서 길거리 음식을 파는 남자도 있어요. 그 남자는 그 건물이 뭐 하는 데인지 알고 있었는데, 남자들만 그 문으로 나온답니다. 그래서 그

문에서 여자가 보이니까 기억에 남았대요."

"여자 인상착의는 기억한대요?"

"아뇨, 남자 말이 서양 여자들은 자기 눈에 다 똑같아 보인답니다. 야구모자밖에 기억을 못 하더군요, 뉴욕 양키스."

"우리 살인범은 투명인간이 되는 데 아주 능숙하군요. 케드린 살인 사건 자료는 좀 도움이 됐나요?"

"굉장히 도움이 많이 됐습니다. 저희 조직에서도 굉장히 감사하게 여기고 있어요, 폴라스트리 부인. 호텔에서 찍힌 여성의 사진을 당펭로에서 일하는 사람들한테 보여줬더니 몇몇은 그 여자를 그날 봤을지도 모른다고 했어요."

"확실히 봤다는 사람은 없고요?"

"없었습니다, 유감스럽게도."

"화질이 굉장히 떨어지는 사진이긴 하죠. 얼굴도 안 보이고. 그러니 확답을 못 하는 것도 무리는 아니겠네요."

"그래도 아주 감사하게 생각하고 있습니다. 물론 비자도 대조하고 국경 검문소도 감시 중입니다. 외국인이 방문할 만한 호텔과 클럽, 식당 등 모조리 다니며 탐문하고 있고요."

"가능한 모든 수단을 동원하고 계실 거라 믿어 의심치 않습니다."

"옳은 말씀입니다." 진이 미소를 짓는다. "이제 춤추러 나가실까요?"

사이먼은 용과가 든 마티니를 손에 들고 스타 바에서 얼마 남지 않은 빈자리 쪽으로 향한다. 좌석에는 얼룩말 가죽이 씌워져 있다. 니키 미나즈의 '보스 애스 비치Boss Ass Bitch'가 보이지 않는 곳에 설치된 스피커에서 쿵쾅거리며 흘러나오는 가운데 바에는 순식간에 사람들이 들어차고 있다. 사이먼은 디젤 청바지에 면 재 킷 차림이다. 이 바를 고를 때 참고한 론리 플래닛 가이드북(중국에 살면서 돈을 물 쓰듯 쓰는 외국인들에게 인기 많은 술집으로 소개되어 있다) 때문에 재킷 오른쪽 주머니가 묵직하다.

사이먼은 이브가 자신의 상사고 이곳이 진의 본거지라는 것 도 잘 안다. 따라서 이브에게 불만을 표할 생각은 조금도 없지만, 그럼에도 이브가 자신 없이 진과 함께 밤에 시내로 놀러나간 것 이 그다지 마음에 들지 않는다. 이따가 돌아와서 그 자리에서 나 눈 얘기를 모조리 다 해줄 거라면 모를까, 이브가 적어도 같이 가 자고 권하기라도 했다면 더 좋았을 것이다. 사이먼은 이브를 굉장 히 좋아하는데 약 오르게도 반쯤 보호본능 같은 감정이다(오 마이 갓, 그 패션 센스를 어쩐다). 게다가 사이먼은 여자 상사를 증오하는 그런 한심한 부류도 아니다. 하지만 그 똑똑한 머리를 가지고도 이브는 가끔씩 너무나 무신경하게 굴 때가 있다.

사이먼은 뒤숭숭한 기분으로 얼룩말 가죽 의자에 앉으면서 마티니를 쭉 들이켠다. 스타 바의 실내장식은 아무리 상하이라 고 해도 너무 엉뚱하다. 선명한 진녹색 가오리 가죽 벽에는 포 르노에 가까운 그림들이 걸려 있고, 벽난로는 검정 대리석 재질 로 되어 있으며, 거대한 포르투니[스페인 태생의 패션 디자이너 겸 조명 엔지니에퐁 샹들리에가 머리 위에서 빛을 발하고 있다. 전체적인 느낌은 어처구니없지만, 유혹적이기도 하고 막연하게 악마적이기도 하다.

불덩이처럼 센 마티니는 달콤한 첫맛으로 사이먼의 미뢰를 어루만지는가 싶더니 얼음을 넣은 베리 브라더스 넘버쓰리 진으로는 소녀를 흠뻑 적신다. 사이먼은 눈을 반쯤 감고 맛을 음미한다. 향나무, 자몽 맛 약간, 그리고 섹시하면서 도발적인 용과의 달콤한 맛. 쾌락으로 뇌가 몽롱해진 사이먼은 '죽여줘'라고 속삭인다. '바로 이거야.' 주위에서는 부티 나게 차려 입은 한량들이 이리저리 돌아다니고 있다. 친구들, 직장 동료들, 연인들……. 왜 항상, 맨날 이런 식일까? 다른 사람들은 흥청망청 즐기면서 마음 편하게 노는데, 자신만 유리잔에 얼굴을 들이민 채 투명인간이 되어 있다.

"혼자예요?"

자신한테 한 질문일 리가 없다는 생각에 사이먼은 처음에는 알아차리지 못한다. 그러다 옆에 있는 검은 머리의 호리호리한 형상이 점차 또렷해진다. 사이먼은 눈꼬리가 올라간 장난기 어린 눈, 활짝 웃어서 생긴 보조개, 날카롭고 작은 치아를 입력한다.

"그런 것 같네요."

"그러면 여긴 처음? 전에 본 기억이 나는 것 같은데."

"사이먼이라고 해요. 상하이에는 며칠 전에 왔는걸요."

사이먼은 여자를 보면서 라일락 빛깔의 배꼽티 위로 봉긋 솟은 가슴, 늘씬하고 아담한 복부, 스키니 진과 끈 달린 예쁜 신발에 감탄한다. 여자는 사이먼이 이제껏 본 인간 중 단연 가장 아름다운 인간이다.

"안녕, 난 제이니." 여자가 말한다.

진 치앙은 훌륭한 춤꾼이다. 고음에서 저음으로 뚝 떨어지기도 하고 소름이 돋기도 하는 '문 리버' 가락에 맞춰 한 손으로는 이브의 손을 잡고 다른 한 손으로는 맨살이 드러난 등을 잡은 채, 이브를 노련하게 리드하면서 왈츠를 추면서 댄스플로어를 누빈다. 너무 비싸기는 했지만 이브는 그 칵테일 드레스와 구두를 사서 다행이라고 생각한다.

"1930년대에 살아봤으면 하고 바라지 않으세요?"

"그땐 불평등이 심했던 시대였고, 어렵게 산 사람들도 많았죠."

"저도 알아요. 하지만 우아하기도 했고 화려했잖아요."

"혹시 중국 영화를 좀 아시나요, 폴라스트리 부인?"

"죄송하지만 잘 몰라요."

"제가 정말 좋아하는 영화가 있는데 1930년대 상하이에서 제작된 〈신녀〉라는 영화입니다. 무성영화죠. 굉장히 슬프답니다. 굉장히 아름답고 비극적이었던 여배우 롼링위가 나오죠. 얼굴이나 움직임으로 풍부한 감정을 보여준 배우였어요."

"훌륭한 배우였을 것 같네요."

"자살했습니다, 스물넷에. 불행한 사랑을 했거든요."

"어머나, 정말 비극적이네요."

"그렇죠. 요즘 상하이에서 사랑 때문에 자살할 사람은 별로 없을 테죠. 다들 돈 버느라 너무 바빠서."

"듣자 하니 로맨티스트인 것 같네요, 진 선생님?"

"얼마 안 되지만 우리 로맨티스트들은 아직 건재하답니다. 비밀리에 활동하고 있을 뿐."

"스파이처럼요?" 이브가 넌지시 묻는다.

두 사람 모두 미소를 짓는 순간 '문 리버'가 끝난다. 담청색 네온 불빛이 깜박거리며 무대를 비추자 가수가 '이파네마에서 온 소녀The Girl from Ipanema'를 이어 부른다.

"폭스트롯이네요. 제가 가장 좋아하는 춤이죠." 진이 말한다.

"유감스럽게도 저한테 붙잡힌 신세네요. 왼발만 두 개나 다름없는 저 같은 상대하고."

"정말 왼발이 두 개인가요? 진짜로?"

"그냥 표현이에요, 몸치라는 의미의."

"저라면 폴라스트리 부인을 두고 그런 말은 절대로 안 하죠."

30분 후, 두 사람은 다시 스쿠터에 올라타 네온 불빛이 화려한 거리를 신나게 달린다. 이브는 즐기고 있었다. 진은 관심사가 다양한 사람이다. 후난 요리[중국 후난성의 향토 요리로 중국 8대 요리에 속함], 옛날 중국 영화, 그중에서도 포스트 펑크 음악. 진이 가장 좋아하는 밴드는 '갱 오브 포Gang of Four'라고 한다.

"그런 이름을 가진 밴드를 어떻게 안 좋아할 수 있겠어요?"

더불어 이브는 겉으로 드러난 그 모든 냉소적인 면에도 불구하고, 진 치앙에게는 강철같이 굳건한 면이 있다는 사실을 알아차린다. 궁지에 몰리면, 이 남자는 힘든 선택일지언정 실용적인 결정을 내릴 것이다.

두 사람은 어떤 골목에 있는 평범하기 짝이 없는 건물 앞에서 멈춘다. 진이 문을 열자, 기름 냄새 나는 증기가 얼굴을 훅 덮친다. 사람들이 바글바글하고 소음이 너무 커서 귀청이 떨어질 지경이다. 모두들 목청 높여 소리를 지르는 듯한 와중에 주방에서는 팬과 웍이 달그락거리는 소리가 끊임없이 들려온다. 출입구에 서 있던 이브를 어떤 나가는 손님이 거칠게 밀친다. 진이 이브의 팔을 잡고 작은 계산대 쪽으로 끌고 간다. 기름투성이 앞치마를 두른 왜소한 할머니가 나오더니 두 사람을 플라스틱 테이블로 안내한다. 눈을 가늘게 뜨고 이브를 쳐다보던 할머니가 진에게 표준중국어로 빽 하고 소리를 지른다.

"할머니 말씀이 제가 아주 못된 남자라네요. 내가 당신을 헌팅한 줄 아시는 것 같아요."

이브가 웃는다.

"메뉴 고를 때 저 좀 도와주셔야겠는데요."

진이 벽에 핀으로 고정해놓은 기다란 종이를 자세히 살핀다.

"청주를 넣은 황소개구리 어때요?"

결국 매운 새우 꼬치와 쯔란을 뿌려 구운 갈비로 주문하고 시원한 맥주를 곁들이기로 한다. 이브가 지금까지 먹어본 음식 중에서 가장 맛있는 최고의 음식이다.

"잘 먹었어요. 맛이 정말 끝내줬어요." 더는 못 먹을 만큼 먹었을 때 이브가 말한다.

"괜찮은 편이죠." 진이 맞장구를 친다. "대화하기도 좋고."

이브는 진이 한 말의 진의를 알 것 같다. 이 정도 소음이면 도청은 불가능할 것이다.

"드릴 게 있습니다." 진이 테이블 밑, 이브의 무릎 위에 밀봉한 봉투를 하나 놓는다.

이브는 움직일 수도 말을 할 수도 없다.

"지금 제 경력을 거는 거나 마찬가집니다, 폴라스트리 부인. 당신 말이 맞다면, 우리에게는 공동의 적이 있는 겁니다. 당신이 말한 그 조직 말입니다. 그러니 협력해야 합니다. 하지만 베이징에서도 그렇게 생각할지는 좀 의문입니다. 그래서 말인데……."

"잘 알겠습니다." 이브가 조용히 말한다. "정말 감사해요. 실망시키지 않겠어요."

사이먼은 제이니의 비밀을 곧바로 알아본다. 아마도 제이니의 손 때문인 듯하다. 아니면 제이니의 광대뼈와 입 때문일까? 하지만 상관없다. 사이먼은 이미 마음을 빼앗겼으므로.

제이니는 보육 시설에서 일하면서 예술 극장 근처 징안구에 있는 침실 하나짜리 아파트에 살고 있다고 한다. 대화 내내 제이니는 사이먼에게 시선을 고정한다. 지금까지 그 누구도 사이먼을 이렇게 바라봐준 사람은 없었다. 부드러우면서 당돌한 시선. 기다란 갈색 눈은 끝까지 사이먼의 눈을 떠나지 않는다.

대학 때 우쿨렐레 밴드에서 연주를 하던 영문과 여학생이 있었다. 사이먼은 가끔씩 그 여학생과 잠자리를 가졌지만 상대가 자기한테 기대하는 것이 무엇인지 알 수 없었다. 결국 관계는 흐지부지되다가 두 사람은 친구 사이가 되어버렸는데, 둘 다 그 편을 훨씬 편하게 받아들였다. 사이먼은 자신이 혹시 게이가 아닐까 궁금한 마음에 실험차 남자 지도교수의 유혹을 그대로 받아들여보기도 했다. 그 지도교수는 그레고리오 단선율 성가와 엉덩이 때리기를 굉장히 좋아하는 중세 연구가였다. 그 일 역시 잘 풀리지 않자, 사이먼은 섹스라는 것 자체를 무시하고 공부에만 집중하기로 했다. 결국 학교를 떠날 때 사이먼에게 남은 것은 최우수 등급 학위와 종잡을 수 없는 갈망밖에 없었다. 무엇을 갈망하는 건지, 누구를 갈망하는 건지도 모르는 채 근 1년간 섹스도 직업도 없이 혼자 살았다. 그러던 어느 날, 어떤 친구가 그에게 장난으로 MI5의 채용 페이지 링크를 이메일로 보냈다. 출근 첫날부터, 사이먼은 그 은밀한 세계가 편안하게 느껴졌다.

사이먼이 제이니에게 '일 때문에 왔다'고 말하자 제이니는 무척 마음에 들어 하는 것 같다. 제이니는 사이먼에게 좋아하는 것과 싫어하는 것을 묻는다. 지금까지 본 영화에 대해, 뮤직비디오에 대해, 보이밴드에 대해, 유명인사에 대해, 쇼핑과 패션에 대해. 남들은 젊은 층이나 좋아할 만한 이런 유치한 세계관에 짜증을 냈을 것이다. 하지만 제이니는 넋을 잃고 듣는다.

용과 마티니를 두 잔 더 마신 후(가슴 아프게도 제이니는 스프라이트를) 두 사람은 춤을 추는 중이다. 플레이리스트는 대중적인 팝송이고 제이니는 전 곡을 따라 부른다. 사이먼은 대단한 춤꾼은 아니지만 어차피 댄스플로어가 꽉 차서 발을 끌거나 고개를 끄덕이는 것밖에 할 수 없다. 템포가 느려지자 사이먼은 양손을 제이니의 골반에 얹는다. 사이먼은 부드럽게 흔들리는 제이니의 골반을 느끼면서 위로 올린 머리에 꽂아놓은 재스민 꽃향기를 들이마신다. 술기운에 사이먼이 제이니를 가까이 잡아당기자 제이니가 고개를 그의 어깨에 올린다. 혹시 누가 훔쳐갈까 무서워서 감히 못 벗었던 재킷에 제이니의 가슴이 눌리는 느낌이 자꾸만 난다. 두근거리는 심장을 느끼며, 사이먼은 자신의 입술을 관자놀이께에서 흘러내려온 제이니의 부드러운 머리카락에 살짝 댄다. 제이니가 자신의 입술을 못 느낄 거라고 생각했지만 아니다. 고개를 뒤로 젖힌 제이니의 입술은 벌어져 있다.

제이니에게 키스를 하면서 혀끝에 감도는 달콤함을 느낀 사이먼은 자신이 너무 가벼워져서 혹시 의식을 잃지는 않을까 하고 생각한다. 입술을 그의 귓가로 옮겨간 제이니는 고양이처럼 작은 이빨로 그의 귓불을 깨문다.

"내가 여자이기만 한 건 아니라는 거 알죠." 제이니가 속삭인다.

사이먼은 알고 있다. 자신의 허벅지 부근에서 부풀어 오른 물건을 느꼈기에.

"괜찮아요, 제이니. 정말로." 사이먼이 말한다.

씨버드 호텔에 돌아온 이브는 사이먼의 방문을 두드리지만 여전히 외출 중인지 답이 없다. 이브는 사이먼이 재미있게 놀고 있기를 바란다. 사이먼은 좋은 친구이자 동료지만 이렇게 긴장을 풀기회도 있어야 한다.

이브는 자신의 방으로 돌아가 진이 준 봉투를 꺼낸다. 그 안에는 A4 용지 한 장이 들어있는데, 해외 은행 두 지점 사이의 자금이체 기록을 인쇄한 듯하다. 은행과 예금주는 숫자 부호로만 표시되어 있다. 문제의 액수는 17만 파운드가 조금 넘는 액수다.

이브는 그 종이가 왜 중요한지 알아내려고 한동안 뚫어져라 쳐다보다가 봉투에 다시 집어넣고는 여행 가방에 넣고 잠근다. 이브가 알기로 진은 내일 베이징으로 돌아갈 예정이다. 장 레이 살인사건 조사는 계속 진행되겠지만 이브가 도울 수 있는 건 이제 없다. 이제 사이먼과 함께 런던으로 돌아가 리처드 에드워즈에게 보고하고 진이 사적인 위험을 불사하고 준 단서를 조사해야 할 때다. 거기다 니코하고 틀어진 것도 하루 빨리 바로잡아야 한다. 집으로 빨리 돌아가고 싶기도 하지만, 이브의 일부는 상하이와 상하이의 화려하고 이국적인 분위기, 온갖 냄새와 빛깔을 그리워할 것이다. 인정하긴 싫지만 또 다른 일부는 진 치앙을 그리워할 것이다.

침대에 누워 이브는 그날 저녁을 순간순간 되새겨본다. 특히 춤을 추던 순간을. 열린 창문으로 희미한 바람이 들어오고, 바람과 함께 코를 찌르는 쑤저우강의 썩은 물 냄새도 딸려온다. 쉽사리 잠이 오지 않는다.

현실과 꿈 사이를 오가면서 사이먼은 전에는 상상조차 하지 못했던 마음의 평안을 알아간다. 옆에서 제이니가 돌아누우며 졸린 눈으로 기지개를 켠다.

"자기야, 나 좋아해줄 거지? 섹스 상대로 이용만 하지 않을 거지? 아— 아— 신음한 다음에 '빠이빠이 제이니' 하고 헤어지는 거 아니지?" 제이니가 속삭인다.

'좋아해달라고?' 사이먼은 이렇게 말하고 싶다. '당신은 내가 꿈에 그리던 이상형이야. 당신과 인생을 함께 하기 위해서라면 내일도, 조국도, 내가 알고 있고 믿고 있는 모든 것도 버릴 수 있어.' 하지만 아무 말도 하지 않고 대신 제이니 왼쪽 가슴의 완만한 곡선에 천천히 키스를 한다. 제이니는 한동안 가만히 사이먼을 바라본다. 잠시 후 눈을 위로 치켜뜬 제이니가 자신의 젖꼭지를 잡아당겼고 두 사람은 다시 서로를 탐하기 시작한다.

얼마 후 잠에서 깬 사이먼은 반쯤 감긴 눈을 통해 제이니가 까치발로 방안을 살금살금 서성이는 모습을 본다. 엉덩이가 날씬한 나신, 어깨에서 찰랑이는 긴 머리칼. 처음 제이니가 이곳에 데려왔을 때, 사이먼은 집이 소박한 것을 보고 감동을 받았다. 저렴한 서랍장과 화장대, 분홍색 커튼과 침대보, 벽에 붙은 헬로 키티 포스터. 제이니가 사이먼의 옷에 손을 대고 있다. 하나 있는 의자에 걸어놓았던 재킷을 더듬더듬 뒤지는 중이다. 날씬한 손이 사라지더니 순식간에 그의 휴대전화를 쥔 채 다시 나타난다. 몇 초간 동경하는 눈빛으로 휴대전화를 바라보더니 제자리에 놓는다. 그 행동을 보고 사이먼은 가슴이 뭉클해진다. '저런 물건은 제이니 형편으로는 꿈도 못 꾸는 물건이겠구나.'

잠시 후, 제이니가 눈 깜짝할 사이에 옷을 입는다. 흰 팬티에 청바지와 티셔츠를 후다닥 입은 후 운동화에 발을 구겨 넣는다. 제이니가 발끝으로 살금살금 사이먼 쪽으로 다가오는 것을 보고 사이먼은 잠든 척한다. 제이니는 바로 위에서 숨소리가 들릴 정도로 사이먼 가까이 몸을 숙이더니 조용히 뒷걸음질을 친다. 눈을 뜬 사이먼은 제이니가 자신의 재킷에 다시 손을 집어넣어 휴대전화를 꺼내더니 부리나케 밖으로 나가는 모습을 본다.

사이먼은 충격이 너무 심한 나머지 몸을 움직이지 못하고 한동안 꼼짝없이 누워 있다. 잠시 후, 침대에서 벌떡 일어나 창의 블라인드를 걷어 올린다. 가로등 아래로 제이니 모습이 잠깐 보이더니 빠르게 움직여 어디론가 사라진다.

사이먼은 두려움에 사로잡힌 채, 옷을 입고 비좁은 계단을 뛰어내려가 거리로 나간다. 두 사람이 침대에 있는 동안 비가 온 모양이다. 대기에서 젖은 길바닥 냄새가 풍긴다. 사이먼은 숨을 헐떡거린다. 발도 아프고 셔츠는 땀으로 흠뻑 젖어 있다.

하지만 제이니가 앞서가고 있으니 그 뒤를 쫓아야만 한다. 이런 개같은 경우가 다 있나? 그야말로 이런 개같은 경우가 어떻게?

세상에서 제일 낡은 구닥다리 사기 수법에 내가 속수무책으로 넘어간 건가? 이브와 리처드 에드워즈가 이 일을, 조금이라도 알았다간 끝장이다. 어이가 없을 정도로 전문가답지 못했던 실수는 잊는다 치더라도, 치밀어 오를 굴욕감은 어쩐단 말인가. 나이트클럽 성전환자의 미인계에 넘어가다니. 거시기 달린 계집한테 넘어가다니. 얼마나 순도 100퍼센트 등신처럼 보일까.

기회는 단 한 번밖에 없다. 제이니를 쫓아가서 어떻게 해서든 휴대전화를 되찾으면……. 어쩌면, 정말 어쩌면 제이니는 자기가 말한 대로 딱 그런 사람일지 모른다. 최신 외제 휴대전화를 훔쳐 몇 푼 벌 기회를 떨치지 못한 것뿐일 수 있다. 사이먼은 인파를 헤치고 이리저리 빠져나가는 동안 후텁지근한 밤공기를 폐로 끌어들이며, 마음속으로 기도하고 또 기도한다. 제발 제이니가 단순한 휴대전화 도둑이기를. 용서할 수 있는 일이기를. 제이니와 함께 돌아갈 수 있기를. 살아가는 동안 앞으로 다시는 그렇게 온몸을 부둥켜안고서 꿈결 같은 행복을 누리지 못할 거란 걸 사이먼은 알고 있다.

이제 거리도 좁아지고 인파도 점차 줄어들고 있다. 짓다 만 주택 사이 전선에 매달린 백열전구가 가로등을 대신하고 있다. 무관심한 얼굴들이 늘어진 차양 아래서 고개를 들어 지나가는 사이먼을 지켜본다. 지금까지 문을 열고 장사를 하는 노점이 몇 군데 있어 숯불 위에 지글지글 음식 익는 소리가 나는 웍도 몇 개 있다. 사이먼은 이동 속도를 늦춘다. 흔들흔들 위태한 테이블 위에 아직도 살아 꿈틀거리는 무언가가 담겨 있는 플라스틱 그릇이 놓여 있어 이걸 피하기 위해서다.

제이니는 아직도 40여 미터 앞서고 있고(빌어먹을, 제이니는 걸음이 빠르다) 이제 두 사람은 신규 주택 단지 같은 곳에 와 있다. 회반죽으로 마감한 벽돌 주택 단지에는 가로등 없는 샛길이 격자무늬로 가로지르고 있다. 인적이 거의 없는 지역이라서 제이니가 뒤돌아서면 사이먼을 볼 수밖에 없다.

사이먼은 어둠에 몸을 숨긴 채 시계를 확인한다. 새벽 2시가 다 되었다. 제이니를 소리쳐 부르고 싶어 입이 근질거리지만 진실을 알아야 한다.

제이니가 어떤 건물 입구에서 벨을 누른다. 한 30초쯤 지나자 사람 형체 하나가 희미한 빛 웅덩이로 걸어 나온다. 그 순간 사이먼은 상황이 생각보다 훨씬 최악이라는 사실을 알아차린다. 남자는 중국인이 아니다. 러시아나 동유럽 쪽 사람으로 보이고 전문 첩보원 티가 역력한 사람이다. 멀리서도 그 사람이 무자비한 권력자라는 것을 단번에 알 수 있다. 제이니가 그 남자에게 MI6 지급 휴대전화를 건네는 순간 사이먼은 혼잣말을 한다.

'완전 망했다. 끝장이구나.'

너무 처참한 심정이라 두려워할 겨를도 없이 사이먼은 남자의 인상착의를 애써 하나하나 눈에 새긴다. 짧은 대화 후, 남자와 제이니는 함께 건물 안으로 사라진다. 1분 후, 사이먼은 조심스럽게 그 건물 입구로 다가가 이름이나 번호가 없는지 살핀다. 둘 다 없어 보이지만, 사이먼은 나중에 이 건물을 다시 찾을 수 있을 거라 확신한다.

순간 이브에게 그냥 휴대전화를 잃어버렸다고, 도둑맞았다고 말하고 제이니 얘기는 일절 하지 말까 생각한다. 하지만 사이먼은 자신이 죽었다 깨어나도 거짓말은 못한다는 걸 알고 있다. 이브에게 모든 걸 털어놓고 사직서를 제출하면 그 즉시 효력이 발휘될 것이다. 아마 이브는 그의 사의를 받아들이고 런던으로 돌려보낼 것이다. 그리고 보나마나 리처드 에드워즈는 굉장히 불쾌한 보고를 받게 될 것이다. 어쩌면(애처롭게도 생각만으로 그의 심장은 두근거린다) 그를 계속 작전에 참여시키기로 결정하고 배후를 알아내기 위해 그를 다시 제이니에게 미끼로 던질지 모른다.

건물까지 50미터쯤 남았을 때 사이먼은 누군가 자신의 이름을 부르는 소리를 듣는다.

사이먼은 걸음을 멈췄지만 분명 잘못 들었을 거라 확신한다. 그때 후텁지근한 공기를 뚫고 낮고 또렷하게 또다시 그의 이름을 부르는 소리가 들린다. 제이니인가? 그럴 리가 없는데? 제이니는 그가 아직 그 아파트에서 자고 있는 것으로 알고 있기 때문이다.

"사이먼, 여기야."

목소리는 왼쪽 샛길에서 들려오고 있다. 심장이 쿵쾅거린다. 조심조심 대여섯 걸음쯤 걸었을 때, 어둠 속에서 움직임이 느껴지더니 밤공기와 어울리지 않는 프랑스 향수 냄새가 풍긴다.

"거기 누구야?" 사이먼이 떨리는 목소리로 묻는다.

순간 어떤 형상이 어둠 속에서 갑자기 튀어나와 호를 그리며 추카보초를 휘두르는가 싶더니 예리한 칼날이 사이먼의 목을 내려친다. 그 힘이 얼마나 거셌는지 머리가 거의 동강이 났다.

빌라넬은 투우사처럼 발끝으로 서서 악마 같은 눈을 하고는 쓰러지는 몸통에서 쏟아져 나온 피 때문에 생긴 검붉은 띠를 옆으로 걸어 피한다. 사이먼의 사지가 부들부들 떨리면서 목구멍에서 부글부글거리는 소리가 난다. 사이먼이 죽는 순간, 빌라넬은 강렬한 감정이 솟구치는 것을 느낀다. 어찌나 강렬한지 몸이 얼음처럼 굳어버리는 것 같아서 바닥에 털썩 무릎을 꿇을 뻔했다. 빌라넬은 잠깐 동안 쭈그리고 앉아 파도처럼 밀려드는 감각이 온몸을 훑고 지나가길 기다린다. 잠시 후 추카보초를 홱 비틀어 시체에서 빼내고는 비닐봉지에 칼을 툭 떨어뜨려 넣는다. 피투성이 수술용 장갑도 비닐봉지에 넣은 다음에는 신속하게 현장을 떠난다.

10분 뒤, 빌라넬의 눈에 킴코사의 고물 스쿠터가 어떤 아파트 건물 밑에 세워져 있는 것이 보인다. 점화 잠금장치를 고장 낸 다음 시동 페달을 밟은 후, 빌라넬은 좁은 길만 골라 북쪽으로 향한다. 남쑤저우로에 다다르자 칼과 수술 장갑이 든 비닐봉지를 소용돌이치는 시커먼 강물에 풍덩 떨어뜨린다. 하늘은 자줏빛이고 시내는 희미한 금빛을 발하는 아름다운 밤이다. 빌라넬은 활기와 짜릿함에 살아 있음을 느낀다. 그 영국 정보원을 죽인 순간 빌라넬 안에 있던 어떤 것이 되살아났다. 장 레이 작전은 직업적 만족감을 안겨주었을지언정, 그 자체에는 별다른 자극이 없었다. 반면 사이먼 모티머를 없앤 것은 기본 원칙으로의 회귀였다. 폭력적이면서 예술적인 살인. 손에서 느껴지는 추카보초의 무게는 아버지가 10대 때 사용법을 가르쳐준 스페츠나츠 마체테와 크게 다르지 않았다. 처음엔 다루기 불편하지만 제대로만 휘두르면 치명적인 무기라는 점에서.

지금 이 상황의 묘미는 빌라넬에게 선택의 여지가 없었다는 점이다. 콘스탄틴은 제이니에게 접선 장소로 오는 동안 미행당하는 일은 절대로 없어야 한다고 단단히 이르면서 필요하면 그 영국놈에게 약을 먹이라고 했다. 하지만 고 앙큼한 창녀가 일을 말아먹었고, 콘스탄틴을 본 이상 사이먼 모티머를 살려둘 순 없었다. 어쨌거나 빌라넬은 그 점을 내세울 작정이었다. 살인 의혹은 삼합회를 향할 것이 거의 확실한데, 그들이 예부터 써오던 무기가 중식도이기 때문이다. 이브 폴라스트리는 메시지를 제대로 알아듣겠지만, 나머지(언론과 경찰)는 사이먼 모티머를 엉뚱한 시간에 엉뚱한 장소에 있다가 당한 관광객쯤으로 알 것이다.

프랑스 조계지가 있는 남쪽으로 향하려는 찰나 어떤 생각이 불현듯 떠오른다. 얼마 후, 스쿠터가 통통거리며 씨버드 호텔 근처에 있는 어떤 건물 옆에서 멈춰 선다. 입구 위 파란색 네온사인 간판 이외에 호텔에는 불빛이 없다. 빌라넬은 이브의 방을 알고 있다. 이브와 사이먼이 함께 도착한 이후 콘스탄틴의 감시팀이 두 사람이 드나드는 것을 계속 지켜보았기 때문이다.

빌라넬은 소리 없이 호텔 측면을 기어오른다. 칠흑 같이 어두운 밤이지만 노후한 파이프와 발코니의 철제 난간이 편리한 손잡이와 발판이 되어주기 때문에 문제없다. 빌라넬은 3층의 열린 창문을 통해 슬며시 발부터 들여 놓는다.

2분 가량 빌라넬은 몸을 웅크린 채 가만히 있다. 그러고 나서 조용히 침대 쪽으로 다가간다.

이브의 옷은 의자에 걸쳐져 있다. 빌라넬은 이브의 검정색 실크 칵테일 드레스를 손등으로 부드럽게 어루만지고는 얼굴 높이까지 들어 올린다. 향수와 땀과 배기가스 냄새가 아주 희미하게 난다.

이브는 살짝 입을 벌린 채 한 팔을 아무렇게나 베개 위로 올린 자세로 누워 있다. 살구색 캐미솔을 입고 화장기 없는 모습을 보니 의외로 연약해 보인다. 옆에 무릎을 꿇은 채, 빌라넬은 이브의 작은 숨소리를 들으면서 온기가 깃든 냄새를 들이마신다. 이브의 입이 미세하게 떨리는 것이 보이자 빌라넬의 윗입술도 때마침 미세하게 떨리기 시작한다. 빌라넬은 떨리기 시작하는 윗입술을 혀로 건드린다.

"내 적." 빌라넬은 이브의 머리카락을 만지며 러시아어로 다시 한 번 중얼거린다. "Moy vrag."

이왕 온 김에 방이나 뒤져봐야겠다. 번호 자물쇠가 달린 서류가방이 있지만 침대에 체인으로 매여 있어 그건 내버려두기로 한다. 하지만 침대 옆 협탁 위에 도금한 잠금쇠가 달려 있고 둘레에 작은 보석이 촘촘히 박힌 팔찌가 놓여 있어, 그건 챙기기로 한다.

"고마워."

빌라넬은 속삭이며 마지막으로 이브를 한 번 보고는 소리 없이 창문을 빠져나온다. 창문을 빠져나온 후 빌라넬은 멀리서 구급차 사이렌이 울리는 소리와 경찰차가 출동하는 소리를 듣는다. 하지만 이브는 잠에서 깨지 않는다.

5주 후 한낮, 데버 연구기지 위에 드리운 잿빛 하늘은 비를 예고하고 있다. 햄프셔주 벌링턴 마을 외곽 2만 5천 제곱미터 부지에 자리 잡은 연구 기지는 전前 병참부대 막사로, 외부에서 보면 허물어져가는 빨간 벽돌 건물과 조립식 오두막 단지 같다. 가시 철조망을 올린 철책과 사진 촬영 금지 표지판이 이 장소가 외부인의 접근을 엄금하고 있다는 사실을 알려주고 있다.

방치된 것처럼 보이지만 데버는 가동 중인 기지로 정부 기밀 자산으로 분류되어 있다. 이 기지는 여러 가지 기능이 있지만 무엇보다 특수 부대인 E중대의 기지 역할을 한다. E중대의 역할은 비밀정보국을 도와 극비 작전을 수행하는 것이다.

리처드 에드워즈는 정문 초소에서 신분을 밝힌 후 30년 된 S클래스 메르세데스를 바닥이 갈라진 아스팔트에 주차한다. 주변을 느긋하게 돌아다니는 보안 요원 몇 명을 제외하면 아무도 없는 텅 빈 장소처럼 보인다. 리처드는 본관을 지나 창문 없는 낮은 건물로 들어간다. 지하 사격 연습장에 내려가니 이브가 기지 병기계 담당 케일럼 데니스가 예의주시하는 가운데 글록19 권총을 분해하고 있다.

"잘 돼가고 있나요?" 활척, 스프링, 총열, 프레임, 탄창이 총기용 깔개 위에 일목요연하게 배열되었을 때 리처드가 묻는다.

"고지가 눈앞입니다." 케일럼이 대답한다.

이브는 사격 연습장 쪽에서 시선을 거두지 않는다.

"마지막 훈련 한 번만 더 해봐도 될까요?"

"물론입니다." 케일럼이 리처드에게 방음 헤드폰을 건네며 대답한다.

"전 준비됐어요." 이브가 방음 헤드폰을 꽂으며 말한다.

케일럼이 노트북에 명령어를 몇 가지 타이핑하고 입력을 누르자, 사격 연습장이 어두워진다. 15초가 지나간다. 그동안 들린 소리라고는 환풍기 돌아가는 소리와 이브가 글록을 조립할 때 금속이 맞물리며 난 찰칵 소리밖에 없다. 잠시 후, 인체 상반신 모양의 표적이 사격 연습장 반대쪽에서 일시적으로 번쩍인다. 이브가 탕탕 두 발을 쏘자 총구가 어둠 속에서 번쩍번쩍 섬광을 발한다. 고정 표적이 네 번 더 나왔고, 이브는 표적이 나올 때마다 두 발씩 발사한다. 마지막 표적이 좌우로 움직이자, 이브는 탄창에 남은 마지막 다섯 발[글록19의 장탄수는 열다섯 발. 처음 고정 표적 두 발과 표적 4개에 두 발씩 여덟 발을 쏜 다음 다섯 발이 남았다]을 연달아 발사한다.

"음……." 케일럼이 쌍안경을 내리고는 보일 듯 말 듯 미소를 지으며 말한다. "저놈 오후는 완전히 개판이 됐군요."

한 시간 후 건물 밖, 이브는 리처드를 주차장까지 배웅 중이다. 엷게 긴 안개 속에 내리는 비에 이브의 머리색이 짙어진다.

"이렇게까지 하지 않아도 됩니다. 원래대로라면 당신을 수사에서 물러나게 해야 해요. 정보국에 정식 자리를 마련해주는 선으로 마무리하고." 리처드가 말한다.

"너무 늦었어요, 리처드. 그 여자가 사이먼을 죽였어요. 그러니까 그 여자를 잡아야 해요."

"그건 모르는 일이지 않습니까. 경찰 보고서에서 삼합회가 죽인 게 거의 확실하다고 했고, 사이먼이 만났던 제이니 초우란 사람이 조직 범죄와 연관이 있었다는 건 우리도 알고 있으니."

"리처드, 부탁인데 절 바보 취급하지 말아주세요. 삼합회는 관광객 목을 치지 않아요. 그 몹쓸 년이 케드린이랑 다른 사람들을 죽인 것처럼 사이먼도 죽였어요. 사이먼 시신을 봤는데 목을 거의 베어놨더군요."

리처드는 메르세데스의 문을 열고 고개를 숙인 채 한동안 서 있기만 한다.

"하나만 약속해주세요, 이브. 그 여자를 찾으면 근처에도 가지 않겠다고. 그게 어디든."

이브는 아무 내색 없이 고개를 돌린다.

"무기를 소지하겠다고 계속 고집을 부리는데, 사격 연습장에서 몇 번 좋은 결과가 나온 것을 가지고 무슨 짓이든 할 수 있다고 착각하면 오산이에요. 현실은 다릅니다."

"리처드, 지난 열흘을 이곳 데버에서 보낸 이유는 그 여자가 내가 누군지 알고 있기 때문이에요. 사이먼을 죽인 건 나한테 보낸

메시지라고요. 난 너도 해치울 수 있고, 네가 아끼는 사람들도 해
치울 수 있어, 아무 때나, 내킬 때마다······. 그런 말을 하고 싶었던
거예요."

이브는 이제는 옆구리에 찬 총집에 들어가 있는 글록을 가볍게
두드린다.

"그 여자가 무슨 짓을 할 수 있는지 본 이상, 저도 준비를 하고
있어야죠. 간단한 문제예요."

리처드가 고개를 가로젓는다. "당신을 끌어들이지 말걸 그랬군
요. 정말 큰 실수를 했어요."

"어쩌겠어요, 이미 발을 들였는데. 이 상황을 끝장낼 수 있는 유
일한 방법은 그 여자를 찾아서 죽이는 것밖에 없어요. 그러니까
계속 이 일을 맡게 해주세요."

리처드는 사격 연습장을 향해 돌아가는 이브를 지켜본다. 잠시
후 메르세데스에 올라타 런던으로 돌아가는 여정을 시작한다.

4

빌라넬은 한데 뒤엉켜 있던 상대의 체온을 느끼며 잠에서 깬다.
침대 반대편에는 앤로르가 꿀빛 고수머리를 늘어뜨리고 한쪽 팔
을 킴의 가슴 위에 길게 뻗은 채 엎드려 자고 있다. 앤로르의 근사
한 곡선미를 배경으로 킴이 스라소니 같은 우아함을 발한다. 잠잘
때조차. 킴은 프랑스계 베트남 혈통을 반영하듯 전체적으로 날씬
하고 세련된 분위기다. 팔다리의 상아빛 근육은 아침 햇살을 받아
윤곽이 더욱 뚜렷해 보인다.

상대의 몸을 떼어낸 빌라넬은 욕실로 걸어가 샤워를 한다. 샤워
후에도 옷을 걸치지 않고 작은 부엌으로 터벅터벅 걸어가 비알레
티 커피메이커에 최고급 식료품점인 에디아르의 쉬르 라 코트다
쥐르 블렌드 원두를 채운 후 레인지에 올린다. 부엌 끝에는 작은
테라스로 나가는 슬라이딩 유리문이 있다. 빌라넬은 잠깐 테라스
에 나가 있었다. 9월이라 파리에는 늦여름 열기가 남아 있어 포근

하다. 지평선은 희뿌옇고 비둘기들은 옆집 지붕 위에서 구구 울고 있다. 차들이 지나가는 소리가 여섯 층 아래 보지라르 거리에서 희미하게 올라온다.

앤로르는 다섯 달 전 침실 하나짜리 이 아파트를 상속받았는데, 재무부의 고위 공무원인 남편 길에게 '글도 쓰고 생각도 하러' 이 아파트로 가겠다고 말해두었다. 설사 자기 부인답지 않은 짓이라는 생각이 들어 이 아파트가 훨씬 활동적인 용도로 쓰일 것 같다는 의심이 생기더라도, 길은 내색하지 않을 것이다. 그 자신도 최근 정부를 두었기 때문이다. 정확히 말하자면 비서라고 해야겠지만. 평범한 외모에 옷도 잘 못 입고 함께 있는 모습을 외부에 보일 수 없는 여자지만 앤로르와 달리 절대로 질문을 하거나 비난하지 않는 여자.

테라스에 서서 시내를 내려다보던 빌라넬의 귀에 커피가 끓으면서 쉭쉭거리는 소리가 들린다. 침실에서는 앤로르가 나른한 상태에서 킴의 탄탄한 바디라인을 다시 한 번 익히려고 손가락으로 킴의 몸을 훑으며 꿈틀거리고 있다. 킴은 스물세 살이고 파리 오페라 발레단의 무용수다. 빌라넬과 앤로르가 열두 시간 전 킴을 만난 곳은 한 패션디자이너가 주최한 칵테일 파티에서였다. 그를 꼬드겨 함께 파티장을 나서자고 설득하는 데는 겨우 3분밖에 걸리지 않았다.

앤로르는 이제 눈을 반쯤 감고 양다리로 킴을 감싼 채 팔로는 그의 탄탄한 허벅지를 꽉 쥐고 있다. 빌라넬은 커피 쟁반을 침대 옆 협탁에 내려놓은 후, 누울 수 있는 긴 의자에서 아무렇게나 벗어놓은 옷을 치우고 보드라운 양단 위에 고양이처럼 자리를 잡는다. 빌라넬은 앤로르의 섹스 장면을 지켜보는 것을 좋아하지만 오늘 아침 앤로르가 헐떡거리고 끙끙거리면서 고개를 좌우로 흔드는 모습에서는 왠지 인위적인 맛이 난다. 그건 연기다. 무표정한 얼굴로 골반을 기계적으로 위아래로 흔들고 있는 킴을 보니 킴도 앤로르의 연기에 속아 넘어가지 않은 모양이다.

킴과 눈이 마주친 빌라넬은 무릎을 올려 다리를 벌린 다음 아주 느긋하고 느릿하게 자위를 하기 시작한다. 앤로르는 빌라넬의 행위를 까맣게 모르고 있지만, 킴은 빌라넬의 다리 사이를 뚫어져라 바라본다. 킴의 시선을 맞받은 빌라넬은 킴이 사정을 참느라 괴로워한다는 걸 알아차린다. 잠시 후, 킴이 절정에 도달하면서 몸을 부르르 떤다. 그 즉시 앤로르가 애처로운 비명을 지르며 함께 킴의 몸 위에 축 늘어진다.

빌라넬은 긴 의자에서 기지개를 켠 다음 자기 손가락을 빨았다. 빌라넬에게 섹스는 찰나의 육체적 만족을 제공할 뿐이다. 그보다 훨씬 흥미로운 일은 다른 사람의 눈을 깊이 들여다보고, 자신의 독으로 마비시킨 먹잇감 앞에서 몸을 흔드는 코브라처럼, 그 상대방을 마음대로 좌지우지할 수 있다는 걸 알아내는 것이다. 하지만 그 게임도 지루해졌다. 인간은 너무 쉽게 굴복하기 때문이다.

"커피 마실 사람?"

빌라넬이 묻는다.

30분 뒤, 킴은 오페라 발레단 발레 수업이 있다며 나가고 빌라넬은 앤로르와 함께 테라스로 나가 앉아 있다. 앤로르는 비단 기모노를 입고 있고, 빌라넬은 스키니 진에 미우미우 스웨터를 입고 머리는 땋아서 목덜미쯤에서 대충 틀어 올렸다. 둘 다 맨발이다.

"그래서 길이 요즘도 너하고 섹스해?"

빌라넬이 묻는다.

"가끔."

앤로르가 대답하고는 옆에 놓인 담배갑에서 담배를 한 개비 꺼내 금색 던힐 라이터로 불을 붙인다.

"섹스를 전혀 안 하면 내가 뭔가 의심할 거라고 생각하나봐."

두 사람 다 침묵에 잠긴다. 앞에 펼쳐진 파리 6구의 옥상 전경은 아침 햇살 속에서 아직 고요하다. 이렇게 앉아 하찮은 수다를 떨면서 아침시간을 흘려보낼 수 있다는 것 자체가 사치라는 것을 두 여자 모두 알고 있다. 건물 아래에서 사람들은 출근을 하려고 미친 듯이 달리고, 택시를 두고 서로 싸우고, 만원 버스와 지하철에 몸을 들이밀고 있다. 앤로르나 빌라넬 둘 다 재정 상태가 여유롭기 때문에 고되고 따분한 이런 일과를 얼마든지 피할 수 있는 것이다. 마레 지구에 있는 빈티지 옷가게를 뒤지고 다닐 수도 있고, 얌차나 르 크리스털에서 점심을 먹을 수도 있고, 카리타에서 톰한테 머리를 할 수도 있다.

런던의 납빛 하늘이 비를 예고하고 있다. 구지 스트리트 지하철역 위에 있는 사무실, 이브 폴라스트리는 복사기에서 인쇄용지 한 뭉치를 꺼내 다시 넣어보지만 이번에도 용지 걸림 표시는 사라지지 않고 계속 깜빡인다.

"이 망할 놈의 복사기."

이브가 전원을 끄며 투덜거린다.

이브가 15년 된 복사기를 쓰고 있는 이유는 현재 스캐너가 수명을 다해서 전원선이 뽑힌 채 바닥에 놓여 있기 때문이다. 그리고 조만간 이브는 그 스캐너 때문에 발이 걸려 넘어질 예정이다. 새로운 사무기기를 구입해주든지 그게 안 되면 수리비 예산이라도 달라고 신청해놓은 상태지만, 복스홀 크로스에서는 애매한 답변만 왔다. 작전 자금이 얼마나 복잡 미묘하게 배정되는지 알기에 이브는 별다른 기대를 하지 않는다.

오늘 이브는 새 동료 두 명을 맞이할 예정인데 모두 남자다. 리처드 에드워즈의 설명에 따르면 '모험심 강한 두 젊은이'라는데, 그 말로는 도무지 어떤 사람인지 종잡을 수가 없다. 추측하건대, 명령과 위계질서에 따라 돌아가는 비밀정보국 세계의 규율에 적응 못한 한 쌍의 루저일 것이다. 과거에 무슨 일이 있었는지는 몰라도, 구지 스트리트를 승진으로 여기지 않을 게 뻔하다.

이브는 전에 자신의 조수가 썼던 낡은 책상을 힐끗 쳐다본다. 흩어진 물건들(보온병, 펜이 잔뜩 꽂힌 카일리 미노그 머그, 디즈니 〈겨울왕국〉 스노우볼)은 사이먼이 두고 간 그대로 놓여 있다. 먼지가 쌓인 채 널브

러져 있는 물건을 보자 세상만사가 다 싫어진다. 임무도 단순하고 목표도 간단명료했던 시절이 있었다. 사이먼이 살해당하고 3개월이 지난 지금, 이브는 확신할 수 있는 게 아무것도 없다는 생각에 짓눌려, 정말이지 아무것도 할 수가 없다. 한때 그토록 선명했던 업무 윤곽은 이제 흐릿해졌다. 덕지덕지 때 낀 사무실 유리창을 통해 바깥을 볼 때처럼, 분간할 수 있는 것이 없다.

이브는 어쩐지 복장에 좀 더 신경을 쓰고 올걸 그랬나 하는 생각이 든다. 현재는 지퍼 달린 운동복 상의에 엉덩이 부분이 헐렁한 청바지, 운동화 차림이다. 사이먼은 늘 이브에게 좀 가꾸면서 살라고 잔소리를 했지만 꾸미기 위한 그 모든 행동들(쇼핑, 화장, 미용실 가기)이 이브는 귀찮게만 느껴진다. 템스 하우스 내 합동정보분석에서 일하던 시절, 한 동료가 이브를 비싼 스파에 데려가준 적이 있었다. 이브도 즐겨보려고 노력했지만 지루해 죽을 것만 같았다. 모든 게 다 부질없어 보이기만 했다.

이브가 좋아하는 니코의 여러 가지 장점 가운데 하나가 바로 니코도 이런 외모 가꾸기를 중요하게 여기지 않는다는 점이다. 그런데도 니코는 이브가 스스로 아름답다고 느낄 수 있게 해준다. 가끔 지극히 평범한 순간인데도(옷을 입는 중이라거나 욕조에서 걸어 나올 때) 니코가 애정 어린 시선으로 자신을 바라보는 모습을 포착할 때가 있다. 그럴 때 이브는 감격스럽다.

앞으로 얼마나 더 니코가 자신을 그런 눈으로 봐줄까. 이브는 궁금하다. 이브가 얼마나 더 불합리하게 굴어야 니코가 어느 날

아침 일어나 이렇게는 못 산다고 마음먹게 되는 걸까? 어쩌면 이미 그 지점에 거의 도달했을지 모른다. 요즘 이브에게는 새로운 습관이 생겼다. 저녁마다 알코올 중독에 걸린 유령처럼 한 손에 보드카 토닉을 들고 아파트 안을 말없이 서성이는 것이다. 그러다 노트북 앞에서 쓰러져 잠들기 일쑤다. 살해당한 남자들이 꿈속까지 따라오는 바람에 밤이고 새벽이고 대중없이 두려움에 두근거리는 심장을 안고 잠에서 깬다.

랜스 포프와 빌리 프림로즈는 오전 10시에 도착해서는 이브에게 자기소개를 하고는 서로 알 수 없는 시선을 교환한다. 랜스는 40대로 담비같이 날렵하며 의심이 많을 것 같은 얼굴이다. 눈에 띄게 쌕쌕거리며 계단을 올라온 빌리는 갓 10대를 넘긴 것처럼 보인다. 머리는 검게 염색했고 피부는 쇠기름 같았으며, 볕 안 드는 골방에서만 지냈는지 시체처럼 창백하다.

"자, 이제 시작이군요."

랜스가 웅얼거린다.

이브가 고개를 끄덕인다.

"유감스럽게도 이곳의 업무환경은 복스홀 크로스의 편의시설과는 거리가 멉니다."

"제가 주로 현장에서 근무를 해서요. 사무실 가구는 뭐 아무래도 상관없어요."

"다행이네요."

"저는 장비를 좀 주문해놨어요."

빌리가 여전히 가늘게 쌕쌕거리며 말한다.

"외부 프로세서랑 로직 분석기랑 프로토콜 분석기하고 기본적인 것들로요."

"행운을 빌게요. 참고로 난 6주 전에 구매 신청해놨어요."

"오늘 오후에 여기에 좀 있을게요. 공간이 좀 필요할 거 같아서요."

"자, 편히들 계세요."

이브가 안경을 벗고 눈을 비빈다.

"두 분 여기 온 이유에 대해서는 얼마나 알고 있죠?"

"쥐뿔도 아는 게 없죠. 당신이 알려줄 거라고 하던데요."

랜스가 말한다.

다시 안경을 쓰자 두 남자가 다시 선명하게 보인다. 빌리는 뱀파이어라도 잡을 것 같은 시커먼 옷을 입고 있고 랜스는 후진 스포츠캐주얼 복장이다. 실제로 만나보니 파일을 읽으면서 받은 인상대로 역시 두 사람은 전혀 호감 가는 스타일이 아니다.

빌리는 열일곱 살에 '$qeeky'라는 온라인 닉네임으로 해커 집단에 들어갔다. 닉네임은 어릴 때부터 앓아온 천식에서 따온 것이고, 기업 웹사이트와 정부 웹사이트가 당한 일련의 유명한 공격이 이 해커 집단의 솜씨였다. FBI와 인터폴이 결국 그 해커 집단을 급습해서 리더는 징역형을 받았지만, 미성년자였던 빌리는 집에서 생활하면서 통행 금지와 인터넷 접속 금지 수칙을 지키는 조건하에 보석으로 석방되었다. 몇 주 후, MI6의 보안 취약점 공격 팀이 빌리를 채용했다.

랜스는 MI6 전문 정보관으로 해외 파견 베테랑이다. 노련한 공작원으로 지금껏 일했던 지국의 국장들이 입을 모아 칭찬했는데도 몇 년간 승진을 못했다. 온라인 도박에 빠져 생긴 상습적 채무 문제 때문이다. 랜스는 이혼 후 크로이던에서 방 하나짜리 월세 아파트에 혼자 살고 있다.

"우리가 여기 온 이유는 전문 암살범을 추적하기 위해서입니다. 이름도, 국적도, 정치적 협력 관계 관련 정보도, 아무것도 없습니다. 암살범은 여성이며 나이는 20대 중후반으로 추정하고 있어요. 재원이 무한에 가깝고 세력 범위가 전 세계에 미치는 조직을 위해 활동하고 있는 것으로 알고 있어요. 세간의 이목이 집중된 암살 중 적어도 여섯 건이 그 여자 소행이에요."

빗방울이 사무실 유리창을 때리기 시작하자, 이브는 운동복 지퍼를 턱까지 끌어올린다.

"반드시 저지해야 할 연쇄 살인범이라는 사실 말고도, 이 여자를 잡아야 할 주요한 이유가 두 가지 있어요."

"두 가지 이유 다 정보국은 알 바 아니겠죠." 랜스가 혼잣말인 양 중얼거린다.

"보통 때라면 우리가 알 바도 아니겠죠. 하지만 이 경우에는 우리가 알아야 해요. 두 사람 모두 빅토르 케드린이라고 하면 누굴 말하는 건지 알고 있겠죠?"

빌리가 고개를 끄덕인다.

"미치광이 파시스트, 러시아인, 작년에 런던에서 죽었죠." 빌리가 무의식중에 사타구니를 벅벅 긁는다. "모스크바가 배후 아니었어요?"

"러시아 대외정보국 SVR이요? 다들 그렇게 생각했지만 아니에요. 사실 케드린과 경호원은 우리 표적의 총에 맞아 죽은 거예요. 잔인하리만치 능률적이었는데, 우리 표적이 단독으로 저지른 범행이었죠."

"확실한 건가요?" 랜스가 묻는다.

"100퍼센트 확신합니다. 도움이 될지 모르겠지만 우리한테 그 여자 CCTV 영상이 있어요."

이브가 두 남자에게 파카를 입고 모자까지 눌러 쓴 흐릿한 형상이 나온 인쇄물을 건넨다. 설상가상으로 뒷모습이다. 실질적으로 누구라도 해도 상관없을 것이다.

"이게 상태 제일 좋은 거예요?" 랜스가 묻는다.

이브가 고개를 끄덕이며 인쇄물을 한 장씩 더 건넨다.

"그런데 우리의 암살범이 이 여자를 닮았을 수도 있어요. 루시 드레이크."

빌리가 낮게 휘파람을 분다.

"그러면 엄청 섹시하겠네요."

"루시 드레이크는 모델이에요. 우리의 살인범이 그 모델로 가장해서 케드린이 묵은 호텔에 체크인한 후 강연장에서 접근했죠. 유사점은 외모밖에 없을지 몰라요."

"그 여자가 모스크바를 위해 프리랜서 일을 한 걸 수도 있잖아요? 그 저격범이요, 모델 말고." 빌리가 묻는다.

"러시아 대외정보국은 전 부서가 암살 훈련을 받기 때문에 그럴 가능성은 희박해요. 게다가 조국인 러시아에서 어느 때고 해치울 수 있는데 뭐 하러 런던에서 죽이겠어요?"

"세상의 이목을 집중시키려고?" 빌리가 어깨를 으쓱한다.

"자기네가 못 건드릴 사람은 없다는 걸 과시하려는 걸 수 있잖아요?"

"불가능한 얘기는 아니지만, 우리 쪽 정보에 따르면 크렘린에서는 빅토르나 빅토르의 극우 패거리를 별로 눈엣가시로 여기지 않았다고 해요. 자기들 정권을 온건해 보이게 만들어주었으니까. 그래서인지 그쪽에서는 잽싸게 케드린의 죽음을 우리한테 불리하게 이용해 먹었어요. 전면 조사를 요구했고 살인범 체포를 바란다는 의사를 외교적 차원에서 분명히 밝힌 거죠. 그 요구가 리처드 에드워즈를 통해 나한테 전달됐습니다. 그러니까 우리한테."

랜스가 입술을 삐죽인다.

"케드린이 런던에 왔을 때 경호 담당이 누구였는데요?"

이브가 랜스의 시선을 맞받는다.

"공식적으로 나였어요. 내가 MI5와 경찰청 연락 담당이었어요."

이브의 대답을 듣고 랜스는 한동안 아무 대꾸도 하지 못한다. 후두둑 후두둑 떨어지는 빗방울 소리 위로 이브는 빌리가 희미하게 쌕쌕거리는 소리를 듣는다.

"이 여자를 잡아야 할 이유가 두 개라고 했잖아요."

"그 여자가 사이먼 모티머를 죽였어요, 당신들 선임이었던. 그래요, 정보국 공식 보고서에 뭐라고 쓰여 있는지는 나도 알아요. 내가 초안 작성을 도왔으니까. 하지만 사실은 그 여자가 사이먼의 목을 베서 나한테 메시지를 보낸 거예요."

"젠장."

빌리가 볼멘소리로 말한다. 그러고는 카고팬츠 주머니에 손을 뻗어 흡입기를 찾더니 훅훅 두 번 깊게 들이마신다.

"그 여자가 목을 벴다, 당신한테 메시지를 보내려고." 랜스가 단호하게 말한다.

"그래요. 제대로 들었어요. 그러니까 이 팀에 합류하기 전에 아주 신중하게 생각해봐야 할 거예요."

랜스가 잠시 이브를 응시한다. "현 상황에서 우리 위치는 정확히 어디쯤인가요?"

"단서가 하나 있어요. 우리의 표적을 움직이는 조직한테 돈을 받았을지 모르는 사람의 이름이에요. 가능성은 희박하지만 그래도 그게 우리한테 있는 유일한 단서에요. 돈을 추적하고, 그 사람을 추적하다 보면 어쩌면, 가능성에 지나지 않지만, 우리의 범인한테 도달할 수 있을지도 몰라요."

"템스 하우스에서 A4 감시팀을 좀 빌려줄 가능성은 없을까요?"

"뭐가 됐든 없어요, 전혀. 비공개 작전이니만큼 이 방에서 오고 간 얘기를 외부로 발설해선 안 됩니다. 이 시간부터 정보국 관계자하고는 MI5든 MI6든 사적인 연락이든 어떤 다른 연락이든 절대 해서는 안 돼요. 혹시 누가 여러분의 신분을 검사하면 두 사람다 공식적으로는 관세청에서 파견 나온 거예요. 다시 한 번 말하는데, 이번 일은 굉장히 위험할 수 있어요. 모든 단서가 우리의 표적이 고도의 훈련을 받았고 각종 지원도 아낌없이 받는 전문가일뿐만 아니라 쾌락 살인을 저지르는 자기애성 소시오패스이기도하다고 가리키고 있습니다."

"월급은 형편없겠죠." 랜스가 말했다.

"두 사람 모두 현재 받는 만큼 받을 겁니다."

두 남자가 서로를 쳐다본다. 잠시 후, 빌리가 천천히 고개를 끄덕이자, 랜스가 어깨를 으쓱인다. 두 사람이 도착한 이후 처음으로 이브는 아주 잠깐 공통의 목표의식을 느낀다.

"그나저나 아까 말씀하신 그 단서란 거 말인데요." 빌리가 말한다.

달리기를 하니까 몸이 익숙한 리듬을 타면서 긴장이 풀리는 것같다. 전날 오후 몽파르나스에 있는 무술 클럽에서의 주짓수 수업때문에 등과 허벅지가 여전히 쑤시지만 호숫가와 오퇴유 경마장을 다 돌았더니 뻐근하던 느낌이 다 사라진다. 집으로 가는 길에콤 드 푸아송에서 주문해놓은 스시와 프랑스 경제지 《레제코》 한부를 가지고 나왔다.

아파트에 돌아와서는 샤워를 하고 어두운 금발머리를 빗은 다음 청바지와 티셔츠, 가죽 재킷을 입는다. 발코니에 나가서 스시를 손으로 집어먹으면서 《레제코》를 처음부터 끝까지 훑는다. 마지막으로 입에 넣은 참치를 다 먹었을 때쯤, 빌라넬은 신문을 한 페이지도 빼놓지 않고 다 읽은 후 필요한 정보를 머릿속에 입력해두었다.

시내를 내려다보며 휴대전화를 확인해본다. 콘스탄틴에게서 온 문자는 없다. 목표물도 없다. 그룬디히 단파 수신기를 켜고 채널 검색 부호를 입력한다. 작전 사이사이 하루에 최소 두 번씩 켜라는 지시가 있었다. 평소처럼 난수 방송[숫자나 문자, 단어 등의 나열을 조합한 난수를 사용해 만든 암호를 특정 상대에게 전달하기 위한 목적으로 비공식적으로 운영되는 출처 불명의 방송]을 찾아본다. 난수 방송은 주파수가 바뀌는 경향이 있기 때문이다. 오늘의 방송 주파수는 6,840킬로헤르츠다. 희미하게 치직거리더니 어떤 러시아 민요의 처음 열다섯 음이 나온다. 민요는 예전에는 알고 있었지만 오랫동안 잊고 지낸 노래다. 음악은 가늘고 높은 금속성 소리를 내는 전자음으로 구슬프기도 하고 조금 불길하게도 들린다. 똑같은 음이 2분간 반복되다가 거리감은 있지만 또렷한 여자 목소리가 러시아어로 다섯 자리 번호군을 나열하기 시작한다.

이건 호출 부호로 메시지 수신인을 식별하기 위한 한 것이다. 목소리는 똑같은 번호군을 세 번 반복한다. 'Dva, pya, devyat, sem, devyat…….' 2, 5, 9, 7, 9. 이내 빌라넬은 자신의 호출 부호라는 사실을 깨닫는다. 충격으로 순간 숨이 멎는다. 난수 방송 호출은 즉각 조치를 요한다. 지금까지 2년 넘게 난수 방송을 확인해 왔지만 자신이 호출된 것은 이번이 처음이다.

호출은 4분간 반복되다가 전자 차임벨이 여섯 번 울리더니 메시지가 방송된다. 이번에도 다섯 자리 숫자군이 음성으로 두 번 나온다. 그 다음에는 차임벨이 다시 울리고 민요의 첫 음이 나오고는 쉭쉭 소리만 난다. 시그 사우어 P226 자동권총, 만 유로짜리 고액권과 함께 비밀 금고에 보관하고 있던 일회용 패드를 가지고 메시지를 해독하는 데는 10분이 걸린다. 메시지는 다음과 같다.

17NORTHSTAR

빌라넬은 금고를 다시 잠근 후 야구 모자를 쓰고 선글라스를 낀 다음 아파트를 나선다. 17번 장소는 이시레물리노에 있는 헬기장이다. 은회색 로드스터를 몰고 순환도로를 탄 다음 차선을 이리저리 바꿔가며 최대한 서두른 덕분에 딱 15분 만에 도착한다. 주차장 차단기에 형광 조끼를 입은 남자 둘이 기다리고 있다. 관계자처럼 보이기도 하고 아니기도 하지만 빌라넬이 속도를 늦추고 정차하자 둘 중 하나가 NORTHSTAR라 인쇄된 표찰을 내민다. 빌라넬이 고개를 끄덕이자 한 남자가 빌라넬에게 아우디에서 내리라고 손짓을 한 뒤 자동차 열쇠를 가지고 간다. 또 다른 남자는 빌라넬을 이정표도 없는 샛길로 데리고 갔는데, 그 길은 창고로 둘러싸인 직사각형 활주로 방향이다. 그 활주로 중앙에서 에어버스 허밍버드 헬리콥터가 회전 날개를 돌리며 대기 중이다.

빌라넬은 조종사 옆에 올라타 안전벨트를 맨 다음 야구 모자 위로 소음방지 헤드폰을 쓴다. 짐도, 돈도, 여권도, 신원증명 문서도 소지하지 않은 상태다.

"준비됐나요?"

반사 렌즈 때문에 눈이 보이지 않는 조종사가 묻는다.

빌라넬이 찬성의 뜻으로 엄지를 들어보이자 허밍버드가 수직 이륙을 한 후 헬기장 위를 잠깐 맴돌더니 빙 돌아 동쪽으로 향한다. 저 아래로 뱀처럼 구불구불한 센강, 외곽 순환도로 위를 엉금엉금 기어가는 차들이 획획 지나간다. 이내 도시는 서서히 사라지고 단조로운 엔진 소리만 들린다. 이제서야 빌라넬은 자신이 난수방송으로 호출된 이유를 곰곰이 생각해볼 여유가 생긴다. 콘스탄틴에게 아무 소식이 없는 이유도.

헬기가 프랑스 남동부 안시 몽블랑 비행장에 착륙한 것은 늦은 오후다. 비행장 활주로에서 기다리고 있는 형상이 하나 보인다. 짧게 바짝 깎아 매섭게 보이는 헤어스타일과 몸에 딱 맞는 복장이 어딘가 러시아 여자 같다는 인상을 준다. 여자가 러시아어를 하자 추측은 사실이 된다. 여자는 빌라넬에게 50미터 떨어진 곳에 주차되어 있는 먼지 낀 푸조를 가리킨다. 러시아 여자는 능률적인 운전 솜씨를 보여주었다. 비행장을 반 바퀴 돈 다음 노스 스타North Star라는 마크가 있는 리어제트기 옆 격납고에서 끼익 하며 브레이크를 밟아 차를 세운다.

"타."

여자가 차 문을 쾅 닫으며 명령한다. 빌라넬은 계단을 올라 실내 온도가 적절하게 조절된 기내에 들어선 후 하늘색 가죽 시트 의자에 앉아 안전벨트를 맨다. 빌라넬의 뒤를 따라 올라온 러시아 여자가 계단을 집어넣고 출구를 꼭 닫는다. 그 즉시 엔진에 시동이 걸린다. 제트기가 격납고를 빠져나갈 때 창문으로 늦은 오후 햇살이 섬광처럼 비추더니 부드럽게 웅웅거리는 소리와 함께 기체가 이륙했다.

"어디로 가는 거죠?" 빌라넬이 안전벨트를 풀며 묻는다.

여자는 빌라넬을 정면으로 응시한다. 광대뼈가 넓고 높게 솟아 있고 눈동자가 푸른빛이 도는 회색이다. 어딘가 낯익은 얼굴이다.

"동쪽으로." 여자가 발치에 놓인 작은 여행 가방을 찰칵 열며 말한다. "여기 당신 서류야."

앙헬리카 피아타첸코라는 이름의 우크라이나 여권이다. 닳아빠진 가죽 지갑에 운전면허증, 신용카드, 노스 스타 기업 사원증이 들어 있다. 구겨진 영수증과 루블화 지폐 뭉치도.

"여기, 옷. 지금 갈아입어."

가죽 느낌의 재킷과 부들부들한 앙고라 스웨터 그리고 짧은 치마. 바닥이 많이 닳은 앵클부츠. 여러 번 빤 것 같은 속옷. 키예프에 있는 어느 백화점에서 산 듯한 싸구려 새 스타킹.

빈틈없이 살피는 시선을 의식하면서 빌라넬은 야구 모자와 선글라스를 벗은 다음 옷을 벗어서 푸른색 가죽 시트에 놓는다. 브라를 벗자 다른 여자가 헉 하고 놀라며 말한다.

"젠장. 정말 너구나. 옥사나 보론초바."

"뭐라고요?"

"처음엔 긴가민가했어, 그런데……."

빌라넬은 무표정한 얼굴로 여자를 응시한다. 콘스탄틴은 과거
와의 단절이 완전하다고 장담했었다. 지금과 같은 일이 일어날 리
없다고.

"무슨 말씀이신지?"

"나 기억 안 나? 라라? 예카테린부르크?"

제기랄, 그럴 리가 없는데. 하지만 맞다. 군사학교 대표로 출
전했던 여자애. 머리를 짧게 깎았고 나이가 더 들어 보이지만
그 애다. 천신만고의 노력으로 빌라넬은 겨우 무표정한 얼굴을
유지한다.

"절 누구로 착각하신 건데요?"

"옥사나, 난 널 알아. 달라 보이지만 너야. 입에 난 작은 흉터를
봤을 때도 알아봤지만, 가슴에 난 점을 보고 확신했지. 나 기억
안 나?"

빌라넬은 현 상황을 곰곰이 따져본다. 부인해봤자 소용없을 것
이다.

"라라. 라라 파르마니안츠." 빌라넬이 말한다.

두 사람은 몇 년 전 유니버시아드 권총 사격 대회에 출전했을
때 만났다. 빌라넬이 카잔 군사학교 대표였던 파르마니안츠를 이

기기란 거의 불가능해 보였다. 그래서 결승 전날 빌라넬은 경쟁 선수의 방에 슬금슬금 들어가 한마디 말도 없이 홀딱 벗고는 침대 위 그 선수 옆에 누웠다. 혈기왕성한 이 군사 훈련생이 놀란 마음을 가라앉히는 데는 얼마 걸리지 않았다. 옥사나의 짐작대로 그 훈련생은 섹스가 너무 절실했던 나머지 옥사나의 키스에 굶주린 짐승처럼 반응했다. 그날 밤 몇 시간 동안 이어진 빌라넬의 열렬한 구강성교 끝에 의식이 몽롱해진 그 훈련생은 옥사나에게 사랑한다고 속삭였다.

그때 옥사나는 자신이 이겼음을 직감했다. 다음 날 아침 일찍 옥사나는 살금살금 자기 방으로 돌아갔고 아침식사 시간에 구내식당에서 라라를 보았지만 못 본 척했다. 그날 아침 라라는 몇 번이나 옥사나에게 다가오려 했지만 그때마다 옥사나는 라라를 완전히 무시했다. 사로에 일렬로 섰을 때, 라라의 적나라한 얼굴에는 상처받고 당황한 표정이 고스란히 드러났다. 대회를 위해 마음을 가라앉히려고 애를 썼지만 조준이 불안정하게 흔들리는 바람에 라라는 가까스로 동메달을 따는 데 그치고 말았다. 반면 일직선으로 똑바로 쏜 옥사나는 금메달을 땄고, 페름으로 돌아가 팀코치로 발탁되었을 즈음 라라 파르마니안츠는 이미 머릿속에서 완전히 지워지고 없었다.

어떤 알 수 없는 악연인지 몰라도 이렇게 다시 라라를 만났다. 라라가 콘스탄틴 밑에서 일하게 된 건 그렇게 이상한 일이 아닐지도 모른다. 라라는 명사수인 데다 똑똑하고 야심만만하기 때문에 자기 이력을 군대에서 허비할 리가 없기 때문이다.

"신문에서 네가 마피아 거물을 죽였다는 기사를 읽었어. 그리고 얼마 뒤에 어떤 군사학교 교관이 네가 감옥에서 목매달아 죽었다고 했지. 뒷말이 사실이 아니라서 다행이야." 라라가 말한다.

라라의 기분을 지금 그대로 유지해야겠다는 생각에 빌라넬은 눈빛을 누그러뜨린다.

"예카테린부르크에서 너한테 그런 짓을 하다니 정말 미안해."

"넌 이기기 위해 해야 할 일을 했던 거야. 비록 너한테는 아무 의미 없었을지 몰라도 난 그날 밤을 한시도 잊은 적이 없어."

"진짜?"

"진짜, 진심으로."

"앞으로 얼마나 더 가야 해?" 빌라넬이 묻는다.

"한두 시간쯤 될 거야."

"누구 방해할 사람이 있을까?"

"조종사는 조종실을 절대 떠나지 말라는 지시를 받았어."

"그러면……."

빌라넬이 손을 뻗어 손가락으로 라라의 볼을 부드럽게 어루만진다.

조명이 서서히 낮아지더니 리어제트기가 우크라이나 남부 외곽에 있는 개인 비행장에 착륙한다. 차가운 바람이 훑고 지나간 활주로에 BMW 방탄 차량이 대기 중이다. 라라가 차를 빠르게 몰아 옆문으로 비행장을 빠져나가는 순간 제복을 입은 경비가 통과하라는 손짓을 한다. 라라가 빌라넬에게 말하길, 목적지는 오데사라고 한다. 한 시간 동안 어두컴컴한 길을 막힘없이 달리다가 시내가 가까워지자 교통 체증에 맞닥뜨린다. 구름은 눈앞에 펼쳐진 휘황찬란한 도시의 불빛을 받아 유황처럼 노란 빛을 띠고 있다.

"너에 대해선 아무 얘기도 안 할게." 라라가 말한다.

빌라넬은 차창에 고개를 기댄다. 이제 내리기 시작한 빗방울이 방탄유리에 줄무늬 얼룩을 남기고 있다.

"얘기해도 먹히지 않을 거야. 옥사나 보론초바는 죽었으니까."

"안타깝다. 내가 좋아했던 아인데."

"옥사나는 잊어."

빌라넬은 '콘스탄틴한테 얘기해야겠다'고 마음먹는다. 그가 라라를 처리해줄 것이다. 깔끔하게 바짝 민 뒤통수에 9밀리미터 총알을 박아주면 좋을 텐데.

중국에서 돌아오자마자 이브는 런던 경찰청 경제범죄 수사국 수사관의 도움을 받아 진 치앙이 준 단서를 추적해보려고 했다. 1,700만 파운드 이체를 한 게 누군지, 받은 사람은 누군지 밝히기 위해. 그러나 조사로도 자금의 출처를 밝히지 못했고, 복잡하게 얽힌 유령회사들을 거쳐 도달한 수취인은 토니 켄트라는 별 볼일 없는 벤처 투자자였다.

켄트와 켄트의 신상을 자세히 조사해보았지만 밝혀진 것은 별로 없었다. 하지만 한 가지 사실이 이브의 관심을 끌었다. 켄트가 햄프셔, 이첸강 800미터를 소유한 제물낚시 독점 권리 임대 연합 회원이란 사실이었다. 이 권리 임대 연합에 관한 정보를 얻기가 쉽지는 않았지만, 리처드 에드워즈가 몇 군데 조심스럽게 물어보았고 그 결과 이브에게 회원 명부를 줄 수 있었다. 목록은 그렇게 길지 않았다. 사실 이름 여섯 개가 다였다. 토니 켄트, 헤지펀드 매니저 둘의 이름, 유명한 무역상사 동업자의 이름, 흉부외과 전문의 이름, 그리고 데니스 크레이들. 이브는 데니스 크레이들이 누군지 아주 잘 알고 있었다. 그는 MI5 D4 부서장으로 러시아 및 중국 방첩의 책임자였다.

빌리는 사이먼이 썼던 철제 책상 위로 몸을 구부리고 앉아 데니스 크레이들의 이메일을 해킹 중이다. 연결을 마치고 구동 중인 새 컴퓨터에서 웅웅거리는 소리가 난다. 랜스는 창문 앞 플라스틱 의자에 앉아 토트넘 코트 로드를 지나는 차들을 바라보는 중이다. 랜스가 사무실 장식에 보탠 것은 중고품 가게에서 구한 것처럼 보이는 싸구려 코트와 재킷이 걸린 빨랫줄이다. 이브는 실내 금연 수칙을 깨고 랜스에게는 흡연을 허락했다. 손으로 직접 말아 피우는 그의 담배에서 풍기는 독한 냄새가 더 심한 다른 악취를 가려주기 때문이다.

"어제 카레 먹었어요, 빌리?" 이브가 노트북 화면에서 고개를 들며 묻는다.

"네, 새우 들어간 마드라스 카레로요." 빌리가 의자에서 엉덩이를 들썩인다.

"그걸 어떻게 알았어요?"

"그런 걸 족집게라고 하죠. 그나저나 그 암호는 어떻게 되어가고 있어요?"

"거의 다 된 것 같아요."

컴퓨터 스크린을 뚫어져라 보고 있는 빌리가 키보드 위로 손가락을 춤추듯 움직인다.

"아하! 멍청한 아저씨 같으니라고."

"들어갔어요?" 랜스가 묻는다.

"들어간 정도가 아니죠. 데니스 크레이들, 당신은 이제 내 손아귀에 들어왔어."

"그래서 뭐가 있어요?" 흥분으로 작은 불꽃이 불타오르는 것을 느끼며 이브가 묻는다.

"클라우드 서버 데이터인데요. 기본적으로 그 아저씨 집 컴퓨터에 있는 모든 게 들어 있다고 보면 돼요."

"보안이 되어 있긴 한 거예요?"

빌리가 어깨를 으쓱한다.

"집에서 쓰는 거라 인증 같은 건 필요 없다고 생각하나보죠."

"아니면 숨길 게 있다는 인상을 주기 싫었든지. 어쩌면 우리가 보고 있는 게 그 사람이 보여주려고 의도한 걸지도 모르고."

크레이들은 법인 변호사인 부인 페니와 계정을 공유하고 있다.

두 사람의 이메일은 계좌, 자동차, 건강, 보험, 학교 같은 이름의 폴더에 차곡차곡 저장되어 있다. 받은편지함에는 메일이 100여 통 들어 있는데, 빌리가 그걸 다 복사해서 이브에게 보낸다. 맛보기로 조금 들여다봤지만 관심을 끄는 것은 별로 없다.

"이거 라이프스타일 자랑 같은데."

이브가 크레이들의 사진 파일을 스크롤하며 말한다. 거의 모든 사진이 가족이 이런저런 활동을 하면서 보낸 휴가 사진이다. 메제브[세계에서 가장 화려한 스키 리조트와 스키장]에서 스키 타는 모습, 말라가의 테니스 캠프, 알가르베에서의 항해. 50세가량에 황소 같이 생긴 크레이들 자신도 햇볕에 그을린 모습으로 각종 스포츠 용구를 갖춘 채 사진 찍으며 노는 걸 즐기고 있는 게 확연히 드러난다. 예쁘장하게 잘 꾸미고 있는 부인은 크레이들보다 다섯 살가량 젊어 보인다. 아이들인 대니얼과 벨라는 사립학교에 다니는 10대답게 뚱한 표정으로 카메라를 응시하고 있다.

"재수 없는 놈." 빌리가 말한다.

"런던 집 좀 봐요." 이번엔 이브가 말한다.

거리뷰 사진을 보니 빨간 벽돌로 지은 조지아 양식의 주택이 도로에서 멀찍이 서 있다. 기둥이 있는 현관은 활짝 핀 목련 때문에 반쯤 가려져 있다. 1층 창문 옆으로 도난 경보기가 보인다.

"동네가 어디예요?" 랜스가 묻는다.

"머스웰 힐이요. 6년째 살고 있네요. 130만 파운드나 줬어요. 요즘 시세면 최소한 200만 파운드는 되겠네."

"보아하니 크레이들도 정보국 연봉 수준을 웃도는 소비 수준을 감추려는 마음은 없어 보이네요?"

"그러네요. 부인이 훨씬 많이 버니까요."

"그렇더라도 1,700만 파운드라는 거액을 해명하긴 힘들걸요."

이브가 어깨를 으쓱인다.

"해명할 일도 없을걸요. 토니 켄트가 우리가 노리는 조직의 중개인 비슷한 역할을 하고 있다고 가정하면, 그 돈은 세무청 눈에 안 띄게 잘 모셔두었겠죠."

"그러면 그 돈이 크레이들한테 갈지는 어떻게 알아요?"

"모르죠. 하지만 내가 크레이들하고의 관련성을 밝혀낼 줄 몰랐다면 진 치앙은 애초에 나를 켄트 쪽으로 인도하지도 않았을 거예요. 영국정보국 소속의 누군가가 미지의 출처로부터 거액의 돈을 받고 있을지 모를 가능성에 대해서 내가 아주 노골적으로 물어봤거든요. 이게 진이 준 대답이에요. 진이 줄 수 있는 최선의 대답이었을 거예요."

"그렇다면 크레이들의 집을 뒤질 건가요?" 랜스가 묻는다.

이브가 안경을 뽀드득 닦으며 말한다. "마음 같아서는 그러고 싶지만 보안이 삼엄할 거 같아요. MI5 고위 간부잖아요. 혹시 잡히기라도 하면 그 여파가 엄청날 거라고요."

"수색영장 발부는 어림도 없겠죠?"

"어림없죠. 필요한 이유를 말한다고 해도 못 받을 텐데, 이유도 말 못 하잖아요."

"그냥 궁금해서 묻는 건데요." 랜스가 모니터 쪽으로 몸을 바짝 기울인다. "1층 창문에 있는 저 경보기는 가짜거든요. 그러면 집안에 통상적인 시스템을 설치해놨을 거란 말이죠. 적외선 장애물 감지라든지, 압력 패드……."

"가능할 것 같아요?" 이브가 묻는다.

랜스가 반쯤 피우다 만 손 담배 밑에서 라이터를 탁탁 튀긴다. "모든 건 가능하죠. 단지 기회의 문제일 뿐이지. 그 남자 수첩 좀 볼 수 없어, 빌리?"

"페니 건 있어요. 남자는 수첩이 없는 것 같고요."

"딱 두 시간만 확실하게 잡을 수 있으면 되는데"

"이거 어때요? A와 L과 저녁. 8시 마제파." 빌리가 읊는다.

이브가 얼굴을 찌푸린다. "그거 오늘밤이잖아요."

"전 오늘밤도 가능해요. 지지 하디드[미국의 모델]와의 데이트 약속은 취소하죠 뭐." 랜스가 어깨를 으쓱한다.

"너무 빨라요. 사전답사를 해야죠. 그냥 헐레벌떡 들어갈 순 없어요. 그거 말고 앞으로 다른 일정은 없어요?"

"데니스는 모르겠고요. 페니는 이번 주에 그 약속 말고 다른 약속이 없어요." 빌리가 답한다.

"젠장."

이브가 휴대전화로 마제파를 찾아본다. 메이페어, 도버 스트리트에 있는 미슐랭 별을 받은 식당이다. 이브가 못 미더운 표정으로 랜스를 바라본다.

"내가 오늘 오후에 외부에서 그 집을 좀 살필게요. 주차하고 그 자리에 가만히 앉아서 지켜보는 거죠. 그리고 오늘 저녁 두 사람이 나서자마자 들어가는 겁니다." 랜스가 제안한다.

이브가 동의의 표시로 고개를 끄덕여 보인다. 이상적인 것과는 거리가 멀다. 게다가 랜스의 가택 침입 실력이 어떤지 전혀 모른다. 하지만 리처드가 형편없는 요원을 보내지는 않았을 것이다. 무엇보다 결과가 필요하다.

"알았어요." 이브가 말한다.

라라는 빌라넬을 몰도반카 지구 오데사의 새(鳥) 시장에 있는 어느 카페에서 내려주었다. 누런 조명에 벽에는 빛바랜 여행 포스터가 붙어 있고 그날의 스페셜메뉴를 광고하는 칠판이 있는 허름한 카페. 테이블의 반 정도가 차 있는 듯하다. 대개 혼자 온 남자들이고 매춘부일지 모를 여자가 두어 명 있다. 여자들은 솔리앙카 수프[고기나 생선과 오이피클과 감자 등을 넣고 끓인 러시아식 수프]와 만두로 그날 밤 일을 뛰기 위해 배를 든든히 채우는 중이다. 카페 안 남자들이 이따금 빌라넬을 흘끔거렸지만 단호하고 적대적인 눈빛을 보자마자 고개를 돌린다.

빌라넬은 카페 측면에 있는 부스에서 차를 홀짝이며 러시아어로 발행되는 타블로이드 신문 《세보드냐》를 대충 획획 넘기면서 20분쯤 기다리는 중이다. 드문드문 고개를 들어 빗물에 흐릿해진 카페 정면 유리와 그 너머 어둑어둑한 거리를 내다본다. 배가 고

팠지만 혹시 금방 나가야 할지 몰라 아무것도 주문하지 않았다.

어떤 마른 사람이 빌라넬이 있는 부스로 슬며시 들어와 맞은편에 앉는다. 전에 만났던 남자다. 작년 겨울 하이드 파크에서 말을 걸었던 남자, 겁먹게 했던 남자.

그 남자가 지금 여기 와 있다. 듬성듬성 턱수염이 나기 시작했고 고급 코트 대신 닳아빠진 가죽 재킷을 입고 있지만, 얼어붙은 듯 어두운 눈동자 빛깔만은 여전하다. 처음 만났을 때 두 사람은 영어로 말했지만 지금은 나이 지긋한 웨이트리스를 모스크바 억양의 유창한 러시아어로 부르고 있다.

"배 안 고파요?" 남자가 비에 젖은 머리를 손가락으로 쓸어넘기며 묻는다.

빌라넬이 어깨를 으쓱한다.

"보르쉬[러시아의 전통 수프]하고 피로조크[러시아 고기만두] 2인분이요." 남자가 주문을 하면서 의자에 편히 자리를 잡는다.

"그러면……." 빌라넬이 무표정한 얼굴로 입을 연다.

"이렇게 다시 만났네요." 남자가 보일 듯 말 듯 희미한 미소를 짓는다.

"런던에서 내 소개를 못 한 건 사과하죠. 시기가 적절하지 못했어요."

"지금은 적절한가요?" 남자가 빌라넬을 살피듯 뜯어본다.

"우린 당신의 케드린 작전에 깊은 인상을 받았어요. 그러던 차에 이렇게 당신의 도움이 필요한 상황이 닥치는군요."

"알겠어요."

"아니, 당신은 모릅니다, 나중엔 알게 되겠지만. 내 이름은 안톤이고 당신이 콘스탄틴으로 알고 있는 사람의 동료예요."

"계속 말씀해보세요."

"콘스탄틴이 납치를 당했습니다. 여기 오데사에 본거지를 둔 범죄 집단에 인질로 잡혀 있어요."

빌라넬은 말문이 막혀 아무 말도 못하고 안톤만 쳐다본다.

"믿기지 않겠지만 거의 확실해요. '졸로티 브라츠포', 황금 형제단이라는 조직이고 두목은 리나트 예브투크란 놈이에요. 우리 쪽 정보에 따르면 콘스탄틴은 여기서 30분 거리에 있는 폰탕카 소재의 경비가 삼엄한 집에 억류되어 있어요. 그 집은 예브투크 소유고. 조직의 목적은 물론 몸값입니다."

빌라넬은 여전히 감정을 전혀 드러내지 않고 있지만 너무 놀라고 충격을 받아 구역질이 날 지경이다. 이거 혹시 함정인가? 공황 상태에 빠뜨려 그녀가 누군지, 무슨 일을 하는지 털어놓게 하려는 시도인가?

"당신은 나를 믿어야 합니다. 내가 적이라면 당신은 이미 죽었을 거예요." 남자가 말한다.

지금까지도 빌라넬은 아무 말도 하지 않는다. 남자의 말이 사실이고 실제로 콘스탄틴이 납치를 당했다면, 빌라넬의 처지도 꽹장히 위태로워진 게 된다. 그들이('그들이' 누가 됐든) 뱀처럼 경계심 강한 콘스탄틴을 잡을 수 있다면, 빌라넬도 잡을 수 있다는 말이 된다.

"말해봐요." 빌라넬이 마침내 입을 열었다.

"좋아요. 우리가 확신하는 건 납치범들이 콘스탄틴과 우리의 관계를 전혀 모르고 있다는 거예요. 심지어 우리의 존재조차 모르고 있지요. 그들이 아는 한, 콘스탄틴은 그저 출장 중인 사업가입니다. 통상적인 경우처럼 회사가 돈을 내줄 걸로 알고 있을 거예요. 우리가 우려하는 바는 예브투크의 조직이 얼마간 SVR, 러시아 대외정보국의 수하였다는 겁니다. SVR은 MI6과 마찬가지로 우리 낌새를 알아차렸어요. 우리가 누군지, 어떤 조직인지는 몰라도 존재한다는 건 알고 있단 얘기죠. 따라서, 의문점은 그들이 콘스탄틴에게 우리 정보를 얻기 위해 이번 납치를 꾸몄냐 하는 겁니다. 우린 잘 몰라요. 당연히 SVR에 우리 쪽 사람들도 있지만 돌아가는 상황을 알아내려면 시간이 걸릴 겁니다. 그런데 우리한테는 시간이 많지 않죠."

안톤이 말을 마치자 대접과 숟가락, 김이 모락모락 나는 보르쉬 냄비가 나오고 곧이어 간 고기로 속을 채운 작은 찐빵인 피로조크 접시가 나온다. 웨이트리스가 느릿느릿 물러간 후, 안톤이 비트 수프[보르쉬에 비트가 들어간다]를 푸다가 빌라넬의 싸구려 스웨터 앞면에 짙은 자주색 얼룩을 튀긴다.

"콘스탄틴이 강하기는 하지만 제아무리 콘스탄틴이라도 SVR 심문은 못 당해낼 겁니다."

빌라넬은 고개를 끄덕이며 멍하니 냅킨으로 스웨터를 문지른다.

"그래서 어쩌자는 건데요?"

"우리가 그를 빼내자는 겁니다."

"우리라고요?"

"그래요. 내가 최정예 멤버로 팀을 꾸려놨어요."

빌라넬이 안톤의 시선을 맞받는다.

"난 누구랑 같이 일 안 하는데요."

"지금은 해야 해요."

"할지 안 할지는 내가 결정하는 거죠."

안톤이 빌라넬 쪽으로 몸을 내밀며 말한다.

"잘 들어요. 우리한테는 이렇게 잘난 척할 시간 따위 없습니다. 당신은 시키는 대로 하는 거예요. 그러면 우리 모두 이 상황에서 무사히 빠져나올 공산이 커질 겁니다."

빌라넬은 미동도 하지 않고 가만히 앉아 있다.

"난 인질 구조 작전에는 껴본 적이 없어요."

"그냥 들어요. 당신은 아주 특수한 역할만 맡아주면 됩니다."

들어보니 빌라넬에게는 선택의 여지가 없다. 빌라넬의 존재 자체가, 여태까지의 삶이 이번 임무의 성패에 달려 있다.

"한 가지 조건이 있어요. 날 알아보는 사람이 없어야 해요. 팀원 중에 누구도 내 얼굴을 알아보는 사람이 없었으면 합니다. 나에 대해 그 어떤 사실도 알아내서도 안 돼요."

"걱정 말아요, 그건 나머지 팀원도 마찬가지니까. 작전 내내 얼굴 전체를 가리는 마스크를 쓸 거고, 의사소통은 작전 내용에 한할 겁니다. 작전 종결 후에는 각자 원래 위치로 돌아갈 거예요."

빌라넬은 고개를 끄덕인다. 안톤에게는 못 믿을 구석도 많고 본능적으로 몸을 사리게 하는 요소도 많다. 하지만 지금으로서는 그의 계획에 흠 잡을 구석이 없다.

"언제 투입되나요?"

안톤이 카페를 쭉 훑어보더니 수프를 한 입 가득 떠먹는다. 빗방울이 카페 정면 유리를 아까보다 더 세게 때린다.

"오늘밤."

언성이 높아진 건 아니지만 이브는 니코가 화가 났다는 것을 알 수 있다. 동료 교사 두 명이 저녁 식사를 하러 집에 오기로 되어 있어서, 칠레산 피노 누아 한 병도 샀고 비싸면서 크기는 작은 양* 어깨살도 쪽마늘을 곁들여 오븐용 접시에 담아 놓았다. 오늘 저녁 자리의 속셈은 이브가 니코가 사준 생로랑 향수도 뿌리고 가장 예쁜 귀걸이도 걸고 예쁘게 꾸미고 있다가 손님들이 돌아가고 난 후, 둘 다 살짝 취기가 오른 상태에서 사랑을 나누면 어떤 식으로든 사이가 다시 좋아지리라는 것이다.

"솔직히 난 못 믿겠어, 무슨 일인지 모르겠지만, 하필 오늘밤에 그 일을 해야 한다는 게. 아, 진짜, 이브. 즈비그하고 클로디아가 오기로 한 건 몇 주 전부터 알고 있었잖아."

"미안해."

이브는 빌리가 단 한마디도 빼놓지 않고 듣고 있다는 것을 알 수 있다.

"오늘밤은 안 되겠어. 이 얘기는 전화로 해서도 안 되는 얘기야. 나 대신 두 사람한테 사과 좀 해줘."

"그러면 내가 뭐라고 사과하면 되는 건데? 당신 야근한다고? 난 다 끝난 건 줄 알았어, 그때 당신이……."

"니코, 부탁이야. 당신이 알아서 잘 얘기해 줘. 내 상황 알잖아."

"아니, 사실 난 잘 모르겠어, 이브. 진짜로. 당신이 모를까봐 얘기해주는데 나한테도 인생이란 게 있거든. 이번 한 번만이라도 제발 날 위해 뭔가 해달라는 거잖아. 그러니까 뭐가 됐든 알아서 핑계 대고 오늘 저녁엔 집에 와. 안 그러면……."

"니코, 내 말은……."

"됐고, 내 말 잘 들어. 오늘 저녁에 안 오면 우리 진지하게 대화를 해야 될 거야, 앞으로……."

"니코, 비상 상황이라 그래. 목숨이 위협받는 상황이라 남아 있으라는 명령이 떨어졌어."

침묵, 거칠어진 니코의 숨소리만 들린다.

"미안해. 끊어야겠어."

전화를 끊다가 빌리와 눈이 마주치자 빌리가 재빨리 고개를 돌려버린다. 수치심에 어질어질해진 이브는 한동안 가만히 서 있는다. 니코한테 사실을 털어놓지 못한 것이 이번이 처음은 아니지만 대놓고 거짓말을 한 건 이번이 처음이다.

대체 무엇 때문에? 빌리와 랜스는 이브 없이도 이번 일을 잘만 해낼 것이다. 사실 두 사람은 이브가 없는 쪽을 더 좋아할 테지만,

이브의 마음속 깊은 곳에 있는 사납고 본능적인 무언가가 그들과 함께하고 싶어 한다. 그럴 만한 가치가 있을까? 자신의 인생을 수상하고 비밀스럽게 만들고, 착한 남자의 사랑을 시험에 들게 해서 말살하는 것? 이브는 데니스 크레이들의 비밀을 밝혀내려고 이러는 걸까, 아니면 진전이 있다고 자신을 속이기 위해 가상의 연결고리를 만들려고 하는 걸까?

크레이들한테서 아무것도 발견하지 못하면, 이브는 휴가를 낼 것이다. 너무 늦지 않았다면 니코와의 사이를 바로잡을 것이다. 템스 하우스에서 훨씬 오래 근무한 직원들이 하나같이 하는 말이 있다. '직장 이외의 인생이 있어야 한다.' 홀몸 신세가 되고 싶지 않으면 비밀스러운 직업 때문에 밤낮없이 마비되는 삶에서 스스로 멀어져야 한다. 이 일이 보장해주는 것이라고는 끊임없이 이어지는 가짜 수평선밖에 없었다. 종결이란 건 이제껏 없었다.

혼자 집에서 상을 차리고 와인 잔을 놓고 조심스럽게 오븐에서 양고기를 꺼내놓을 니코를 생각하니 이브는 펑펑 울고 싶어진다. 전화를 걸어 상황이 해결되었으니 곧장 집으로 가겠다고 말하고 싶어 입이 근질거릴 정도다. 하지만 꾹 참는다.

"여자 친구 있어요, 빌리?"

"여자 친구 같은 거 없어요. 씨 오브 소울즈Sea of Souls에서 채팅하는 여자애는 있어도."

"씨 오브 소울즈가 뭔데요?"

"온라인 롤플레잉 게임이요."

"그 여자애 이름은 뭔데요?"

"걔 유저 네임은 레이디팽이에요."

"만난 적 있어요?"

"아니오. 데이트하자고 해볼까 생각도 해봤는데 너무 늙었거나 알고 봤더니 남자였다거나 그러면 어떡해요."

"좀 슬프네요, 안 그래요?"

빌리가 어깨를 으쓱인다. "솔직히 지금은 여자 친구 만날 시간도 없어요."

그리고 이어진 잠깐 동안의 침묵. 휴대전화 진동 소리에 침묵이 깨진다.

"랜스예요. 주차했고, 그 집 감시 중이래요. 그 집 식구들은 없는 것 같다는데요."

"아직 퇴근을 안 했을 테니까요. 내 생각엔 둘 다 약속 장소로 곧장 갈 거 같아요. 크레이들은 템스 하우스에서 올 테고. 부인이 다니는 회사는 카나리 워프[런던 템스강 도크랜즈에 위치한 신도시로 초고층 건물 대다수가 몰린 금융의 중심지]에 있잖아요. 하지만 그걸 믿어선 안 되겠죠. 우리 작전은 부부가 마제파에서 사람들을 만나는 8시부터 시작이에요."

"엄마한테 전화해야겠어요. 저 기다리지 말고 먼저 주무시라고 하게."

전진 작전 기지는 폰탕카 북서쪽에서 3킬로미터 남짓 떨어진 곳에 있는 폐농가다. 공격팀은 직사각형 모양의 별채에 모여 있다. 별채에는 녹슨 ZAZ사의 해치백 자동차와 진흙이 말라붙은 다양한 농기구가 보관되어 있다. 임시 조명이 버팀 다리가 달린 긴 테이블 두 개를 비추고 있다. 테이블 위에는 지도, 건물 평면도, 노트북 한 대가 놓여 있다. 무기, 탄약, 장비가 들어 있는 금속 상자들은 땅바닥에 쌓여 있다. 현지 시간으로 밤 10시. 빌라넬의 눈에 농가 안마당 담장 너머 어두워지는 하늘을 배경으로 리틀버드 군용 헬기의 회전 날개가 돌아가는 게 보인다.

안톤 이외 팀원은 다섯. 빌라넬 포함 공격팀 4인과 저격수 1인. 다섯 명 전원 상하가 붙은 검정색 노멕스 작업복 차림에 방탄복을 입고 얼굴에 딱 맞는 발라클라바[머리에서 어깨 일부까지 푹 덮는 순모제 대형모자로 주로 군대용·등산용] 마스크를 뒤집어쓰고 있다. 빌라넬은 다른 사람들의 신원을 전혀 모르지만, 안톤은 최종 브리핑을 영어로 진행 중이다.

콘스탄틴이 억류 중인 건물은 1만 2천 제곱미터 부지에 서 있다. 사진을 보니 여러 개의 기둥과 난간과 가파른 타일 지붕이 있는 으리으리한 3층짜리 궁전이다. 부지에는 철책이 둘러져 있고 입구는 경호원이 지키는 전기 개폐식 문이다. 빌라넬의 눈에는 이 건물이 요새화된 웨딩 케이크처럼 보인다.

공격팀은 전투를 예상해야 한다. 감시로 알아낸 정보에 따르면, 상주 무장 경호원이 여섯 명인데, 그중 최대 셋은 하루 중 한 번은 외부를 순찰한다. 예브투크가 워낙 악명 높은 데다가 대부분이 전직 군인 출신인 것을 고려할 때, 그들은 악착스럽게 저항할 공산이 크다.

안톤의 계획은 간단하다. 맹렬하고 강도 높은 국부 공격을 통해 인질범들이 공동 대응을 못하게 만드는 것. 공격팀이 가옥을 맡아 제거하면, 저격수가 임기 표적[사전에 계획되지 않고 전투 실시간에 갑자기 나타나는 표적]을 찾을 것이다. 속도가 절대적으로 중요하다.

빌라넬은 마스크를 쓴 다른 사람들을 둘러본다. 노멕스 작업복과 방탄복 때문에 모두들 덩치가 똑같이 커 보이지만, 저격수는 여성 체격이다. 그들은 서로 호출 신호로만 알려질 것이다. 공격팀은 알파, 브라보, 찰리, 델타, 그리고 저격수는 에코.

전술 브리핑이 끝나자 공격팀은 무기 상자 쪽으로 향한다. 생각 끝에 빌라넬은 크리스 벡터 자동소총, 글록21 권총, 45구경 ACP 탄약을 장전한 탄창 두어 개와 거버 전투용 단검으로 무장한다. 잠시 후 빌라넬은 테이블에서 광학 조준기와 조준경, 자신의 호출 신호 찰리가 새겨진 헬멧 전용 가방을 챙긴다. 조준기를 바지의 허벅지 쪽 주머니에 넣은 다음 내부 통신과 야간 투시경을 점검하기 위해 깜깜해진 농가 안마당으로 헬멧을 가지고 나간다. 나머지 팀원 셋도 무기를 탑재한 손전등과 레이저 조준기를 시험해보는 중이라 주위에서 불빛이 여러 번 짧게 깜빡인다.

빌라넬은 방탄 헬멧을 들어 올린 후 나머지 팀원들을 살펴본다. 손의 피부색이 어둡고 키가 큰 델타는 묵직한 전투 산탄총을 어깨에 둘러메고 있다. 브라보는 중키에 특이점이 전혀 없는 강인한 모습이고 알파는 황소 같이 옹골찬 체격이다. 둘 다 총신이 짧은 헤클러운트코흐 기관단총과 탄약이 그득한 탄띠를 가지고 있다. 셋은 확실히 남자다. 자신들을 살피고 있는 빌라넬을 그들도 마스크 뒤에서 무표정한 눈으로 살피고 있다는 걸 빌라넬은 잘 알고 있다. 저격수는 여섯 걸음 떨어진 곳에서 로바에르 SVL 저격 소총[현세대 최고의 정밀도와 명중률을 자랑하는 저격 소총]과 야간 조준경으로 무장한 채 풍속계로 측풍의 방향과 양을 측정 중이다.

농가 안에서 팀은 의사소통과 무선통신 방법을 최종 마무리 짓는다. 사람들의 목소리에는 아무런 특징이 없다. 모두 영어를 유창하게 구사하지만 저마다 억양이 다르다. 알파는 동유럽 억양, 브라보는 의심의 여지없이 미국 남부 억양, 델타의 모국어는 십중팔구 아랍어일 것이다. 여성인 에코는 러시아인이다. 빌라넬은 '이 얼굴 없는 존재들에게 내 목숨을 믿고 맡겨야 하다니. 제기랄!' 하고 생각한다.

안톤이 지도와 건물 평면도를 펴면서 그들을 손짓으로 부른다.

"자! 마지막 점검 후 개시한다. 내일 아침 동이 틀 즈음 가옥을 치면 좋겠지만 인질을 그렇게 오래 방치하는 위험을 무릅쓸 수는 없다. 그러니 무전을 잘 듣도록."

안톤이 말하는 동안 빌라넬은 저격수인 에코가 자신 곁에 선 것을 알아차린다. 두 사람의 눈이 마주쳤을 때 빌라넬은 라라 파르마니안츠의 푸른빛이 도는 회색 눈동자를 알아본다.

이번에도 빌라넬은 라라에 대한 자신의 태도가 일변하는 것을 느낀다. 발가벗은 채 자신의 아래 반듯이 누운 라라와 초정밀 저격 소총을 들어 나르고 있는 라라는 별개다. 빌라넬은 궁금하다. 라라가 단순히 경호원을 해치우기 위해 배치된 것인지 아니면 라라도 안톤의 가공할 속임수의 일부에 속하는 건지.

두 여성은 잠깐 동안 무표정한 얼굴로 서로를 응시한다.

"무기 잘 골랐는데." 빌라넬이 말한다.

"이런 일 할 때 내가 제일 좋아하는 총이야. 약실이 408 샤이택에 맞게 개조됐거든."

라라는 로바에르의 무소음 볼트 액션[한 발 발사 후 손으로 직접 노리쇠를 한 번 후퇴했다 전진시키면 방금 쏜 탄환의 탄피가 배출됨과 동시에 카트리지의 다음 탄환이 스프링의 힘에 의해 자동으로 약실에 장전되는 방식]을 작동시켜본다.

"이젠 목표물에 집중 못하고 집중력 흐트러지는 일이 거의 없거든."

"그래 보인다. 즐거운 사냥."

라라는 고개를 끄덕이고 1분 후 SUV에 올라탄다. 이 차량은 라라를 사격 위치로 데려다줄 것이다.

1분, 1분, 시간이 아주 천천히 흐른다. 빌라넬은 헬멧의 귀 덮는 부분을 제자리에 맞추고 헤드셋을 조정한 다음 턱 끈을 조인다. 마지막으로, 에코가 신호를 보내 안톤에게 적소에 자리를 잡아 준비가 되었다고 알린다. 안톤이 네 명의 팀원에게 고개를 끄덕여보이자 전원 깜깜해진 농가 안마당을 지나 무광 검정색 리틀버드 쪽으로 나아간다. 조종사가 불을 켜지 않은 조종실에서 대기하고 있다가 공격팀원이 기체의 동체胴體 측면에 달린 플랫폼 위에 각자 자리를 잡자 이륙 준비를 한다. 크리스 벡터 자동소총을 가슴에 가로질러 메고 기체 우측에 자리 잡은 빌라넬은 안전벨트를 찰칵 끼운다. 옆에 앉은 델타는 산탄총을 무릎 위에서 쥐고 있다. 그가 눈을 가늘게 뜨자, 두 사람은 조심하자는 듯 묵례를 나눈다.

리틀버드의 엔진이 가동되면서 낮게 웅웅거리는 소리가 나더니 곧이어 회전 날개가 탁탁거리는 소리를 내며 점점 빨리 돌기 시작한다. 기체가 흔들리자 델타가 장갑 낀 팔을 빌라넬에게 뻗었고, 두 사람은 서로 주먹을 맞댔다. 앞으로 어떻게 될지 모르겠지만 지금 그들은 한 팀이므로 빌라넬은 불안한 마음을 애써 마음 깊숙한 곳에 묻어두기로 한다. 리틀버드는 몇 미터 상승 후 상공에서 머문다. 잠시 후 밤하늘 속으로 상승하면서 지면이 아득히 멀어져간다.

헬리콥터는 바람 반대 방향에서 빌라로 접근한 다음 신속하게 기체를 비스듬히 기울여 철책 위를 스치듯 지나간 후 정문 동쪽 잔디밭 몇 미터 상공에서 춤추듯 움직인다. 벨트를 풀고 뛰어 내리자마자 공격팀은 무기를 겨눈다. 리틀버드는 곧바로 다시 고도를 상승시킨 후 흔들거리며 어둠 속을 헤치고 나아간다.

공격팀이 주택 측면 초목을 향해 전력질주를 할 때, 보안용 고조도 투광등이 눈부신 백색광으로 그 지점을 감싼다. 두 명이 진입 도로를 가로질러 공격팀 쪽으로 달려온다. 둔탁하게 탁 하는 소리가 한 번, 또 한 번 나더니 둘 다 자갈 바닥으로 쓰러진다. 한 명은 핀으로 고정시킨 곤충처럼 온몸을 비틀고, 다른 한 명은 조용히 누워 있다. 소음기를 단 408 저격소총의 총알로 몸이 거의 잘린 탓이다.

"명중이야, 에코."

브라보가 소곤거리자, 그의 느릿느릿한 남부 억양이 빌라넬의 이어폰에서 날카롭게 울린다. 잇따른 조준 사격으로 잔디밭과 건물 정면에 설치해놓은 LED 투광등이 하나하나 나가기 시작한다. 알파가 건물의 후면 모퉁이로 달려가 똑같은 작전을 수행한다. 빌라넬은 지켜보면서 기다린다. 헬멧의 잡음 제거 장치 때문에 작아진 총소리는 어딘가 먼 곳에서 나는 듯 비현실적으로 들린다.

집의 반대쪽 벽에만 조명이 비추고 있어 부지의 서쪽 일부가 더욱 또렷하게 부각된다. 위험을 무릅쓰고 건물의 모퉁이 쪽을 재빨리 훑던 빌라넬은 총알이 얼굴 앞을 지나가는 순간 대기에 잔물결이 이는 것을 느낀다. 그러나 빌라넬에게 총을 쏜 사수는 위치가 노출된 것이 틀림없었다. 왜냐하면 저격소총 탄환이 목표물을 찾아 찰싹하며 내는 차진 소리가 다시 한 번 들렸기 때문이다. 헤드폰에서 라라의 차분한 목소리가 들린다.

"에코가 전원에 알린다, 이제 방어벽을 뚫어도 안전하다. 반복한다. 방어벽을 뚫어도 안전하다."

이제부턴 시간과 능률 싸움이다. 알파가 커다란 중앙 현관으로 달려가 성형 폭약을 문짝에 부착하고는 나머지 팀원에 다시 합류한다. 정문은 귀청이 찢어질 듯한 폭발음과 함께 날아가지만 이건 양동 작전이다. 진짜 공격은 작은 쪽문을 통하는 것으로, 델타가 산탄총으로 경첩을 날린다. 공격팀원은 아무도 없는 부엌에 총알을 퍼붓는다.

주택 내부의 안전을 확보하는 데는 공식적인 행동 수칙이 있다. 기계적인 과정이나 다름없지만 중단할 수도 없고 중단해서도 안 된다. 팀원은 각자 사분면의 한 구획씩 전담하기로 하고[들어가자마자 적을 보더라도 자신의 전담 구획이 아니면 그 구획을 전담하기로 한 팀원에게 맡긴 채 오로지 자신의 구획만 보아야 한다] 모든 방을 훑는데, 적이 있을 경우 소탕하여 안전을 확보한 후 다음 장소로 이동한다. 빌라넬은 그 절차를 아주 잘 알고 있다. 포트 브래그 내 델타 포스의 훈련 시설에 마련된 살인의 집에서 모든 단계를 반복 훈련한 바 있기 때문이다. 거기 교관들은 빌라넬을 프랑스 헌병특공대 GIGN에서 임시 파견된 실비 다자트로 알았다. 최종 평가에서 빌라넬은 학습 속도가 이례적으로 빠르고 무기에 대한 본능적 감각이 있지만 반사회적 인격이므로 팀워크에서는 제외시켜야 한다는 평가를 받았다. 사실 거기서 벌였던 적대적 행동은 고의적이었다. 남자들은 자신들이 관심을 갖지 않은 여자들은 금세 잊어버린다는 콘스탄틴의 가르침에 따른 것이었다. 그래서 포트 브래그에서는 실비 다자트를 기억하는 사람이 아무도 없다.

공격팀은 이제 가구 때문에 발 디딜 틈이 없을 지경인 대기실에 와 있다. 한쪽 벽에는 마이클 잭슨이 침팬지를 귀여워하고 있는 그림이 걸려 있다. 건물 내부의 어딘가에서 발소리를 죽인 누군가 계단을 내려오는 소리가 들린다. 경호원 한 명이 돌격용 자동소총을 겨눈 채 천천히 다가오는 모습이 보인다. 빌라넬이 크리스 벡터 자동소총을 세 발 연달아 발사하여 그 경호원을 털썩 무릎 꿇린다. 놈은 멍한 표정으로 잠깐 균형을 잡더니 얼굴을 바닥에 박으며 쓰러진다. 빌라넬이 뒤통수에 두 발을 연달아 쏘아 확인 사살을 하자 두터운 카펫에 피가 튄다. 브라보가 집의 중심부로 들어가는 문을 통해 섬광탄을 던진다.

섬광탄이 터지며 난 어마어마한 굉음이 빌라넬을 덮치더니 방음 헬멧까지 뚫고 들어온다. 곧이어 알파와 브라보가 그녀를 지나 달려간다. 델타를 따라 경호원의 시체를 훌쩍 뛰어 넘어가는 동안에도 빌라넬의 귀는 여전히 윙윙거린다. 그들은 지나치게 넓은 복도에 도달한다. 복도에는 섬광탄에서 나온 짙은 연기가 장막처럼 드리워져 있다. 몇 초간 사람의 흔적이 없는 듯 보이더니 자동화기의 맹공격이 시작되어 공격팀은 각자 엄폐물을 찾아 몸을 날린다.

빌라넬과 델타는 터키색 소가죽으로 만든 커다란 체스터필드 소파 뒤에서 몸을 웅크린다. 그들 뒤에 있는 바깥 현관은 경첩이 부서져 기울어지는 바람에 묵직한 문짝이 어둠을 향해 활짝 열려 있다. 그들 왼쪽 대리석 징두리돌 위에는 끈 팬티만 입은 헐벗은 발레리나의 실물 크기 조각상이 놓여 있다. 집중 사격을 받은 소파는 찢어지며 쿠션이 흩어졌다. 빌라넬은 여기 더 있다간 죽겠다는 생각이 들었다.

'여기서는 정말, 진짜로 죽고 싶지 않아, 범죄에 가까울 정도로

흉한 가구가 놓인 이곳에서는.'

델타가 금도금 테를 두른 거울을 가리키기에 보니 그 거울이 복도 끝을 비추고 있다. 그 거울 속에서는 화려하고 커다란 책상 뒤로 사람의 형상이 하나가 보인다. 마치 한 몸처럼 빌라넬과 델타는 동시에 소파 양끝에서 일어선다. 빌라넬이 엄호 사격을 하는 동안 델타가 산탄총으로 책상을 날린다. 나무 조각이 날아다니고 사람의 몸 하나가 바닥으로 힘껏 내동댕이쳐진다. 네 명 처치. 반대쪽 모퉁이에서 움직이는 소리가 나더니 흰색 가죽 팔걸이의자 위로 라이플의 총열이 보인다. 브라보가 그 팔걸이의자에 한바탕 사격을 가하자 피가 뿜어져 얼룩말 무늬 벽지가 빨갛게 물든다. 이제 다섯.

소파 뒤에 몸을 숨긴 빌라넬은 탄창을 갈고 계단을 향해 달린다. 나머지 인질범은 아마 2층에서 기다리고 있을 것이다.

빌라넬은 천천히 계단을 오르면서 조심스럽게 눈높이를 2층에 맞게 낮춘다. 가장 가까운 문에서 어떤 형상이 나타났고 빌라넬이 총으로 쏘았다. 반동력이 어찌나 센지 머리가 뒤로 밀렸다가 되튀어오는 바람에 빌라넬은 순간 자신이 총에 맞은 줄 알았다.

귀가 윙하고 울려 갑자기 휘청하던 빌라넬은 누군가 어깨에 얹은 손 덕분에 균형을 잡는다. 별안간 눈앞에서 아주 작은 불빛들이 터지기 시작한다.

"괜찮아?" 익숙한 목소리가 묻는다.

고개는 끄덕이지만 빌라넬은 너무 멍해서 라라가 왜 거기 있는지 궁금해할 틈도 없이 자기 헬멧으로 손을 뻗는다. 강화 플라스틱 위에 깊게 파인 자국이 나 있는데, 1센티미터만 낮았으면 두개골이었을 것이다.

"둘이 동시에 총을 쐈어. 너한테는 천만다행스럽게도, 그놈이 높이 쐈지."

여섯 번째 경호원이 문 옆 바닥에 등을 대고 누워 있다. 들쭉날쭉 들이쉬는 숨소리를 들으니 폐에 총을 맞은 모양이다. 빌라넬의 엄호를 받으며 라라가 오른손에 자동권총을 든 채 놈에게 뛰어간다.

"인질은 어디 있어?" 라라가 러시아어로 묻는다.

경호원의 시선이 위쪽을 향한다.

"바로 위층?"

보일 듯 말 듯한 끄덕거림.

"인질한테 감시원이 있어?"

놈의 눈꺼풀이 실룩이더니 감긴다.

"아무도 없어?"

놈은 대답으로 무슨 말인지 알아들을 수 없게 웅얼거릴 뿐이다. 라라가 더 가까이 몸을 숙이지만 들리는 것이라고는 힘겨운 호흡 소리밖에 없다. 권총을 겨눈 후 라라가 놈의 미간에 한 방을 쏜다.

"네가 왜 여기 있어?" 빌라넬이 묻는다.

"너랑 똑같은 이유지."

"계획이랑 다르잖아."

"계획이 변경됐어. 내가 네 비상대체요원이야."

빌라넬은 순간 멈칫하다가 의심을 억누르고는 라라를 몇 개 안 되는 마지막 계단 쪽으로 이끈다. 꼭대기에 다다르니 눈앞에 문이 하나 보인다. 빌라넬은 광학 조준경을 꺼내 직경 1밀리미터짜리 유연 케이블을 카펫과 문틈 사이로 살살 밀어 넣는다. 초소형 어안렌즈를 통해 보이는 것은 눈부신 조명 아래 아무것도 없이 텅 빈 방이다. 단 하나, 의자에 묶인 사람 말고는.

빌라넬이 조용히 문을 열어본다. 역시 잠겨 있다. 크리스 벡터 자동소총 한 발로 자물쇠의 원통을 날려버린 후, 빌라넬이 문을 발로 차서 연 다음 라라와 함께 방을 급습한다.

두 사람은 의자에 묶인 사람을 주시한다. 피가 말라붙어 뻣뻣해진 검은색 천이 머리에 씌워져 있다. 천을 벗기자 곤죽이 된 콘스탄틴의 얼굴이 드러난다. 입에는 재갈이 물려 있고 부러진 코 때문에 쌕쌕거리며 호흡을 하고 있다.

라라가 재갈을 풀고, 빌라넬이 전투용 단검으로 콘스탄틴을 묶어놓은 전술용 케이블 타이를 끊는다. 한쪽으로 픽 쓰러진 콘스탄틴은 멍들고 피 흘린 머리를 뒤로 떨군 채, 통통 부은 손가락을 움직여보고 폐로 산소를 끌어들인다.

"네가 무슨 생각하는지 알아."

라라가 빌라넬에게 말한다.

"네 정체를 알고 있는 내가 살아 있는 한 넌 절대로 안전하지 못할 거라고 생각하겠지. 그래서 날 죽일 생각을 하고 있을 거야."

"지금이 아주 더없이 좋은 기회가 되겠는걸." 빌라넬이 부인하지 않는다.

"그렇게 되면 나 역시 너랑 똑같은 상황에 처하게 된다는 것도 알고 있겠지. 네가 살아 있는 한 나도 절대 안전하지 못할 테니까."

"이번에도 옳은 말씀."

"옥사나? 라라?" 콘스탄틴이 말라붙은 피 때문에 검붉어진 입술로 겨우 말한다. "너희들 맞지?"

두 여자 모두 콘스탄틴 쪽으로 돌아선다. 발라클라바를 그대로 쓴 채.

"난 그놈들한테 아무것도 발설하지 않았다. 너희들도 알지?"

"그럼요, 알죠."

빌라넬이 말한다. 라라를 흘낏 보면서 빌라넬은 라라가 짐짓 태연한 척하고 있지만 자동권총의 방아쇠울에 올린 집게손가락이 팽팽하게 긴장한 것을 알아차린다.

콘스탄틴의 시선이 라라 쪽으로 이동한다.

"네가 한 말은 나도 들었다. 하지만 너희 둘은 서로를 두려워할 이유가 없어."

라라는 눈만 가늘게 뜰 뿐 아무 말도 하지 않는다.

빌라넬이 무릎을 꿇어 콘스탄틴과 눈높이를 맞춘다. 이제 콘스탄틴의 몸이 방패가 되어 빌라넬의 몸을 라라로부터 막아주는 꼴이 되었다. 등 뒤로 손을 뻗어, 빌라넬은 총집에서 글록을 뽑는다.

"예전에 당신이 해줬던 말이 있는데, 난 절대 잊은 적이 없어."
빌라넬이 콘스탄틴에게 말한다.

"무슨 말?"

"아무도 믿지 말란 말."

빌라넬은 말하면서 동시에 글록의 총열을 콘스탄틴의 늑골에
두고는 방아쇠를 당긴다.

크레이들의 집으로 진입하는 것은 의외로 시시했다. 전파차단
기로 도난경보기를 고장낸 후, 랜스가 들어가고 빌리는 만능열쇠
로 현관문을 통해 들어간다. 고맙게도 크레이들 부부가 도둑들의
의욕을 꺾으려고 불을 켜두고 나가주었다.

이브는 차를 몰고 그 블록을 두 번 돈 다음 50미터쯤 떨어진 곳
에 있는 가로등 밑에 차를 세운다. 자동차 안 그늘진 조수석에 앉
은 이브는 외부에서 거의 안 보이지만 이브 자신은 양방향을 오가
는 보행자와 자동차를 모두 볼 수 있다. 이브는 크레이들 부부가
어떻게 생겼는지 알고 있다. 템스 하우스에서 데니스는 여러 차례
본 적이 있고, 페니는 정보국이 매년 마음이 동해 꼬박꼬박 여는
징글징글한 칵테일 파티에서 몇 번 본 적이 있다. 따라서 이브는
두 사람을 보면 알아볼 자신이 있다.

이브는 랜스와 빌리에게 곧장 서재로 가서 컴퓨터에 집중하라
고 이른다. 드라이브를 모조리 찾아내 다운로드하고 조금이라도

관련이 있는 문서라면 빼놓지 말고 휴대용 레이저 스캐너로 복사하라고도 이른다. 두 남자 모두 가택 침입 유경험자인 듯하다. 리처드 에드워즈가 '모험심 강하다'고 말한 건 아마도 이런 면 때문이었나보다.

차에 앉아 있는 이브의 기분은 극심한 불안감과 따분함 사이를 오간다. 위험천만할 정도로 길게 느껴지던 시간이 흐른 뒤, 이브는 빌리가 인도를 느긋하게 걸어 다가오는 모습을 본다.

"거의 다 됐어요." 빌리가 조수석 쪽에 폭삭 주저앉으며 말한다. "랜스가 이브도 후딱 보고 싶어 하지 않겠냐고 궁금해하던데요."

'자신감을 갖자.'

이브는 혼잣말로 중얼거린다. 점잖은 모습으로 초인종을 누르고 현관문으로 당당하게 들어간다. 랜스가 문을 열어주면서 수술용 장갑을 건넨다. 현관홀은 타일 바닥에 흰색 유광 페인트를 바른 목재로 된 비좁은 공간이다. 왼쪽에는 거실이 있고 계단을 지나면 부엌이 있다. 이브는 심장이 벌렁거리는 것을 느낀다. 이런 식의 무단 침입에는 어딘가 소름 끼치는 구석이 있다.

"토스트하고 얼그레이 차 드실래요?"

"그런 농담 하지 말아요, 배고파 죽을 지경이니까."

이브가 떨리는 목소리를 진정시키며 대꾸한다. "뭐 얻어 걸린 거 없어요?"

"이쪽이에요."

데니스 크레이들의 사무실은 깔끔하고 말쑥하며 아담한 공간으

로 붙박이 선반과 책장이 있고 이와 똑같이 연한 목재 책상 하나
와 인체공학적 사무용 의자 하나가 놓여 있다. 책상 위에는 24인
치 모니터와 고성능으로 보이는 컴퓨터가 놓여 있다.

"빌리가 저 컴퓨터는 싹 다 비웠겠죠." 이브가 말한다.

"저 컴퓨터에 있으면 우린 건진 거예요. 게다가 서랍에서 외장
드라이브하고 메모리 스틱 여러 개도 찾았다니까요."

"금고는 없어요?"

"여긴 없어요. 집안 어딘가엔 있을지도 모르지만, 찾는다고 해
도 과연 그 사람들이 돌아오기 전까지 금고를 열 시간이 있을지
의문이에요."

이브가 고개를 가로젓는다.

"아니, 우리한테 필요한 게 있다면 바로 여기에 있을 거예요. 그
사람이 우리가 찾는 정보를 자기 부인하고 공유할 리가 없으니까."

"얍삽한 놈이네요." 랜스가 투덜거린다.

이브는 랜스의 말을 무시한 채 묻는다.

"그래서 여기를 쭉 둘러보니까 데니스 크레이들은 어떤 사람처
럼 보여요?"

"통제광이에요. 우쭐거리는 유형이라고 할 수 있겠네요."

책상 뒤 벽에 잔뜩 걸어놓은 사진은 대학 구내식당에서 친구들
과 함께 있는 크레이들, 미 육군 장성과 악수를 하고 있는 크레이
들, 산 근처 강에서 연어 낚시 중인 크레이들, 휴일에 가족들과 포
즈를 취한 크레이들이 찍힌 사진이다. 선반에는 베스트셀러 스릴

러 소설, 정치인의 회고록, 보안 및 기밀 정보 관련 제목의 책들이
놓여 있다.

랜스의 휴대전화 진동이 울린다.

"빌리인데 크레이들 부부가 도착해서 택시에서 내리는 중이라
네요. 갑시다."

"젠장. 젠장."

랜스가 소리 없이 신속하게 움직인다. 랜스 뒤를 따르는 동안
이브는 심장이 너무 쿵쾅거려 토할 것 같다. 부엌에서 랜스가 정
원으로 나가는 문의 걸쇠를 풀고 이브를 급히 내보낸 다음 자신
도 나가고는 조용히 문을 닫는다. 두 사람은 이제 잔디밭 같이
폭신한 바닥에 서 있다. 젠장. 저 부부는 왜 이렇게 일찍 집에 온
거야?

"저 샛길로."

랜스가 지시한다. 관목이 쑥 튀어나와 있는 이 샛길은 큰 도로
로 이어져 있다. 이브가 어정쩡하게 한쪽 다리를 낮은 담장 너머
로 넘기려는데 관목 가시가 옷자락을 잡아 뜯는다. 필사적으로 옷
을 비틀어 잡아떼려는 이브 뒤를 랜스가 뒤따른다.

"누워봐요." 랜스가 이브의 어깨뼈 사이를 손으로 꽉 누른다. 딱
딱한 바닥이 울퉁불퉁하고 축축하다.

"전등."

이브가 호흡을 가다듬으려 애를 쓰면서 낮게 말한다.

"빌어먹을 전등을 켜놓고 나왔어."

"들어갈 때부터 켜져 있었어요. 진정해요."

크레이들네 부엌에서 분노에 찬 소리가 요란스레 흘러나온다. 찬장 문을 쾅 하고 닫는 소리. 식기들을 단단한 표면에 세게 내려놓는 소리.

"내가 신호하면 도로 쪽으로 가요." 랜스가 속삭인다.

"왜 지금 안 가고요?"

"데니스요. 그 작자 아직 집 앞에 있잖아요, 택시비 내느라고."

이브는 페니가 부엌에 계속 있어주길 바라고 또 바란다. 그러나 페니는 이브의 기대를 저버린다. 정원으로 나오는 문을 밀어 여는 소리가 들리더니 라이터를 튕겨 담배에 불을 붙이는 엄지손가락이 보인다. 잠시 후, 담배 냄새가 나기 시작한다. 페니가 불과 2~3미터 거리에 있다. 발각될까 두려운 마음에 몸이 굳은 이브는 숨조차 제대로 쉴 수가 없다.

현관문 닫히는 소리가 희미하게 들리더니 곧이어 남자 목소리가 난다. 이브는 등을 땅바닥에 더 바짝 댄다. 불과 몇 센티미터 떨어진 곳에 랜스의 신발이 있다.

"여보, 내가 미안하다고 하잖아. 그렇지만 솔직히 난 모르겠어……."

남자의 목소리는 이제 훨씬 가까운 곳에서 들려온다.

"모르겠다고? 일단 당신은 나를 빌어먹을 아랫사람처럼 대했잖아. 친구들 앞에서 나한테 진정하라니 그건 정말 아니지."

"페니, 제발 큰소리 좀 내지 말아줘."

"큰소리 좀 내면 어때서, 내 마음이지."

"알았으니까, 정원에선 그러지 말라고, 알겠어? 동네 사람들이 다 듣겠어."

"들으라면 들으라지. 꺼져버려, 당신."

잠깐 동안의 침묵이 흐른 후 뭔가가 담장을 휙 넘어오더니 이브의 머리카락으로 조그맣고 뜨거운 게 쓱 떨어진다. 부엌문이 찰칵 하고 닫히자 이브는 반쯤 피운 담배를 잡아챈다. 담뱃불에 라텍스 장갑이 녹으면서 손가락이 화끈거려 급기야 장갑을 찢는다.

"지금이에요." 랜스가 속삭인다.

통증에 움찔하면서도 이브는 랜스를 따라 샛길에서 큰길까지 간다. 두 사람이 자동차에 올라타는 모습을 본 사람은 아무도 없는 것 같지만 이브는 그래도 가짜 번호판을 달아 다행이라고 생각한다.

"이게 무슨 냄새예요?" 빌리가 클러치를 풀며 묻는다.

"내 머리카락." 이브가 반쯤 녹은 장갑을 잡아당겨 벗으며 말한다.

"더는 안 물을게요. 구지 스트리트로 돌아가는 거 맞죠?"

"빌리, 오늘밤 당장 모든 일을 해치워야 되는 건 아니에요." 이브가 말한다.

"그렇겠죠, 그래도 그냥 다 해버려요, 우리. 텔레비전에서 볼 만한 프로그램도 없고."

"랜스도요?"

"나야 뭐, 아무래도 좋아요."

"다들 피자 괜찮아요?" 빌리가 묻는다.

"방금 아치웨이 로드에 한 군데 지나쳤는데."

이브가 니코에게 전화를 건 것은 자정이 다 된 시간이다. 니코는 집에 있고 저녁식사에 초대받아 온 동료 교사 둘도 아직 집에 있다.

"니코, 오늘밤 일은 내가 정말 미안하고 나중에 다 만회할게. 그런데 지금은 당신한테 부탁을 좀 해야 할 것 같아. 정말 중요한 일이야."

니코가 우물쭈물 툴툴거린다.

"자기 도움이 필요해. 지금 사무실로 와줄 수 있어?"

"지금?"

"응, 미안하지만 지금 당장."

"세상에, 이브." 니코가 말을 잇지 못한다.

"그러면 츠비그하고 클로디아는 어쩌라고?"

이브가 한참 뜸을 들이다가 묻는다.

"그 사람들 얼마나 잘해?"

"잘하다니 뜬금없이 무슨 말이야?"

"IT 쪽 말야. 보안 프로토콜. 크래킹[다른 사람의 컴퓨터시스템에 무단으로 침입하여 정보를 훔치거나 프로그램을 훼손하는 등의 불법행위] 같은 거."

"아주 똑똑한 사람들이지만 지금은 굉장히 똥 씹은 얼굴이야."

"당신, 그 사람들을 믿어?"

"그럼 믿지."

니코의 목소리는 지치다 못해 체념한 것처럼 들린다.

"니코, 정말 미안한데, 앞으로 다시는 그 어떤 부탁도 안 할게."

"아니, 할 거잖아. 말해봐."

"택시를 불러서 여기로 와. 다 같이."

"이브, 깜빡했나 본데, '여기'가 어딘지 나는 몰라. 이젠 뭐가 어디 있는지 나도 더 이상 모르겠다."

"니코……."

"어딘지나 말해봐, 응?"

전화기를 내려놓고 보니 모두 이브를 바라보고 있다. 빌리의 손은 키보드 위에서 엉거주춤한 상태로 멈춰 있다.

"잘하는 짓이라고 확신해요?"

이브가 랜스의 눈을 마주본다.

"외장 하드랑 메모리 스틱에 있는 것도 모조리 봤고, 하드 드라이브에서 다운받은 것도 다 봤는데, 다 너무 깨끗하잖아요. 방금 이 잠금 파일 하나를 건졌는데, 그걸 크래킹 못 하면 오늘밤 우리가 한 짓이 다 헛짓거리가 될까봐 걱정이 돼서 그래요. 데니스 크레이들은 옛날에 MI5에 들어온 사람이에요. 컴퓨터를 잘 아는 사람도 아닌데 높은 엔트로피 암호[개인정보 보호를 목적으로 사용하는 암호화에서는 공격자의 관점에서 엔트로피가 높은 암호를 사용해야 한다.] 만드는 법을 알고 있어요. 빌리의 무작위 대입 공격이 먹히지 않을 정도로. 이번

일에는 브레인이 더 필요한데 마침 리처드도 필요한 경우에는 외부 인사를 써도 된다고 했어요."

"그래서, 어떤 사람들인데요?" 랜스가 묻는다.

"내 남편은 폴란드 사람이고 전前 체스 챔피언이에요. 수학 교사지만 엄청 실력 좋은 해커라고요. 츠비그니에프는 서양고전학자고 클로디아는 츠비그의 여자 친구인데 교육심리학자고요. 다들 똑똑한 사람들이에요."

"공무상 비밀 원칙은 어쩌고요?"

"암호 해독만 도와달라는 거잖아요. 딱 거기까지만. 어떤 이름도 알려주지 않을 거고, 앞뒤 상황도 알려주지 않을 거고, 파일에서 찾은 내용도 안 보여주면 되죠."

랜스가 어깨를 으쓱한다.

"난 뭐 아무래도 좋아요."

"빌리는요?"

"이하동문입니다."

"너, 날 죽일 거였어?" 빌라넬이 묻는다.

"그렇게 하라는 명령을 받았어. 네가 콘스탄틴을 해치우지 않으면 내가 너도 쏘고, 콘스탄틴도 쏘아야 했지. 콘스탄틴은 신분이 노출됐으니까."

"콘스탄틴은 아무 말도 안 했을 거야."

"너도 알고 나도 알고 있지. 하지만 이론적으로 아주 불가능한 것도 아니기 때문에 그는 죽어야 했고 네가 죽여야 했던 거야. 내가 비상 대체 요원이었어. 그 사람들, 우리를 부리는 사람들은 그런 식으로 일하지."

"내 질문은 대답 안 했잖아. 날 죽일 거였냐니까?"

"응."

두 사람은 리어제트기의 접이식 침대에 알몸으로 누워 있다. 그들에게는 땀과 섹스와 발사 잔여물의 냄새가 난다. 40분 후면 모스크바 남서쪽에 있는 브누코보 공항에 착륙한다. 라라는 내리고 빌라넬은 남아 안시 몽블랑과 이시레물리노를 거쳐 파리로 갈 예정이다. 프랑스 출국 때 공식 기록이 없었듯이 입국 때도 공식 기록은 남지 않을 것이다.

빌라넬이 라라의 목덜미를 어루만진다. 바싹 깎은 머리카락의 깔끄러운 감촉.

"너 오늘 정말 대단했어. 달리는 목표물 머리를 두 번이나 명중시켰잖아."

"고마워."

"사실상 그 남자 머리를 두 동강 냈어."

"나도 알아. 로바에르는 꿈의 무기지."

라라가 빌라넬의 윗입술을 부드럽게 문 다음 혀를 놀려 어루만진다.

"난 네 흉터가 너무 좋아. 어쩌다 생긴 거야?"

"알아서 뭐 하게."

"알고 싶어. 말해줘."

라라가 빌라넬의 다리 사이에 손을 뻗으며 말한다.

빌라넬은 대답하려고 하지만 라라의 손가락이 몸속에서 미끈미끈 가볍게 떨리는 느낌 때문에 등이 활처럼 휘면서 신음소리만 나온다. 빌라넬의 몸의 진동과 리어제트기의 엔진음이 점차 하나가 되어간다. 빌라넬은 어둠을 뚫고 날아가는 기체와, 저 아래 어두컴컴한 러시아의 숲을 그려본다. 라라의 다른 쪽 손을 가져다 방아쇠를 당기는 데 쓰는 집게손가락을 입속에 넣고 빤다. 금속과 유황 맛이 난다. 죽음처럼.

이브는 니코와 니코의 친구들을 구지 스트리트 역 밖에서 맞이한다. 이브의 팔에 손을 대기는 하지만 니코의 몸짓은 경직되고 부자연스럽기만 하다. 니코의 숨결에서는 자두 브랜디 냄새가 난다. 거칠고 소란스러운 츠비그는 누가 봐도 취한 상태고 싸늘한 표정의 클로디아는 이브의 시선을 피한다. 세 사람을 보면서 이브는 희망이 사라지는 걸 느낀다.

사무실에서 차를 끓이던 랜스는 클로디아의 표정을 눈치 채고는 말아 피우는 담배를 피우겠다며 슬그머니 밖으로 나간다. 기온이 떨어지고 있다. 이브는 모두에게 의자를 마련해준다.

"우리더러 뭘 도와달란 건데요?"

클로디아가 양손으로 외투 옷깃을 팽팽히 잡아당기며 무표정한 얼굴로 묻는다.

이브가 한자리에 모인 세 사람의 얼굴을 바라본다.

"암호를 하나 깨야 해요."

니코가 빌리를 쳐다본다.

"생사가 달린 일이시겠죠."

"그렇게 말할 수도 있겠네요."

"지금은 뭘 해보고 있는데요?"

"지금은 사전 대입 공격[사전에 있는 단어를 입력하여 암호를 알아내거나 해독하는 컴퓨터 공격법]을 하는 중이에요. 그걸로도 안 되면, 레인보 테이블[패스워드별로 해시 값을 미리 생성. 크래킹하고자 하는 해시 값을 테이블에서 검색해서 역으로 패스워드를 찾는다]을 시도해보려고요. 시간은 걸리겠지만."

"그런데 우리한테는 시간이 없어요." 이브가 말한다.

클로디아가 여전히 외투 옷깃을 단단히 여민 채 얼굴을 찌푸리며 묻는다.

"암호 주인에 대해서는 얼마나 알고 있는데요?"

"조금요."

"정말 우리가 그 암호를 풀 수 있다고 생각하는 거예요?"

"되든 안 되든 시도는 해볼 수 있잖아요."

클로디아가 츠비그를 바라보자, 츠비그는 어깨를 으쓱하더니 김이 모락모락 나는 차를 호호 분다.

"암호 주인 얘기나 들어보자." 니코가 말한다.

"똑똑하고, 중년에, 교육 수준이 높고……. 컴퓨터를 잘 다루기는 하는데 골수 컴퓨터광까지는 아니에요. 컴퓨터나 네트워크 보안 같은 일을 대신 맡아 처리해주는 사람이 직장에 있을 거예요. 하지만 우리가 깨야 하는 파일은 그 사람 집 컴퓨터에 숨겨져 있었어요. 따라서 암호도 자기가 걸었을 테고요."

"얼마나 잘 숨겨 놓았는데요?" 클로디아가 묻는다.

"빌리?"

"실행 가능한 배치 파일을 만들어놨더라고요. 생초보는 아니에요."

"내 직감에 따르면 이 남자는 남들이 못 깨는 암호를 만들 정도로 자기는 똑똑하다고 생각하고 있어요. 정보 엔트로피 같은 걸 독학하고 있었을 거예요……."

"정보 뭐라고요?" 츠비그가 묻는다.

니코가 눈을 비빈다.

"암호 강도는 엔트로피 비트로 측정되는데, 엔트로피 비트는 그 암호를 깨는 데 필요한 추측 횟수에 대한 2진수 알고리즘을 나타내거든."

츠비그가 빤히 쳐다본다.

"미안한데……. 뭐라고?"

"모든 걸 다 알아들어야 할 필요는 없어. 이브 말은 우리의 표적께서 암호란 자고로 복잡해야 하고, 길어야 하고, 문자 여러 개를 합쳐서 만들어야 한다는 걸 알 정도로 머리가 좋단 얘기야." 클로디아가 말한다.

"이 남자는 자만심이 강해요. 무작위로 고른 암호가 아닐 거예요. 암호는 자기한테 중요한 의미가 있는 말일 거예요. 그 누구도 절대로 맞출 수 없는 말. 나라면 그 사람 사무실에서 아주 잘 보이는 곳에 단서가 있을 거란 데 돈을 걸겠어요. 그게 바로 빌리가 그 사람 책상, 사방 벽, 책장에 있는 걸 모조리 사진으로 찍어 온 이유고요. 우린 그 남자보다 머리를 더 써야 해요." 이브가 말한다.

랜스가 담배 냄새를 풍기며 다시 나타났을 때, 빌리는 A4 인쇄물을 활짝 펼쳐놓는 중이었다. 크레이들의 컴퓨터, 유선전화, 앵글포이즈 램프[픽사 애니메이션이 시작할 때 나오는 램프 모양으로 영국에서 테이블 램프로 유명하다], DAB[디지털 오디오 방송] 라디오, 쌍안경에 마오쩌둥과 레닌의 소형 흉상까지 놓여 있는 책상 사진이다.

"공산주의 애호가시군. 병신 같은 놈." 니코가 투덜거린다.

책을 찍은 사진에서는 셰익스피어의 『햄릿』, 마키아벨리의 『군주론』, 도널드 트럼프의 『불구가 된 미국: 어떻게 미국을 다시 위대하게 만들 것인가』, 존 르 카레와 찰스 커밍의 정치 스릴러물, 데이빗 퍼트레이어스[미국의 군인으로 중부군사령관 역임 후 CIA 국장으로 재직했음]와 제리 할리웰[스파이스 걸즈의 멤버]의 회고록이 보이고 책장 두 단에는 비밀정보 관련 제목의 도서가 놓여 있다.

그 밖의 사진은 서재 벽을 찍은 것이다. 대학 구내식당의 학생들, 미국의 사성 장군과 악수 중인 크레이들, 연어 낚시 사진, 휴일 기념 가족 사진.

"명심해요. 우리가 찾고 있는 단어나 구절은 철자가 서른 개나 될 수도 있어요. 인용문일 수도 있고요. 크레이들 같은 사립학교 출신 유형은 인용문을 굉장히 좋아해요. 인용문이야말로 얼마나 책을 많이 읽었는지 과시할 수 있는 훌륭한 수단이거든요."

한 시간이 흐르는 동안, 추측하면서 이것저것 던져본 말들, 타다닥 타다닥 키보드 두드리는 소리, 토트넘 코트 로드의 야간 통행 차량들이 우르릉거리는 소리만 간간히 난다. 랜스가 담배를 피우러 또 한 번 나간다. 두 시간이 흘렀다. 취객이 길바닥에 토하기 시작하는 시간이 되자 모두의 얼굴에 패배감이 드리워진다. 츠비그가 폴란드어로 투덜거린다.

"츠비그가 뭐라고 말한 거야?" 이브가 니코에게 묻는다.

"이 일이 고슴도치하고 섹스하는 것[슬로베니아식 표현으로 어떤 일을 열심히 하지만 사실 속으로는 괴로워 죽겠고 매번 잘못되는 상황을 가리킬 때 쓴다] 못지않게 더럽게 재미있대."

"알았어, 자, 잠깐 쉬면서 얼마나 진전이 있는지 봅시다."

이브가 일어나 나머지 사람들을 둘러본다.

"지금까지 생각난 것 중에 제일 그럴싸한 게 뭔지 들어볼까요? 암호를 세 번 잘못 입력하면 시스템이 잠겨버리니까 매번 시도해보기 전에 승산이 있을지 정말 확신할 수 있어야 해요. 니코, 맨 먼저 시도해보지 않겠어?"

"좋아. 지금까지 짜낸 것 중에 제일 그럴듯한 건 'Methinks it is like a weasel'(내가 보기에 그것은 속임수[족제비] 같다)이야."

"무슨 뜻인지 모르겠어." 이브가 말한다.

"『햄릿』에 나오는 인용문이야, 책장에 『햄릿』이 한 권 있더라고." 니코가 말한다.

"그래서?"

"위즐Weasel 프로그램은 리처드 도킨스의 수학 실험 이름이기도 해. 시간만 충분히 주어지면 원숭이도 타자기에 있는 자판을 무작위로 두드려서 셰익스피어의 작품처럼 완전한 작품을 만들 수 있다는 이론에 근거를 둔 실험이야. 도킨스에 따르면 'Methinks it is like a weasel' 같이 짧은 문장만 예로 들어봐도, 문자 26개와 스페이스바 하나만 있는 키보드로 그 문장을 제대로 생성하려고 하면 속도 빠른 컴퓨터 프로그램을 우주 나이보다 더 긴 시간 동안 돌려야 한다는 건데……."

"가능한 조합이 27의 28거듭제곱 개거든요." 빌리가 말한다.

"바로 그거야."

"우리의 주인공께서 그 족제비 뭐시기를 알고 있을까?" 클로디아가 묻는다.

"모를 거라고 생각할 이유도 없죠. 게다가 『햄릿』은 그 책장에서 단연 튀는 책이기도 하니까. 더 할 말 있어, 니코?"

니코가 고개를 가로젓는다.

"'달리고 싶은 만큼 소리 질러Scream If You Wanna Go Faster'는 어때요?" 클로디아가 제안한다.

"그건 『햄릿』에 나온 대사가 아니잖아." 츠비그가 말한다.

"웃기고 있어. 그래, 『햄릿』 아니야. 제리 할리웰의 두 번째 앨범에 있는 노래지. 난 열여섯 살 때 그 앨범을 샀어. 욕실 거울 앞에

서 머리를 빗으면서 '남자들이 비처럼 쏟아져It's Raining Men'를 부르
곤 했었지."

"츠비그?"

"순진하고 감상적인 애인Naïve and Sentimental Lover'은 어때요? 르
카레 책 제목 중 하나인데."

"그것도 좋은데요. 우리의 표적이 그런 제목을 쓰는 모습이 그
려지는 것 같아요. 누구 다른 아이디어 있는 사람 없어요?" 이브가
말한다.

"전 하나도 마음에 드는 게 없어요." 빌리가 말한다.

"특별한 이유라도 있어요?" 클로디아가 눈을 감고 고개를 숙인
채 묻는다.

"그냥 다 아닌 것 같아요." 빌리가 말한다.

"그중 시도해볼 만한 게 하나도 없다고 생각하는 거예요? 어떤
형태로든?" 이브가 묻는다.

빌리가 어깨를 으쓱인다.

"시도를 세 번밖에 못하고 그 후엔 시스템에 못 들어가게 되는
데 안 될 말이죠. 아직 멀었어요."

"랜스는요?"

"빌리가 멀었다니까 계속 찾아보죠."

"모두 미안해요. 다들 지쳤을 텐데." 이브가 말한다.

클로디아와 츠비그는 서로 쳐다만 볼 뿐 아무 말도 하지 않는다.

"저 인쇄물 말이야. 다 섞은 다음에 다 다시 펼쳐놓자고." 니코

가 제안한다.

이브가 다시 펼쳐놓은 후, 다 같이 아무 말 없이 A4종이를 빤히 바라본다. 그러다가 마치 텔레파시라도 통한 듯, 클로디아와 니코가 동시에 집게손가락을 똑같은 종이 위에 올린다. 그 종이는 페니가 아이들인 대니얼과 벨라와 함께 기둥이 있는 오래된 건물 앞 넓은 광장에서 찍은 사진을 인쇄한 것이다. 페니는 다소 어색한 미소를 짓고 있고 대니얼과 벨라는 아이스크림에 정신이 팔려 있다. 사진 우측 하단에 누군가, 짐작건대 크레이들이, '별들!'이라고 써놓았다.

"이게 뭐?" 이브가 묻는다.

"뭐가 아니라 왜냐고 해야죠?" 클로디아가 답하자 니코가 웃는다.

"무슨 말인지 모르겠어요." 이브가 말한다.

"왜 이 사진이냐는 거지? 나머지 사진은 다 과시하는 사진이잖아. 자기가 얼마나 잘났고 성공했는지 보여주려고 찍은. 저명한 지인들, 돈과 시간이 많아야 가능한 휴가, 연어 낚시, 나머지 모두. 그런데 이 사진만…… 모르겠어. 부인은 스트레스를 받은 표정이고 애들은 지쳐 보여. 그런데 왜 별들이라고 써놓았을까? 이 사진을 왜 다른 사진과 같이 걸어놓은 걸까?" 니코가 말한다.

모두 가까이 모여 든다. 그때 츠비그가 낮은 목소리로 말한다.

"잠깐. 이런 젠장……."

"뭔데요, 우리한테도 알려줘요." 이브가 말한다.

"저 광장은 로마에 있는 거고, 뒤에 보이는 건물은 판테온이 잖아요. 사진에는 안 보이지만 그 건물에는 명문이 새겨져 있죠. Marcus Agrippa, Lucii filius, consul tertium fecit. 루시우스의 아들인 마르쿠스 아그리파가 세 번째 집정관 임기에 이 건물을 지었다는 뜻이에요."

"그래서요?"

"실제로는 어떻게 쓰여 있는지 잠깐 기다려봐요. 빌리, 구글에서 '판테온 명문' 검색해서 인쇄해줄 수 있어요?"

레이저 프린터에서 종이가 한 장 나오자 이브가 그 종이를 얼른 낚아챈다. 건물의 정면에 새겨진 명문이 또렷이 보인다.

M·AGRIPPA·L·F·COS·TERTIVM·FECIT

"어때요, 암호처럼 보이지 않아요?" 클로디아가 묻는다.

이브가 고개를 끄덕이며 빌리 쪽을 본다. "빌리?"

"마음에 들어요. 엔트로피가 높아서 좋을 것 같아요."

"자, 시도해 봅시다."

타다닥 타다닥 키보드 두드리는 소리.

액세스가 거부되었습니다.

"띄어쓰기 없이 글자만 입력해봐요." 이브가 제안한다.

빌리가 이브의 말대로 하자, 이번엔 니코가 돌아서고 츠비그가 폴란드어로 욕설을 내뱉는다.

이브는 지친 눈으로 모니터를 뚫어져라 쳐다본다. A4 용지를, 햇살 쨍쨍한 광장과 가족을 다시 번갈아 보고 났더니 뭔가가 조용하고 정확하게 딱 맞아 떨어진다.

"빌리, 첫 번째 시도 때, 대문자하고 마침표 다 넣었지?"

빌리가 고개를 끄덕인다.

"명문을 잘 보면 마침표가 아니에요. 명문을 제대로 읽을 수 있게 단어의 끝을 표시해 주는 부호지."

"음…… 알았어요."

"그러니까 다시 입력해보되, 이번엔 마침표 대신 별표를 넣어봐요."

"자신 있는 거예요?"

"해봐요." 이브가 말한다.

다시 타다닥 타다닥 키보드 두드리는 소리. 그리고 침묵.

"이런 젠장. 열렸어요." 빌리가 모두에게 알린다.

파부르그 생토노레 거리에 있는 패션 디자이너 의상실에서는 기대감이 고조되고 있다. 무대에 올리는 오트쿠튀르 패션쇼가 다 그렇듯, 이번 쇼 역시 늦어지고 있다. 이 자리에 흥분한 감정을 무심코 드러낼 정도로 촌스러운 사람은 없지만 소리 죽인 웃음, 훔쳐보는 시선, 매니큐어 칠한 손톱으로 아이폰을 티 안 나게 두드리는 행위에는 기대감이 숨어 있다. 빌라넬은 잠시 눈을 감고 주위 사람들을 지워버린다. 언론사 카메라를 위해 과하게 차려 입은 사교계 명사들, 한결같이 미세하게 다른 검정색 옷을 입고 나타난 패션계 전문가들은 싹 지워버린 채, 아찔한 부_富의 냄새를 들이마신다. 백합·후크시아·네덜란드 수선화 향기가 패션쇼 무대 양쪽에 층층이 쌓여 있고, 그 냄새와 뒤섞인 명품 향수 냄새(겔랑, 파투, 아닉구탈)가 따뜻한 피부에 또 층층이 쌓인다. 탑 노트는 톡 쏘는 땀 냄새다. 너무 작은 금도금 의자에 앉아 40분 넘게 기다리고 있는 관객의 이마를 반짝이게 해주는 그 땀에서 나는 냄새.

빌라넬은 멍하니 손을 뻗어 앤로르의 무릎 위에 놓인 상자에서 장미꽃잎 맛 라뒤레 마카롱을 하나 꺼낸다. 마카롱의 바삭한 겉면을 무는 순간, 조명이 어두워지더니 이탈리아 작곡가 스카를라티의 칸타타의 영롱한 선율이 공간을 가득 채우는 가운데 첫 번째 모델이 몸을 좌우로 흔들며 무대로 나온다. 모델은 크로커스 꽃처럼 노란색 실크 롱코트를 입고 있다. 모델은 눈부시게 아름답지만 빌라넬은 모델이 눈에 들어오지 않는다.

혹시라도 라라 파르마니안츠가 옥사나 보론초바가 살아 있다고 폭로해버리면 어떤 일이 벌어질지 생각해보는 중이다. 라라 말을 믿을 사람이 있을까, 관심을 가질 사람이 있을까? 옥사나 보론초바가 누구라고. 페름에 있는 어느 바에서 깡패 세 명한테 총을 쏜 다음 감옥에서 자살했다는 어떤 미친 학생에 불과하다. 옛날 일이고 오래전에 잊힌 일이다. 요즘의 러시아는 광란의

도가니라서 사람 죽어나가는 일이 일상다반사처럼 되었다. 그런 마당에 라라가 뭐 하러 떠들고 다니겠는가? 말을 한다고 해도 누구에게?

무대 위에서는 깔끔한 정장이 퇴장하고 자수가 놓인 크로스오 버[옷감을 대각선으로 겹치게 만든 옷] 윗도리와 회색빛이 도는 하늘하늘 한 분홍색 발레 스커트가 등장한다. 앤로르가 감탄하며 탄성을 발하는 동안, 빌라넬은 마카롱을 하나 더 먹는다. 이번에는 마리 앙투아네트 차 맛이다.

중요한 것은 라라가 누구한테 말할 것이냐 혹은 누가 관심을 가질 것이냐가 아니다. 중요한 것은 빌라넬이라는 화제의 인물을 구성하는 요소 중 하나라도 세상에 드러날 위기에 처한다면(실마리 하나라도 풀리는 날에는) 빌라넬이 12사도에게 골칫거리가 되고 말 것이라는 점이다. 그런 지경에 이르면 빌라넬은 죽음을 면할 수 없을 것이다. 결국 라라를 죽여야 할 필요성으로 돌아오게 된다. 하지만 라라를 죽이고 무사히 빠져나올 수 있을까? 12사도 사람들은 어디에나 있다. 안톤에게 털어놓을 수도 있겠지만 빌라넬은 그를 완전히 믿지 못하고 있다. 게다가 안톤은 제거 대상이 라라가 아니라 빌라넬이 되어야 한다고 판단할 수도 있다. 라라 때문에 싱숭생숭해졌다는 점도 인정해야 한다. 눈 한 번 깜빡이지 않는 저격수의 눈빛과 탄탄하고 군더더기 없는 라라의 몸 때문에. 빌라넬은 자신의 욕망이 너무 신랄해서 흥분이 되었다.

헨델의 사라방드. 은회색 칵테일 드레스가 못 다 핀 꽃잎처럼 가느다란 모델의 몸을 감싸고 있다. 반짝거리는 은하수처럼 인조 보석 디아망테를 장식해놓은 암청색 이브닝 드레스.

콘스탄틴을 쏜 건 오판이었다. 갑자기 허무해진 그의 깊은 눈빛. 안톤은 대체 어떤 속셈으로 빌라넬을 지구 반대편으로 보내 콘스탄틴을 죽이라고 한 걸까? 빌라넬에게 처지를 깨달으라는 잔혹한 메시지를 전달하려고?

가장 우려되는 건 어쨌거나 오데사에서 위기가 발생했다는 사실이다. 그것은 자신을 고용한 조직이 문제를 해결할 수 있는 능력 이상으로 쉽사리 오류를 범할 수도 있다는 것을 의미한다. 콘스탄틴이 빌라넬에게 심어준 믿음은 12사도를 위해 일할 때만큼은 빌라넬과 콘스탄틴 둘 다 남의 눈에 보이지 않는 존재, 감히 건드릴 수 없는 존재라는 것이었다. 이번 사건은 막대한 영향력과 권력에도 불구하고 이 조직 역시 타격을 입을 수 있다는 것을 보여주었다. 패션쇼장의 온기에도 불구하고, 빌라넬은 한기를 느낀다.

조명이 은은해진다. 패션쇼는 이제 침실로, 꿈같은 피날레로 넘어갔다. 모델들은 우아한 캐미솔, 속이 다 비칠 정도로 얇은 잠옷, 희미하게 빛나는 오간자[빳빳하고 얇으며 안이 비치는 직물] 드레스를 입고 몸을 좌우로 흔들며 무대를 누비고 있다. 디자이너가 무대로 올라와 관객에게 손키스를 날리자 갈채가 쏟아진다. 모델들은 퇴장하고 웨이터들이 쟁반을 들고 돌아다닌다.

"쇼를 보기는 한 거야?" 앤로르가 핑크빛 크리스털 샴페인 잔을 건네며 묻는다. "정신이 다른 데 가 있는 것 같던데."

"미안." 차가운 와인이 식도를 타고 부드럽게 내려가자 두 눈을 감으며 빌라넬이 웅얼거린다. "좀 맛이 갔어. 잠을 별로 못 잤더니."

"집에 가고 싶다고 말하기 없다. 백스테이지 파티를 시작으로 화려한 밤이 기다리고 있다고. 게다가 저기 저 잘생긴 남자 둘이 우릴 쳐다보고 있잖아."

빌라넬은 좋은 냄새가 나는 공기를 들이마신다. 샴페인의 톡 쏘는 맛이 온몸으로 퍼진다. 덕분에 피로가 사라지고, 지난 24시간 동안 품었던 의심과 두려움도 함께 가라앉는다.

"그래. 까짓것 신나게 놀아보자." 빌라넬이 말한다.

"데니스 크레이들이라. 정말 자신할 수 있습니까? 당신이 틀리면. 아니 만약 우리가 틀리면……." 리처드 에드워즈가 묻는다.

"우린 틀리지 않았어요." 이브가 말한다.

두 사람은 소호 지하주차장에 주차해놓은 에드워즈의 30년 된 메르세데스에 앉아 있다. 회색빛이 도는 푸른색 실내는 낡았지만 안락하다. 열린 창문으로 희미한 배기가스 냄새가 들어온다.

"다시 말해보세요."

이브가 좌석에서 상체를 앞으로 내민다. "진 치앙이 우리 쪽에 넘긴 정보에 따라 조사에 나섰습니다. 진 치앙은 본인이 밝힌 것보다 아는 게 확실히 많아요. 아무튼 우리는 미상의 인물이 토니 켄트가 보유한 중동 국가 계좌로 보낸 거액의 돈을 조사했습니다. 켄트는 데니스 크레이들의 동료로 밝혀졌고, 크레이들의 자택을 비밀리에 조사하다가 그의 컴퓨터에서 잠긴 파일을 하나 발견했습니다. 암호를 해독해서 파일을 열었더니 크레이들 소유의 영국령 버진 아일랜드 계좌 세부 내역이 나왔습니다. 또한 1,200만 파운드가 넘는 액수를 토니 켄트가 이 계좌로 보냈다는 사실도 알아냈고요. 토니 켄트는 퍼스트 내셔널 은행 푸자이라 지점 보유 계좌에서 돈을 보냈더군요. 이 정도면 행동에 나서기에 충분하다고 봅니다."

"그래서 크레이들을 잡아들이고 싶다, 이거군요?"

"먼저 크레이들과 따로 얘기를 나눴으면 합니다. 이런 계좌와 송금에 대해서는 아무에게도 언급하지 않고요. 국세청이든, 경찰이든, 그 누구에게도. 대신 모든 걸 그대로 두는 겁니다. 단, 크레이들의 허점을 노려야죠. 폭로, 망신, 기소, 뭐가 됐든 위협을 하고 비틀어 짜는 거죠. 우리를 도와 지급 주체에 맞서는 데 동의하면 그 돈을 갖게 해주는 겁니다. 동의하지 않으면 넘기는 거죠."

에드워즈가 얼굴을 찌푸리며 손가락으로 운전대를 살살 두드린다. "크레이들한테 돈을 보낸 사람들에 대한 당신 추측이 맞다면……."

"제 말이 맞다니까요."

에드워즈는 차 앞 유리를 통해 콘크리트 벽과 스프링클러가 설치된 낮은 천장을 본다.

"이브, 내 말 잘 들어요. 이 이야기에는 죽은 사람이 이미 넘쳐나고 있어요. 나는 당신이나 데니스 크레이들이 사망자 명단을 늘

려주는 게 싫습니다."

"조심조심 움직인다고 약속할게요. 하지만 볼일이 있는 만큼 그 여자는 반드시 잡고 말겠어요. 그 여자는 제 소관이었던 빅토르 케드린도 죽였고, 사이먼도 죽였고, 또 누구를 얼마나 많이 죽였는지 누가 알겠어요."

에드워즈가 심각한 표정으로 고개를 끄덕인다.

"그 여자를 저지해야만 해요, 리처드."

리처드는 침묵을 이어가다가 한숨을 쉰다. "당신 말이 옳아요. 저지해야지요. 그럼 그렇게 하세요."

이브가 퇴근했을 때, 니코는 탁자에 앉아 노트에 숫자를 끄적이고 있다. 식탁에는 이런저런 전기 부품과 요리 재료가 어지러이 널려 있다. 니코는 피곤해 보인다.

"그래서 그 파일에서 찾으려던 건 찾았어?" 니코가 조심스럽게 묻는다.

"응. 찾았어. 고마워." 이브는 니코의 정수리에 키스를 하고는 니코의 옆 의자에 털썩 주저앉는다.

"잘됐네. 그 유리 비커 좀 건네줄래?"

"근데 지금 하고 있는 일이 정확히 뭐야?"

니코가 전선 두 줄을 집게 달린 멀티미터[전압·전류·저항 등 많은 전기량을 재는 다목적 계기]에 끼우자 바늘이 좌우로 정신없이 움직인다.

"지금 효소촉매 연료전지를 만드는 중이야. 제대로 작동하면 설

294

탕 가루로 휴대전화를 충전할 수 있어."

"그동안 서먹하게 굴어서 미안해, 니코. 진심이야. 나 다 만회하고 싶어."

"엄청 기대되는데. 주전자부터 올리는 게 어때?"

"실험에 쓰려고?"

"아니. 같이 차 한잔 마셨으면 해서."

니코가 자리에서 일어나더니 기지개를 켠다.

"그럼 그 프로젝트는 이제 끝난 거야?"

이브는 니코 몰래 글록19 권총을 허리에 찬 총집에서 가방에 옮겨 담으며 말한다.

"아니. 이제 시작인걸."

킬링 이브
코드네임 빌라넬

1판 1쇄 발행 2019년 1월 10일
1판 3쇄 발행 2020년 1월 13일

지은이 루크 제닝스 **옮긴이** 황금진
펴낸이 김영곤 **펴낸곳** (주)북이십일 아르테
오리진사업본부 본부장 신지원
책임편집 강소라 **미디어믹스팀** 장현주 이은 곽선희
오리진마케팅팀 황은혜 김경은 **오리진영업팀** 김수현 최명열
해외기획팀 박성아 장수연 이윤경
홍보기획팀장 이혜연 **제작팀** 이영민 권경민

출판등록 2000년 5월 6일 제406-2003-061호
주소 (우 10881) 경기도 파주시 회동길 201(문발동)
대표전화 031-955-2100 **팩스** 031-955-2151

ISBN 978-89-509-7906-5 03840

아르테는 (주)북이십일의 문학 브랜드입니다.

(주)북이십일 경계를 허무는 콘텐츠 리더

아르테 채널에서 도서 정보와 다양한 영상자료, 이벤트를 만나세요!
북이십일과 함께하는 팟캐스트 '[북팟21] 책 이게 뭐라고'
페이스북 facebook.com/21arte **블로그** arte.kro.kr
인스타그램 instagram.com/21_arte **홈페이지** arte.book21.com